Kontaktadresse nach EU-Produktsicherheitsverordnung:
produktsicherheit@fischerverlage.de

»Die Präsidentin«: so wurde die Französin Marthe Hanau genannt, eine »Napoléonne des finances« in den turbulenten zwanziger Jahren des letzten Jahrhunderts. Marthe Hanau war eine Wirtschaftskriminelle ersten Ranges. Durch Manipulation von Aktienkursen, die Gründung von Scheinfirmen und windige Abschreibungen erschuf sie sich in Paris ein gigantisches Finanz- und Zeitungsimperium. Kühn erzählt, wie sich Marthe Hanau in der Finanzwelt einen Namen machte, wie sie Tausende von Kleinanlegern betrog, wie sie Geschäft und Politik vermischte und wie sie sich ihren großen Reichtum erschwindelte. Skandalöse Vorgänge und Vorfälle in der Börsenwelt unserer Jahre, vielfältiger Betrug an Kleinaktionären – auch dies erweist die fortwährende Aktualität des Romans, der hier in revidierter Fassung vorgelegt wird.

Dieter Kühn, 1935 geboren, lebt als freier Schriftsteller in Köln. Für seine Romane, Biographien, Erzählungen, Kinderbücher, Hör- und Schauspiele wurde er mit zahlreichen Literaturpreisen ausgezeichnet. Im Fischer Taschenbuch Verlag liegen von Dieter Kühn vor: seine Mittelalter-Trilogie ›Der Parzival des Wolfram von Eschenbach‹ (Bd. 13336), ›Neidhart und das Reuental‹ (Bd. 13335) und ›Ich Wolkenstein‹ (Bd. 13334), die Romane ›Beethoven und der schwarze Geiger‹ (Bd. 13170), ›Stanislaw der Schweiger‹ (Bd. 13602) und ›Der König von Grönland‹ (Bd. 14418), die Erzählungsbände ›Und der Sultan von Oman‹ (Bd. 13788) und ›Der wilde Gesang der Kaiserin Elisabeth‹ (Bd. 14588), die Karl-Philipp-Moritz-Novelle ›Das Heu, die Frau, das Messer‹ (Bd. 13171), das Lebensbuch ›Clara Schumann, Klavier‹ (Bd. 14203) und die biographische Skizze ›Goethe zieht in den Krieg‹ (Bd. 14758) sowie vier Kinderbücher.

Unsere Adresse im Internet: www.fischer-tb.de

Dieter Kühn

Die Präsidentin

Roman eines Verbrechens

Fischer Taschenbuch Verlag

Dieser Roman erschien 1973 bei Suhrkamp. 1976, im Neusatz, eine textidentische Taschenbuchausgabe bei Rowohlt. 1982 veröffentlichte der Autor eine gekürzte Fassung; aus technischen Gründen konnten nur Textpartien herausgenommen werden. Die notwendigen Revisionen wurden nachgeholt für die vorliegende Neuausgabe.

Die Nutzung unserer Werke für Text- und Data-Mining im Sinne von § 44b UrhG behalten wir uns explizit vor.

2. Auflage

© 2024 S. Fischer Verlag GmbH,
Hedderichstr. 114, 60596 Frankfurt am Main
Printed in Germany
ISBN 978-3-596-15327-5

Die Präsidentin

I

Marthe Hanau, Gründerin und Direktorin eines Zeitungs- und Finanzkonzerns! So präsentiert sie sich auf der Fotografie, die neben mir auf dem Arbeitstisch liegt: robuster Oberkörper, mächtiger Schädel, die Bubikopffrisur der zwanziger Jahre, ihr Blick fest aufs Kameraobjektiv gerichtet. Ich sehe hinter ihr Holztäfelung, sehe vor ihr einen Schreibtisch, die Platte blank, Papierblock und Tintenlöscher gespiegelt, Rosen in einem Glaskelch und tatsächlich eine Sektflasche in einem (bestimmt silbernen) Eiskübel: Statussymbol! Sie stützt den rechten Ellbogen auf die Tischkante, hält den Telefonhörer an ihr rechtes Ohr, Kopf etwas schräg, ihr Mund freilich geschlossen; so schaut sie den Betrachter an: Madame Hanau.

Als Erstes wäre zu erzählen, wie sie an diesen Schreibtisch kam, wie sie in der Wirtschaft aktiv wurde. Oder müsste ich schon vorher ansetzen, beispielsweise bei ihrem Geburtsdatum? Das erklärt nicht ihre späteren Börsenmanipulationen, soll ich es deshalb fortlassen? Andererseits: Marthe Hanau ist Koordinationsfigur dieses Buchs, da müsste ich wenigstens ein paar biographische Informationen bringen.

Also doch anfangen bei ihrer Geburt – aber dann weiter in raschen Sprüngen! Ihr Geburtsort ist Paris, das Geburtsjahr 1886. Und wer es noch genauer wissen will, der soll auch den Geburtstag haben: der erste Januar. Und ihre soziale Herkunft – könnte das nicht wichtig sein? Ist sie etwa Tochter eines Fabrikanten, gehört damit zu einer der Gruppen, aus denen ›führende Persönlichkeiten‹ des Wirtschaftslebens hervorgehen? Oder kommt sie aus sozialen Verhältnissen, die ihr solch einen Vorsprung nicht geben? Ja, ihre Eltern sind Kaufleute, kleine Kaufleute – ein Wäschegeschäft am Boulevard de Clichy.

Die Mutter fleißig, sparsam, strebsam, der Vater hingegen hat teils keine rechte Lust mehr zu geschäftlicher Aktivität, teils kann er auch nicht mehr aktiv sein: dieser offenbar ansehnliche, lustige Elsässer, der gerne trinkt, erzählt, Musik macht, soll eine Krankheit haben, die als »geheim« bezeichnet wird in der prüde tuschelnden Gesellschaft, und diese Krankheit hat ihn schon ziemlich bewegungsunfähig gemacht. Bei ihm sitzt Marthe-Marie gerne, um zu klönen; die verkniffene Energie der Mutter findet bei ihnen keinen Beifall.

Wenn man mit kleinen und engen Verhältnissen nicht zufrieden ist, so will man höher hinaus – das will auch Marthe. Unbedingt möchte sie auf das Konservatorium, möchte Pianistin werden. Der Vater findet das wohl richtig, die Mutter hingegen hält das für Mumpitz, für Firlefanz, die Tochter soll erst mal anständig das Arbeiten lernen, und zwar im eignen Geschäft.

Mutter Lucie hat das Sagen im Hause Hanau, also muss Marthe im Wäschegeschäft arbeiten: Baby-Grundausstattungen verpacken, Aussteuer-Wäsche verpacken, Baby-Grundausstattungen verpacken, Aussteuer-Wäsche verpacken, das wiederholt sich. Das führt nicht weiter. Marthe aber will weiter, will höher hinaus, das ist ja wohl das Recht der einzigen Tochter. Und so entwickelt Marthe schon früh einen Lebensstil, der Mutter Lucie überhaupt nicht gefallen will: eigenwillige Kleidung, Besuch von Lokalen, Rauchen in der Öffentlichkeit, ein Freund mit Auto. Das ist damals, kurz nach der Jahrhundertwende, noch etwas ganz Besonderes. Marthe will in diesem Auto nicht bloß mitgenommen werden, sie will es selbst steuern, der reiche Freund erlaubt es: Marthe am Lenkrad, sicher eine der ersten Frauen in Frankreich.

Hier ist mehr Beziehung zum Auto als zum jungen Mann: bereits auf den ersten Seiten des Buchs werde ich berichten, vielleicht sogar erzählen müssen, dass Marthe früh schon Freundschaft mit Mädchen vorzieht. Beispielsweise lernt sie in einem Urlaub eine Musikerin kennen, es wird ein unvergesslich schöner Urlaub, man schreibt sich danach Briefe, unter poetischem Kennwort auf der Post abzuholen, und die misstrauische, auf geordnete und normale Verhältnisse bedachte Mutter schaut heimlich in die nicht schlau genug versteckten Briefe, liest daraus hah! ein abnormes Verhältnis ab, schreit, heult, droht, setzt einen bösen Schlusspunkt. Aber Marthe findet bald Trost bei einer Verkäuferin des Wäschegeschäfts, Mutter Lucie erwischt die beiden auch mal, wahrscheinlich hinter einem Wäscheregal, und wieder gibt es Geschrei und Tränen und Drohungen, wieder einmal wird ein Verhältnis abrupt beendet, die Verkäuferin fliegt raus. Ob ich diesen Abschnitt des Lebensromans in meinem Roman nachschreiben werde? Oder soll ich diese Phase mit ein paar Andeutungen überspringen und ich erzähle gleich von Lazare Bloch, den sie zweiundzwanzigjährig kennen lernt, und er ist dreißig?

Lazare Bloch ist für dieses Buch sehr wichtig, er kann gar nicht früh genug eingeführt werden: gemeinsam mit ihm führt sie alle großen Transaktionen durch, Gründung und Aufbau der Zeitung, der diversen Aktiengesellschaften. Dass Bloch als hässlich gilt, ist leicht zu erfahren: sein grobes Gesicht, seine zu große Nase. Über seinen sehr viel wichtigeren Beruf aber gibt es widersprechende Aussagen: mal ist er Ingenieur, mal Kammgarn-Vertreter, mal Finanzmakler. Wenn mir das so gleichrangig angeboten wird, entscheide ich mich natürlich für den dritten Beruf: die Börsenmanöver, die er später mit Marthe durchführt, setzen Kenntnisse auf dem Kapitalmarkt voraus. Und so lasse ich ihn Mitgliedern des gehobenen Bürgertums Anteile anbieten, beispielsweise an einer neu gegründeten Kabelfabrik in Lyon. Dabei könnte er suggestive Vorstellungen entwickeln über die Aussichten der Elektrobranche insgesamt: Die Zukunft wird dem Strom gehören, ständig zunehmende Elektrifizierung, eines Tages wird Frankreich, wird Europa über ein dichtes Netz von Stromleitungen versorgt – und das heißt: wachsender Bedarf an Kabeln, wachsende Produktion von Kabeln, wachsende Gewinne hier.

Diesen Bloch will Marthe heiraten. Sicher werden dabei Absprachen getroffen: Kein bürgerlich hausbackenes Verhältnis bitte, keine Kinder, und so weiter. Von diesen wäschegeschäftsschädigenden Verabredungen wird Mutter Lucie nichts ahnen. Aber auch sonst wird ihr dieser Lazare Bloch kaum gefallen, dem man unsolide Lebensverhältnisse nachsagt und sogar eine verderbliche Spielleidenschaft. Aber immerhin, er ist ein Mann, endlich, da will Mutter Lucie auch diese Nachteile in Kauf nehmen. So findet denn die Hochzeit statt.

Wahrscheinlich werden dem Paar zu diesem Festtag ganze Stapel von Bettwäsche, Babywäsche, Leibwäsche geschenkt. Wichtiger ist ihnen eine Erbschaft, die Marthe nun ausgezahlt wird. Ein offenbar höherer Betrag – die beiden aber scheinen das Geld rasch durchzubringen, vor allem beim Spiel: Marthe und Lazare spielen gern Baccara, Poker, Roulette.

Nach ungefähr zwei Jahren trennen sie sich wieder, lassen sich aber offiziell noch nicht scheiden – das geschieht erst zehn Jahre später, 1920. Aber auch dann werden sie weiterhin zusammenarbeiten, sehr intensiv. Hier sind die beiderseitigen Beziehungen zu Frauen kein Hindernis: Lazare heiratet nochmal, zeugt das erste seiner vielen Kinder, und Marthe bindet sich an Delphine, die gleich einen mannweiblichen Vornamen erhält: Josèphe. Diese Tochter eines reichen Juweliers hat viel Geld, ist ebenso wie Marthe an lukrativem Geschäft interessiert, die beiden beschließen, eine Fabrik für Kosmetika zu gründen, in Lilas. Lazare Bloch wird hinzugezogen, er kümmert sich vor allem um das Technische.

Spätestens hier werde ich von dieser biographischen Basis abspringen: Wie ein lesbisches Paar eine Kosmetikfabrik gründet und leitet, das würde sicherlich allerhand Schreib- und Lesestoff liefern, aber davon lasse ich mich nicht verleiten. Wichtiger als die Beziehung dieser jungen Frauen ist für mich nun die Gründung einer Fabrik in jener Vorkriegszeit: Was könnten hier Marthe und Lazare für ihre späteren Transaktionen lernen?

Nach dieser Leerzeile setze ich neu an. Dass Lazare bei der Firmengründung mitgewirkt hat, motiviert für den folgenden Entwurf seine noch sehr viel entschiedenere Mitarbeit. Delphine wird so lange beurlaubt, ich kann sie hier nicht brauchen.

Der Roman wird also wohl an diesem Punkt erzählend ansetzen: Wie Marthe auf den Einfall kommt, eine Kosmetikfabrik zu gründen. Das kann so beginnen: Marthe schraubt ein Döschen mit Gesichtscreme auf, steckt den Zeigefinger rein, beriecht ihn, schaut gar nicht zufrieden aus; Marthe spricht mit anderen Frauen über Körperpflege, Schönheitspflege; Marthe tupft eine Flüssigkeit auf ihren Handrücken, beschnuppert ihn, hält die Hand unter den Wasserhahn; Marthe lässt eine Frau an einer aufgeschraubten Cremedose riechen, beide versuchen zu beschreiben, was sie riechen, was sie nicht riechen, was sie gern riechen möchten.

Und dann eine Besprechung mit Lazare, in einem Restaurant oder Café. Einleitend fragt sie wohl, ob es zurzeit wirklich so günstig wäre, eine Fabrik zu gründen – man lese und höre das jedenfalls des Öfteren.

Lazare wird das bestätigen, verweist dabei aber auf Unterschiede in den Produktionsbranchen.

Darauf kann Marthe fragen: Wenn es in einigen Branchen derzeit so aussichtsreich sei, ein Unternehmen zu gründen, warum verkauft er da eigentlich nur Anteile und macht nicht gleich selbst eine Fabrik auf?

Lazare wird erst mal gar nichts dazu sagen, wird kauen oder schlürfen. Dann mag er anmerken, er sei Finanzmakler und kein Unternehmer.

Aber wenn die Lage im Allgemeinen so günstig ist für Unternehmer, wird Marthe insistieren, warum nicht gleich Unternehmer werden?

Lazare wird antworten, sie dürfe hier nicht so scharf trennen: er besitzt wahrscheinlich selbst Anteile bei den Kabelwerken, ist also in gewisser Weise Mitunternehmer.

Darauf wird Marthe erneut die Frage wiederholen, warum er nicht richtiger Unternehmer werden will.

Ob er vielleicht noch eine Kabelfabrik gründen soll, wird er gegenfragen.

Das wird sie nicht gemeint haben: es muss nicht unbedingt die Elektrobranche sein.

Lazare wird knapp fragen: Was sonst? Marthe berichtet: sie hat sich seit einiger Zeit umgeschaut, umgehört, ist dabei zu dem Ergebnis gekommen, dass die Marktlage sehr günstig ist für neue Kosmetika.

Nun wird Lazare erklären, auf diesem Sektor werde bestimmt genug produziert.

Dies mag Marthe bestätigen, aber das sei alles nicht das Richtige. Sie hat mit vielen Frauen gesprochen, nicht bloß aus dem Bekanntenkreis: gute Produkte, richtig präsentiert, hätten hier enorme Chancen. Es würde derzeit kaum Spaß machen, diese Töpfchen und Fläschchen zu öffnen: meist nur der übliche Geruch, sonst nichts. Frauen würden Cremes und Lotionen aber nicht bloß kaufen, um Schönheitspflege zu betreiben, hier geschehe mehr. Dieses Mehr lasse sich nur schwer bestimmen: es sei etwas wie die Erwartung einer nicht bloß äußerlichen Veränderung. Und dies müsse verkauft werden!

Lazare werden diese Ausführungen nicht präzis genug erscheinen: auf solcher Basis lasse sich kein Unternehmen gründen. Da bleibe er lieber in der Elektrobranche: die habe Zukunft, die sich berechnen lasse.

Dazu Marthe: In der kosmetischen Branche sei auch Zukunft, sehr viel Zukunft, und zwar gerade, weil diese Zukunft sich nicht so genau vorausberechnen lasse.

Lazare mag das paradox erscheinen. Er wird mit betonter Nüchternheit fragen, erstens, was hergestellt und zweitens, wie es vertrieben werden soll. Bevor das nicht klar sei, hätte es kaum Zweck, länger darüber zu reden.

Darauf wird Marthe erklären, sie werde das nochmal durchdenken, werde es möglichst präzis formulieren. Sie sei aber jetzt schon völlig sicher, dass hier gute Chancen seien, sehr gute Chancen.

Marthe wird Lazare in der nächsten Besprechung sagen, dass sich viele Frauen ihrer Umgebung langweilen, sie wollen Besonderes erleben. Diesen Wunsch müsse man mit jedem Cremetopf, mit jeder Lotionsflasche verkaufen. Schon, wenn Frauen die neuen Gefäße sehen, sie öffnen, muss es sie aus dem Gewohnten herauslocken, herausreißen: Abenteuer! Dies müsse man verkaufen: Abenteuer! Hochgerissen werden in einen Sattel, womöglich in einen orientalischen Sattel, und kaum ist man entführt, kommt ein andrer dahergaloppiert, orientalisch bunt gekleidet, der will die Frau gleichfalls haben, schon kämpfen sie mit blitzenden Krummschwertern, wie in Büchern, die ihre Bekannten lesen, die Marthe ebenfalls gelesen hat, und ein Orientale wird halbiert, der andre kriegt die Frau: so etwas ließe sich verkaufen! Dabei müsse die Creme oder Lotion in ihrer Zusammensetzung so neuartig gar nicht sein; wichtig wäre vor allem das verlockende Leitbild, sichtbar gemacht durch einen guten Reklamezeichner. Überzeugt das Lazare? Ich nehme an.

Marthe wird mit einem Zeichner Entwürfe besprechen: immer schwungvoller der orientalische Reiter, der eine Frau hochreißt auf den Pferderücken. Das wird durchvariiert, bis der Schwung kaum noch zu steigern ist. Die Zeichnungen dann koloriert. Im Vordergrund dazugemalt das Produkt, das noch nicht produziert wird, in dieser Phase aber sicher schon einen Namen hat, ich schlage vor: »L'Orient«.

Lazare Bloch sieht nun Erfolgschancen, hilft bei der Gründung einer Kosmetikfabrik. Sicher beginnen sie vorsichtig disponierend mit wenigen Arbeitern in einem kleinen, erweiterungsfähigen Fabrikationsraum. Fünf, sechs Arbeitskräfte können bereits eine große Zahl von Cremetöpfchen und Lotionsfläschchen füllen. Bei erfolgreicher Verkaufskonzeption steigt die Produktion: noch mehr Hände und Geräte, die duftenden Brei anrühren, duftendes Wasser abfüllen, Etikette aufkleben mit frauenraubenden Reitern. Der Fabrikationsraum wird erweitert.

Bestimmt entwickelt Marthe nun neue Verkaufsideen, die Produktion soll weiterhin gesteigert werden. Marthe Bloch also nachdenkend: Will eigentlich jede Frau geraubt sein? Wird es nicht Frauen geben, die weder im Tagtraum noch im Nachttraum auf ein Pferd gerissen werden wollen, entführt in ein zwar buntes, aber unbestimmtes Abenteuer hinter dem Horizont? »L'Orient« – lässt diese Markenbezeichnung nicht auch andere Vorstellungen zu? Beispielsweise: Gärten, duftende Gärten, die berühmten duftenden Gärten mit Blumenbeeten, zwischen denen man auf- und abschreitet, selbstverständlich schlank, zartgliedrig? Solch einen Gartenorient lässt Marthe eventuell als Nächstes entwerfen von ihrem Zeichner, der sich bewährt hat, oder von einem neuen Zeichner mit neuen Ideen. Auch dies ein Orient, der sich verkaufen lässt: neue Duftnote in die Creme, in die Lotion, neue Behälterform, neues Etikett, das der Werbegrafik in Zeitungen und Journalen entspricht. Erhöhte Umsätze, der Fabrikationsraum wiederum erweitert; etwa ein Dutzend Arbeiter könnte pro Tag schon eine Menge Töpfchen und Fläschchen füllen, zuschrauben, etikettieren, verpacken.

Weitere verkaufsfördernde Formen des Orients? Hier könnte Marthe an den Geist denken, der aus der entkorkten Flasche hochwächst, hinauf bis an die Wolkengrenze, und das Problem besteht im Märchen darin, wie man ihn wieder in das Gefäß reinlockt; könnte man diesen bösen Geist nicht in einen schönen Geist verwandeln? Und der Mann, der im Märchen vor Angst in die Knie gegangen ist, dieser Mann kniet nun freiwillig, Arme ausgebreitet, Handflächen hochgedreht, Kopf im Nacken, denn aus der Flasche, aus dem Gefäß schwebt hoch die Vision einer sehr schönen Frau? Und das Gefäß, aus dem sie wächst, gleicht dem Gefäß, auf das dieses Bild als Etikett geklebt wird?

Ist dieses Konzept erst einmal entwickelt, durch den Zeichner fixiert, so ist rasch eine neue Duftkomponente produziert: Marthe wird sehr genau wissen, dass es in dieser Branche wichtiger ist, Vorstellungen, Erwartungen, Träume zu verkaufen als Wirkstoffe. Möglichst viele Frauen müssen sich vom Werbebild des orientalisch bunten Reiters mitreißen lassen, müssen sich in die orientalisch üppigen Gärten der Reklamebilder versetzen wollen, müssen sich aufsteigen sehen aus orientalischem Zaubergefäß, und tief unten werden sie bewundert – Marthe und Lazare verkaufen Träume, und sie verkaufen gut. Die Zahl der Arbeiter steigt wiederum, so nehme ich an. Sicherlich wird auch die Verkaufsorganisation ausgebaut: schicken Marthe und Lazare Vertreter nach Lyon, nach Bordeaux, nach Lille, nach Caën, nach Marseille, und die empfehlen dort Geschäftsinhabern den Verkauf der neuen Produkte, bieten Gewinnmargen an, die erheblich höher liegen als bei Konkurrenzunternehmen?

Plötzlich wird die Fabrik geschlossen: der Weltkrieg! Da müssen Arbeiter an die Front, Arbeiterinnen in die Rüstungsindustrie.

2

In einem der vorwiegend journalistischen Berichte über Marthe Hanau lese ich, dass sie im Krieg eine Erfindung macht: sie erfährt, dass die braven Poilus infolge Kampfeinwirkungen die Suppe oft kalt auslöffeln müssen, vorn in den Schützengräben, Schützenlöchern, und das erweckt ihr Mitgefühl, erweckt zugleich ihren Erfindungsgeist, sie kommt auf die Idee, dass hier ein Kranz von Harzkügelchen hilfreich wäre: um das Kochgeschirr geschlungen und angezündet, macht er die Suppe warm und erfreut den abgekämpften Soldaten zugleich durch angenehmen Duft.

Wäre so etwas nicht Unterhaltungsromanfutter? Da würde denn erzählt, wie solch eine Harzkügelchenkettenfabrik gegründet wird, wie Umsätze steigen, Gewinne wachsen, aber wichtiger, so könnte betont werden, sei doch die Verbindung von gesundem Verdienststreben und sozialem Empfinden – was auch typisch sein werde für die spätere Hanau.

Solch ein Roman würde kaum darauf verzichten, in diesem Punkt partnerschaftliche Entsprechung zu Lazare Bloch herauszustellen. Der will nämlich *auch* etwas für die Front tun, erfindet die »tube du soldat«: sie enthält eine Kompaktmischung von Kaffee und Rum, geeignet, »die Kampfkraft unserer tapferen Soldaten zu stimulieren«. Nach einiger Zeit müssen die Justizbehörden freilich, aufgrund einer anonymen Anzeige, feststellen, dass der Inhalt nicht ganz der Aufschrift entspricht, es ist weniger Kaffee enthalten als gedruckt steht, auch am Rum spart Lazare; er kommt vor Gericht, muss gestehen, dass sich »ein Fehler in der Dosierung« eingeschlichen habe, wird zu zwei Monaten Gefängnis verurteilt, die Strafe aber setzt man zur Bewährung aus.

Nun ist Marthe wieder dran! Sie erfindet die »Verzauberte Schüssel«. Durch einen nicht näher beschriebenen Trick täuscht dieser Topf wohl eine Portion vor, die in den mageren Kriegsjahren wenigstens die Augen sättigt – oder dient der Topf direktem Verkaufsbetrug? Jedenfalls, wegen Lebensmittelschwindels soll Marthe ins

Kittchen kommen, fällt aber gerade noch rechtzeitig unter die Amnestie des Siegesjahres 1918.

Über diesen Harzkugelkranzundschüsselkram werde ich im Roman nichts schreiben, das erscheint mir zu banal. Wer sich auf so etwas einlässt, käme auch nicht daran vorbei zu erzählen, wie Marthe als Mann verkleidet in die Pariser Börse eindringt, die nur Männern vorbehalten ist, nach alter Tradition.

So ein Episödchen würde mit einer Massage beginnen, wie es überliefert oder als Überlieferung erfunden ist, die Masseuse knetet und walkt das üppige Fleisch der breitschultrigen Marthe, und die erfährt nun, dass bei der Suez-Aktiengesellschaft eine Entscheidung gefallen ist, irgendwas mit Obligationen, meint die Masseuse, die das von einer Kundin gehört hat, der Bekannten einer Frau eines Anwalts, der für die Suez-Gesellschaft arbeitet. Marthe erkennt sofort, dass sich mit solch einer noch nicht allgemein bekannten Nachricht an der Börse Geld machen lässt, sie springt auf, läuft mit wogendem Busen zum Telefon, erkurbelt Induktionsstrom, ruft Lazare an: zu jener Zeit ist das Anrufen tatsächlich noch ein Rufen in ein dichtes Knacken und Rauschen. Nachdem sie sich mit Lazare abgesprochen hat, ruft sie, jeweils vorher kurbelnd, auch Freunde an, ihr breites Gesäß vor Entschlossenheit zusammengekniffen, sie gibt Kauf- und Verkaufshinweise, lässt sich dann beim Ankleiden helfen, bei Männerkleidung braucht sie Hilfe, und rasch die Fahrt zur Börse, dabei ließe sich durch fiktive Blicke aus dem Taxifenster ein bisschen Paris der zwanziger Jahre sichtbar machen, schließlich stapft sie die Börsenstufen hinauf, betritt den Börsensaal, deckt sich mit Suez-Aktien ein, deren Kurs bald darauf steigt, macht den Sack zu. Diese Episode könnte abgeschlossen werden mit ihrem bekannten Triumphgelächter, das guttural kräftig gewesen sein soll.

Doch darüber wird im späteren Roman nichts stehen! Selbst wenn Zeugen aus jener Zeit an meinem Arbeitstisch aufmarschierten, greisenhaft gekrümmt die Masseuse persönlich oder eine damals noch jüngere Freundin der Masseuse oder deren Tochter, und sie berichteten glaubhaft, ja beglaubigt, dass Marthe tatsächlich einmal als kleiner bärtiger Mann in die Börse ging, dort Suez-Aktien kaufte und bald darauf Kursgewinne realisierte – selbst dann würde ich es im gegenwärtigen Vorbereitungs- und Entwurfsstadium bloß zur Kenntnis nehmen, würde es nicht ausführen im Roman: das ist mir zu albern, comprenez-vous, das ist Unterhaltungsroman, deshalb wische ich euch Zeugen mit der Schreibhand weg, von links nach rechts auf diesem Papier, lasse eine Leerzeile frei, setze neu an.

Und hier, kurz wenigstens, hole ich einige biographische Angaben nach, als Ausgangsbasis weiterer Entwürfe.

Lazare übernahm 1915 von seiner Partnerin das Gebäude der ehemaligen Kosmetikfabrik, wollte hier Kriegsproviant produzieren, Marthe ließ sich von ihm auszahlen, kaufte für das Geld als Erstes ein Auto, Marke Torpedo, Modell 1914, raste herum, kollidierte ziemlich bald mit einem Militärfahrzeug, wurde bewusstlos ins Krankenhaus Malmaison eingeliefert, schwere Gehirnerschütterung. Während des Aufenthalts im Krankenhaus wurde sie von einem jungen Arzt zusätzlich nach der damals noch berüchtigten freudschen Methode behandelt, mit ihrem Einverständnis: Marthes Innenleben interessiert mich hier freilich nur wenig, psychologische Motivationen können in diesem Buch höchstens zweitrangig sein.

Während des Krieges dann half Marthe in Lazaretten aus, wie das in der bürgerlichen Schicht jener Zeit üblich war. Auch zog sie mit anderen Frauen Wohltätigkeitsbasare auf. Kurz: sie ist rührig.

Nach dem Krieg nun kehrt Josèphe aus New York zurück, die beiden Frauen ziehen zwar nicht in eine gemeinsame Wohnung, sind aber bei jeder Gelegenheit beisammen. Und wieder investiert Josèphe Geld, diesmal in ein Unternehmen von Lazare Bloch, das vorläufig nicht so recht florieren will: das Comptoir Textile du Nord, Grossist von Textilien.

Mit Recht fordert Josèphe, dass Marthe sich endlich von Lazare scheiden lässt – das geschieht denn auch, Marthe hört wieder auf ihren Mädchennamen. Die guten Beziehungen zu Lazare werden von dieser offiziellen Trennung nicht beeinflusst: soll er seine Frau, seine Freundinnen haben, sein uneheliches Kind, seine wachsende Schar ehelicher Kinder – Marthe und Lazare verstehen sich sehr gut im geschäftlichen Bereich, muntern sich wechselseitig auf mit Ideen, Plänen, Aktionen.

Zu Beginn der zwanziger Jahre wird Marthe aktiv auf dem Börsenmarkt. Ihre Spezialität ist das »Animieren« von Aktienkursen: als »animateur« bietet sie ihre Dienste kleineren oder neuen Aktiengesellschaften an, will deren Kurse hochkitzeln, hochtreiben. Das scheint ihr auch zu gelingen, ihre geschäftliche Basis erweitert sich, sie gründet nach einiger Zeit das Groupement Technique de Gérance Financière, sinngemäß zu übersetzen als »Arbeitsgemeinschaft für Portefeuille-Verwaltung«. Diese Interessenverbindung soll, nach einer Proklamation der Hanau, »die Isolierten vereinigen«, soll »die Sparer zusammenschließen zum Zweck der gewinnbringenden Verteilung der Erträge, die professionelle Finanzleute dadurch erzielen, dass sie mit allen Trümpfen in der Hand im Auftrag der Kunden spekulieren«. Dieses Unternehmen, mit Sitz zuerst in der Rue Marivaux, ist zu Beginn personell noch bescheiden besetzt, die Einzahlungen und Umsätze aber scheinen rasch zu wachsen.

Mit den Erfolgen nehmen die geschäftlichen Kontakte zu; schließlich lernt Marthe Hanau einen bekannten und wichtigen Mann kennen, Léonard Rosenthal, genannt »Perlenkönig«, Träger des Ordens der Ehrenlegion, Verfasser des Buchs *Wir werden reich sein!* Und er ist *sehr* reich, importiert mit seinem Bruder Perlen aus Indien, exportiert sie wiederum in alle Regionen der Welt. In Perlen, in Edelsteinen sieht er zwar die sichersten Anlagewerte seit der Römerzeit, doch er spekuliert auch gern mit Aktien. Besonders zukunftsreich erscheint ihm die Erdölbranche. Er besitzt das Aktienpaket von Pétroles de Madagascar und hätte gern, dass ihr Kurs tüchtig steigt. Mit den Vorrechten des Großaktionärs hat er bereits einen neuen Mann in den Vorstand lanciert: Charles Bertrand, Bürgermeister, Mitglied der Deputiertenkammer, hoher Verbandsfunktionär. Bertrand nun hat vorgeschlagen, zur Aufwertung dieser Aktiengesellschaft ein positives Gutachten erstellen zu lassen von einer möglichst angesehenen Persönlichkeit, und die findet man in Graf Maurice-Bernard de Courville, fünfzehn Jahre Technischer Direktor des Rüstungskonzerns Schneider-Creusot, Mitbegründer der rechtskonservativen Tageszeitung *Action Française*, hoher Mitarbeiter im Marineministerium während des Krieges, Offizier der Ehrenlegion, Vorstandsmitglied verschiedener wissenschaftlicher Gesellschaften: eine prachtvolle Repräsentationsfigur.

Auf diese beiden Herren setzt Rosenthal große Hoffnungen, will aber zusätzlich einen Börsenspezialisten heranziehen; ihm wird Marthe Hanau empfohlen, Direktorin des Groupement Technique de Gérance Financière. Er nimmt Kontakt mit ihr auf, ist beeindruckt von ihrem Ideenreichtum, von ihrer Energie, will sie mit seinen neuen Partnern bekannt machen, ein Diner im Maxim wird verabredet.

Ich nehme an, man kommt hier rasch zur Sache. Von einem positiven Bericht eines so angesehenen Mannes wie Courville wird Marthe sicher viel halten, wird aber hinweisen auf die Notwendigkeit einer möglichst breiten Publizität, dann erst wäre eine positive Auswirkung auf den Kurs der Pétroles de Madagascar möglich. Denn nur über die Presse – das sieht Marthe Hanau ganz klar – lassen sich Aktienkurse erfolgreich beeinflussen: je mehr Zeitungen man mit entsprechenden Nachrichten versorgen kann, desto wirkungsvoller. Nur wird man einkalkulieren müssen, dass es hier andere, womöglich gegenläufige Interessen und Optionen geben wird – die Wirtschaftsseiten und Finanzblätter abhängig von den jeweiligen Besitzern, die ihrerseits bestimmte Interessen haben, denen das Publikationsorgan dienen soll. So wird Marthe Hanau zu dem Schluss kommen, dass man Aktien am besten animieren oder stimulieren kann durch ein Presseorgan, über das man ausschließlich selbst verfügt.

Mit diesem Stichwort springe ich wieder ab von der biographischen Basis, will entwerfen, wie eine Wirtschaftszeitung aufgebaut werden kann.

Sehr wahrscheinlich hat Marthe Hanau schon vor diesem Treffen an die Gründung oder Leitung einer Wirtschaftszeitung gedacht, hat sich hier umgehört, und eines Tages erhält sie, vielleicht telefonisch, einen wichtigen Hinweis: eine neue Finanzzeitung, *La Gazette du Franc,* ist kurz nach ihrer Gründung in finanzielle Schwierigkeiten geraten, soll verkauft werden. Marthe fragt als Erstes nach Eigentümer, Herausgeber, Chefredakteur, notiert Namen, die ich weder suchen noch erfinden muss, die sind hier unwichtig. Wie viel konnte Anfang 1925 eine fast bankrotte Zeitung kosten? Viel wird es nicht gewesen sein.

Die Hanau bedankt sich für die Informationen, verspricht wohl noch keine Prämie für den Hinweis, will vorerst das Ergebnis der Verhandlungen abwarten – deshalb höchstens eine Andeutung: Wir sprechen uns nochmal in dieser Sache, vorerst besten Dank!

Danach wird sie wohl Lazare Bloch anrufen, ihn zu sich bitten, und sie bespricht mit ihm den geplanten Kauf dieser Zeitung, überlegt, wie man ihr Ansehen erhöhen, ihre Auflage steigern kann. Wichtig, entscheidend wichtig wird ein guter Chefredakteur sein – am besten ein Wirtschaftsjournalist. Es werden verschiedene Namen erwogen, man einigt sich schließlich auf einen Kandidaten: ein Mann, der sich bereits ›ausgewiesen‹ hat, etwa durch eine Broschüre, in die Marthe und Lazare gleich mal reinschauen. Ist der Eindruck positiv, so werden sie den Mann einladen.

Bei seinem Vorstellungsbesuch werden die Hanau und ihr Bloch sehr genau beobachten, wie sich der Kandidat verhält. Schneidet er auf, spielt er den Bescheidenen? Spricht er weitschweifig oder knapp? Was hat er bisher gemacht, wie denkt er politisch? Die Hanau macht während der Unterredung Notizen, um einige seiner Aussagen zu überprüfen – er soll ruhig sehen, dass sie skeptisch ist. Sie lässt ihn wohl auch von seiner Familie sprechen: wird er sentimental? Sie lässt ihn eventuell noch erzählen, was er in seiner Freizeit so treibt: redet er gern von sich oder sagt er bloß das Nötigste?

Nur bei positivem Gesamteindruck wird die Hanau von ihrem Plan sprechen, selbstverständlich ganz allgemein, ohne den Namen der Zeitung zu nennen.

Ist der Kandidat wief, und ein Redakteur der Hanau muss wief sein, so weiß er schon, um welche Zeitung es sich handelt, nennt die Gazette beim Namen.

Die Hanau wird nun fragen, was die bisherige Redaktion seiner Meinung nach falsch gemacht hat.

Redet der Kandidat pauschal von Auswirkungen der allgemeinen Krisensituation nach dem Krieg? Oder geht er ins Detail, verweist auf antiquierten Umbruch, auf trocken belehrende Schreibweise?

In diesem Fall wird ihn die Hanau oder wird ihn Bloch fragen, wie man diese heruntergewirtschaftete Zeitung wieder hochkriegen könnte; falls er auch hierzu Konkretes sagen kann, so sind seine Aussichten günstig.

Marthe Hanau wird ihn dann eventuell zu einem Abendessen einladen, in ein führendes Restaurant: wie verhält er sich hier? Auch nach größerem Alkoholkonsum? Trumpft er auf, wird er larmoyant? Bleibt er in Form, so lässt sie eventuell Freunde kommen, ein Ehepaar: wie führt sich der Kandidat vor der ihm unbekannten Frau auf, vor deren Mann? Etwa als künftiger Redakteur, der alles umkrempeln wird, überhaupt ein Pfundskerl ist? Oder horcht er den Mann aus nach seiner Tätigkeit, bringt ihn so weit, dass er Einzelheiten berichtet? Auch das wird für die Hanau, wird für ihre Zeitung wichtig sein.

Wenn man, sagen wir, bis gegen 2 Uhr früh zusammengesessen, reichlich gespeist, noch reichlicher getrunken hat, so wird sie den Kandidaten möglicherweise bitten, sie am nächsten Morgen um zehn nochmal zu besuchen und ihr einen ersten Stufenplan vorzulegen. So kann sie testen, ob er auch nach alkoholreichem Abend am nächsten Morgen fit ist. Erfüllt er auch diesbezüglich ihre Erwartungen, so wird sie ihm ein Gehalt anbieten, das höher liegt als seine bisherigen Bezüge.

Oder aber sie schmeißt plötzlich alles um, folgt doch nicht solchen Auswahlkriterien (die mir ein Fachbuch nahe legt), will sich mehr auf ihren Riecher verlassen, auf ihr Fingerspitzengefühl, und da scheint dieser Kandidat doch nicht ganz der rechte Mann zu sein, auch wenn er eigentlich alle Vorbedingungen erfüllt? Genau kann sie nicht erklären, weshalb sie ihn nicht einstellen möchte, es ist letztlich nur ein Gefühl, das gegen ihn spricht – kurz, sie mag ihn nicht so recht.

Sucht sie nun weiter? Oder ist das gar nicht mehr nötig, weil der rechte Mann schon mit ihr am Tisch sitzt, im Maxim, beim Gespräch über die mögliche Neugründung einer Finanz- und Wirtschaftszeitung? Dieser Charles Bertrand zum Beispiel, besitzt er nicht einige sehr günstige Voraussetzungen? Er ist erstens Bürgermeister, zweitens Mitglied der Deputiertenkammer, drittens Generalsekretär der UNC, der Union Nationale des Combattants, des größten Kriegsteilnehmer-Verbandes: eine konservative, nationalistische, politisch stark rechtslastige Organisation – »Ordnung und Ehre für Frankreich« lautet eine ihrer Parolen.

Wenn solch ein Repräsentant seinen Verbandsmitgliedern geschäftliche Empfehlungen gibt, so werden sie ihm gewiss folgen. Falls Bertrand sich lieber nicht durch allzu direkte Hinweise exponieren möchte, so dürfte es schon genügend positive Auswirkungen haben für das Ansehen der Zeitung, wenn dieser Mann als Chefredakteur verantwortlich zeichnet.

Charles Bertrand als Chefredakteur der neuen *Gazette du Franc*: müsste sich in dieser Phase des geplanten Romans sein Name nicht mit der Beschreibung seiner Person verbinden? Und man sieht Bertrand beispielsweise an einem Bleistift kauen, und das nicht zufällig, sondern: zu jeder Gelegenheit, bei der ich ihn reden oder agieren lasse, stecke ich ihm einen Bleistift zwischen die Zähne? Und Bertrand bestätigt sich, bestätigt uns seine Identität dadurch, dass er regelmäßig Bleistift kaut, frische Bleistifte, von denen Lack absplittert, weil er die Backenzähne oder Eckzähne tief ins weiche Bleistiftholz schlägt? Da bräuchte man als Erzähler bald nur noch irgendwo einen Bleistift hinzulegen, das stumpfe Ende weich gekaut, schon weiß die Leserschaft: Bertrand war hier.

Und wie sieht der Kopf aus, der zu diesem Bleistiftkauer passt? Über der Mund- und Bleistiftöffnung lässt sich ein Schnurrbart anbringen, der beispielsweise schmal ist: so könnte man einer anderen Person des Buchs einen breiteren, buschigen Schnurrbart zuschreiben, schon hat man zwei Kennzeichen. Die Nase mag breit sein, oder sie hat einen schmalen, noch dazu gehöckerten Grat. Die Nasenlöcher entsprechend eng, schlitzförmig oder ausgeweitet durch Popeln von Kindheit an, und die blähen sich, wenn Bertrand einer Sache auf der Spur ist.

Die Augen dagegen können verhangen sein, die Lider weit herabgezogen, fast bis an die Pupillen, lange Wimpern noch dazu. Und die Augenbrauen? Die können buschig sein, und Bertrand bürstet sie noch dazu gegen den Strich.

Was ließe sich noch beschreiben? Die Ohren, richtig, die Ohren! An die lassen sich große, fleischige Läppchen hängen. Und die Lippen haben auch so was dick sinnlich Hängendes. Na, steht der Mann jetzt?

Eine Hanau wird einen deutlichen Neubeginn markieren wollen: neues Redaktionsteam in neuen Redaktionsräumen. Sicher gibt sie Annoncen auf, unter Chiffre, besichtigt angebotene Räumlichkeiten: misst mit großen Schritten, dreht an Lichtschaltern, fühlt Wände ab nach Feuchtigkeit, öffnet Fenster, schaut und horcht hinaus.

Schließlich mag ihr eine Villa angeboten werden in einer Villenstraße: Grün, Kindermädchen, Autos. Auch diesmal Messschritte,

Fensteröffnen, Drehen an Lichtschaltern, Öffnen von Wasserhähnen, Abfühlen von Wänden. Aber das wäre hier wohl nur zeremoniell: solch ein Angebot wird ihren Erwartungen entsprechen. Die Miete für diese Villa wird hoch sein, aber Umgebung und Räume der Redaktion sollen ja nun repräsentativ wirken.

Sicher wird neu tapeziert, werden die Türen gestrichen, dazu kleine Änderungen. Eine Hanau kontrolliert solche Arbeiten. Wehe, die Tapete wirft eine Falte: runter mit der Tapetenbahn! Wehe, es sind Bläschen im Türweiß: da schreit sie, ihre Stimme verstärkt in den halligen Räumen. Arbeiten die Handwerker zuverlässig, kann sie einige Flaschen Rotwein mitbringen, aber erst gegen Abend, damit die Arbeit nicht beeinträchtigt wird.

Auch beim Umzug dürfte sie persönlich anwesend sein. Genau hat eine Frau wie sie alles vorgeplant: auf Millimeterpapier der Grundriss gezeichnet, maßstabgerecht; die Schränke, Schreibtische, Sessel maßstabgenau in Papierstückchen; die hat sie so lange hin und her geschoben, bis sie wusste, wohin die Möbel gestellt werden. Mit festen Schuhen, die ihre sowieso hörbar energischen Schritte betonen, geht sie vor den Möbelträgern her, zeigt die Stelle an, auf der jeweils abgesetzt wird, kein Zentimeter kann ihr abgehandelt werden. Lazare, der das vorher wusste, ist gar nicht erst mitgekommen. Ein Redakteur, der noch Erfahrungen mit der Hanau machen muss, versucht bei seinem Büroraum eine andere Aufstellung durchzusetzen, hat damit aber kein Glück: Man müsse die Gesamtkonzeption sehen, sagt sie, und die kennt vorläufig nur sie allein.

Ausführlicher muss nun gezeigt werden, wie solch eine Zeitung ›aufgebaut‹ werden kann.

Ich lasse Marthe Hanau eine gestufte Aktion der Vertrauenswerbung einleiten. Unter Vertrauenswerbung mag auch sie »ausgewählte Information« verstehen, eine »Unterrichtung der Öffentlichkeit mit dem Ziel, Sympathie und Vertrauen zu finden«. Wer eine Fabrik eröffne, müsse in Gebäuden und Maschinen investieren; wer eine Zeitung herausgebe, müsse vor allem in Vertrauenswerbung investieren.

Welche Aktionen Madame Hanau hier tatsächlich durchgeführt hat, weiß ich nicht. Das lässt sich auch kaum rekonstruieren: über Aktionen zur Beeinflussung der Öffentlichkeit wird die Öffentlichkeit nicht informiert. Fest steht, dass die Hanau mit einer vorher erfolglosen Zeitung Erfolg hatte: davon leite ich ab, was sie getan haben kann, getan haben muss. Ich informiere mich über Praktiken, die in der Wirtschaft üblich sind zu der Zeit, in der ich dieses Buch schreibe; von solchen Vorlagen leite ich Entwürfe ab.

Wird das Redaktionsbüro in einer Villa eingerichtet, in deren Nachbarschaft Industrielle wohnen, so könnte die Hanau vorschlagen, als Erstes diese Nachbarschaft anzusprechen. Und sie lässt von einem der Redakteure einen Brief aufsetzen, den man mit geringen Varianten an ›führende Persönlichkeiten‹ der Nobelgegend schickt: jeweils persönliche Anrede, der Text nicht vervielfältigt, jeder Brief handschriftlich unterzeichnet. In diesen Schreiben steht beispielsweise, der Anwohner habe ein Recht zu erfahren, wer hier neu eingezogen sei, und man stellt sich vor als Herausgeber und Chefredakteur der *Gazette du Franc*; die Zeitung werde hier unter neuer Redaktion ein neues Gesicht erhalten. Mehr schreiben wir nicht, wird die Hanau sagen, nur diese knappe Information, kein Werben, kein Anbiedern, erst recht keine Einladung zum Abonnement, dafür sind wir zu fein, das haben wir nicht nötig; man will erst eine Vertrauensbasis schaffen unter Repräsentanten von Industrie und Handel, soweit sie in der Nähe wohnen.

Und die Hanau wird den Kreis weiter ziehen: lässt Repräsentanten der Kommunalverwaltung anschreiben, soweit sie im selben Arrondissement wohnen. Einleitend wird das selbstverständliche Vorrecht dieser Herren betont, über Veränderungen in ihrem Bereich informiert zu werden: deshalb einige, wiederum knappe Informationen. Dazu die Erklärung, man sei gegebenenfalls bereit, kommunale Einrichtungen zu unterstützen, sehe man doch die gemeinsame Verpflichtung darin, der Öffentlichkeit zu dienen. Veuillez agréer, Monsieur, nos sentiments les plus distingués.

Zur Premiere der Neuausgabe der *Gazette du Franc* wird man einen Empfang geben, in einem repräsentativen Hotel. Zuvor eine Pressekonferenz: kleinerer Saal, hufeisenförmiger Tisch, alkoholfreie Getränke, Rauchwaren. Wahrscheinlich wird die Hanau nicht an der Stirnseite von Tisch und Saal sitzen; sie will nicht schon so früh Anlass geben zu Vermutungen über eventuelle Interessenverbindungen zwischen ihrem Groupement Technique und ihrer Beteiligung an dieser Finanzzeitung.

Erst recht nicht wird sich Rosenthal zeigen, der maßgeblich diese Zeitung finanziert. Viele wissen, dass er Großaktionär von Pétroles de Madagascar ist, und sollten in der *Gazette du Franc* gelegentlich positive, kursstimulierende Berichte über Pétroles de Madagascar erscheinen, so könnte das zu Aha-Erlebnissen führen, die eventuell schädliche Rückwirkungen hätten.

Als Leiter der Pressekonferenz am besten ein ›neutraler‹ Mann mit möglichst hohem Ansehen. Er wird die Gäste begrüßen, wird dann sogleich den offiziellen Herausgeber der neuen *Gazette du Franc* vorstellen, Graf Maurice-Bernard de Courville, wird anmerken, dass Graf de Courville in diesem Kreise eigentlich nicht weiter vorgestellt werden müsste, nennt zur Begründung einige Daten, die Courville als ›führende Persönlichkeit‹ der Wirtschaft wie der Wissenschaft weithin bekannt gemacht haben.

Der Vermittler will es kurz machen, gibt das Wort gleich weiter an den noblen Grafen, der sich mit feinem Lächeln für die Dennoch-Vorstellung bedanken wird, um gleich anschließend einige der »Leitgedanken« zu nennen, denen er sich bei der Herausgabe dieser Zeitung »verpflichtet« weiß: neutrale, höhere Werte, versteht sich.

Der Graf lässt es sich danach vom Gesprächsleiter nicht nehmen, seinen ersten Mitarbeiter vorzustellen: auch Bertrand als Persönlichkeit, diesmal aus der Politik, freilich mit gebührender Aufgeschlossenheit für alle Fragen, Probleme, Erscheinungen des Wirtschaftslebens – also eine ›umfassende‹ Persönlichkeit. Durch einige Hinweise kann Courville das Persönliche dieser Persönlichkeit noch weiter verdeutlichen, um Bertrand daraufhin das Wort zu erteilen, das dieser dankend ergreift.

Auch er wird zuerst überparteilich Grundsätzliches sagen, wird allgemeine Leit- und Richtsätze vortragen: Konstruktive Beiträge zum derzeit vordringlichen Problem der Währung, der notwendigen Sanierung des Franc – ein Ziel, dem sich die *Gazette du Franc* schon vom Namen her verpflichtet wisse. Darüber hinaus werde man die aktuelle wirtschaftliche Situation Frankreichs analysieren, verbunden mit Analysen der europäischen Wirtschaftslage, der Weltwirtschaftssituation: Korrelationen hier, das Gesetz der kommunizierenden Röhren – dazu lässt Bertrand eine Hand steigen, die andre sinken, alles schaut zu: spricht knapp und deutlich, der Mann!

Chefredakteur Bertrand ist nach solchen Ausführungen gern bereit, Fragen zu beantworten. Bestimmt wird die Frage gestellt, mit welcher Auflagenhöhe er rechne. Es gibt zwei Auflagen, meine Herren, kann Bertrand antworten, eine Auflage, die man erhofft, und die Auflage, die man erwartet; die Auflage, die ich mir wünsche, ist sehr hoch, die Auflage, mit der ich rechne, ist ebenfalls erstaunlich hoch. – Keine klare, aber eine geschickte Antwort dies, damit wird man wohl zufrieden sein.

Nach der erfreulich knappen Pressekonferenz, die ein günstiges Vorzeichen sein soll für künftige Pressekonferenzen des Hauses, lädt Graf de Courville die Journalisten nochmal mündlich ein zum anschließenden Empfang, auf dem auch ›für Leib und Seele‹ gesorgt werde.

Bei diesem Empfang sollen die Journalisten sehen, wie bedeutsam das Ereignis ist: namhafte Vertreter des öffentlichen Lebens, besonders aus der Politik (Kollegen von Bertrand) wie aus der Wirtschaft (Beziehungen von Courville können sichtbar werden). Dazu Herren der Verwaltung auf Stadt- und Landesebene, einige Abbés, einige Offiziere und so weiter.

3

Graf Maurice Bernard de Courville schreibt, so lese ich, in der neuen *Gazette du Franc* Artikel über Politik und Wirtschaft; unter einem Pseudonym, gebildet aus seinen Vornamen, bespricht er aber auch Konzerte. Denn er ist ein musikalischer Graf: spielt gern Orgel, gelegentlich, komponiert auch schon mal was, veranstaltet Hauskonzerte, schätzt Mozart, liebt Wagner. Er zeigt feinsinnige Kennerschaft auch vor Leuten, die kaum eine Beziehung zur Musik haben, vergleicht bei einem festlichen Diner einen erlesenen Wein mit Ravel, schmeckt kennerisch aus einem anderen Spitzenwein ein Flair Mozart heraus.

Weil Marthe Hanau ebenfalls musikalisch ist, eigentlich Pianistin werden wollte, ach ja, und sie besitzt nun eine große Sammlung von Schallplatten, so ergibt sich schon mal ein außerdienstliches Gespräch über Musik: Marthe lässt erkennen, dass sie Mozart ebenfalls mag, dass sie Beethoven bewundert, dass sie hingerissen wird von Wagner.

Natürlich verbindet die beiden außerdienstlich nicht bloß Liebe zur Musik: eine halbe Million, so heißt es, vertraut Courville der Hanau an, sie soll das Geld bitte vermehren. Weil eine Hand die andre salbt, muss Courville später viele Unterschriften leisten, etwa zu neuen Aktien, die Marthe Hanau durch ihre hausgemachten Gesellschaften emittiert.

Aber vorerst ist da nur das Groupement Technique, das offenbar erfolgreich arbeitet. Auch durch die *Gazette* wird dieser Kreis erweitert: Abonnenten werden zur Beteiligung eingeladen.

Der Umsatz steigt, das Einkommen wächst, das macht eine Hanau gern sichtbar, so lese ich: In der Stadt fährt sie nobel mit Chauffeur, außerhalb der Stadt tobt sie los im jeweils neusten Automodell, hat eine lederne Fliegerkappe übergestülpt. Neben ihr oft eine Freundin, meist ist es Josèphe. Eigentlich heißt sie Delphine, aber Marthe hat sie umbenannt. Beide tragen sie maßgeschneiderte Kleidung, vorzugsweise Herrenjacketts, beide sind sie starke Raucherinnen, beide trinken sie gern, und man sieht sie des Öfteren in bekannten Lokalen, etwa im Bœuf sur le Toit, hier lernen sie auch Jean Cocteau kennen, man duzt sich, besucht gemeinsam ein Transvestitenlokal. Kleine Reisen auch mit Josèphe, vorzugsweise zum Badeort Deauville, damals sehr en vogue, man steigt ab im Grand Hotel, selbstverständlich, trifft hier Repräsentanten von Großindustrie und Hochfinanz.

Beispielsweise André Citroën, dessen Autofirma ständig die Produktion erhöht: ein Mann, mit dem Marthe gern an den Spieltisch geht, weil er rücksichtslos hohe Geldbeträge setzt. Aber man kann mit ihm auch über Schöngeistiges plaudern, über Plato oder Wagner. Ebenso kann man mit ihm fachsimpeln über die damals beliebten Autoexpeditionen längs oder quer durch Amerika, Afrika, Asien. Und interessant ist für die beiden alles, was mit Kino zu tun hat: dem Film gibt Marthe eine ganz große Zukunft; gern schreibt sie in der *Gazette* über neue Filme, freilich anonym. Schließlich, so lese ich, lässt sich mit diesem Großindustriellen auch im Verbund spekulieren, der kann allerlei Gelder in Bewegung setzen, wenn es gilt, einen Aktienkurs hochzupuschen. Das gelingt vor allem bei der Diamanten-Minengesellschaft De Beers; beide realisieren sie erfreulich hohe Kursgewinne, und das bedeutet wiederum: höheres Ansehen der Hanau als Börsenspezialistin.

Auch auf Leute, die nichts von der Börse verstehen, macht die Hanau Eindruck, schon durch ihre Erscheinung, ihre Auftritte: voluminös, energisch, laut, in betont männlicher Kleidung, kettenrauchend, und manchmal trägt sie einen breitrandigen Panamahut. Über ihre Arbeitsgewohnheiten wird ebenfalls viel und gern erzählt: stets muss sie Mineralwasser griffbereit haben, dazu benutzt sie, lese ich, ein Flakon aus geschliffenem Kristallglas, kühl gehalten in einem silbernen Eiskübel – also doch keine Sektflasche auf ihrem Schreibtisch, wie ich das von der Fotografie abgelesen habe? Und große Kaffeemengen, die Marthe Hanau während der Arbeit schlürft wie ehedem Balzac; das braucht sie vor allem, wenn sie langfristig arbeitet; sie soll bis zu 48 Stunden schuften können, wird dann eine Zeit lang unsichtbar, taucht dröhnend wieder auf.

Solche Details finde ich auch in Dominique Desantis Biographie *La banquière des années folles*. Ich lese solche unterhaltenden Einzelheiten gern, muss ich zugeben, aber wichtig sind sie nicht für das geplante Buch. Auch Desanti gehört zu den Autoren, die es fertigbringen, über Personen des Wirtschaftslebens zu schreiben, ohne sich detailliert mit ihren Aktionen und Transaktionen zu beschäftigen – man hält sich lieber ans ›Persönliche‹ oder ›Menschliche‹. Mir kommt dieses Verfahren vor wie der Versuch, über ein Weltmeisterschaftsspiel im Schach zu berichten, ohne über die Partie selbst zu schreiben: man erzählt stattdessen, dass ein Partner vor einem Schachzug längere Zeit auf und ab geht, Kopf gesenkt, und der andre lehnt sich nachdenklich weit zurück; und der eine schnieft schon mal, der andre puhlt sich im Ohr, Zeichen der Konzentration, und der eine hat eine Vorliebe für Mozart, der andre für Wagner, und der eine wirkt schlank und sportlich, der andre gesetzt und kräftig, und der eine hat soundso viele Kinder und der andre gar keins: lauter Randphänomene, die man in die Mitte rückt, weil der eigentliche Vorgang für die meisten zu kompliziert, zu unanschaulich ist, zu wenig ›packend‹. Wie man im verflixten Detail vorgeht, wenn man, zum Beispiel, Börsenkurse manipulieren oder animieren will, das interessiert die wenigsten Schreiber, entsprechend harmlos fallen die meisten Darstellungen aus. Gerade die Aktionen auf dem Aktienmarkt aber haben die Hanau berühmt gemacht, und nicht die Freundinnen, Panamahüte, Automobile.

Die geschäftlichen Interessen der Neugründerin der *Gazette* lassen sich bereits an ihrer Doppelfunktion von Herausgeber und Chefredakteur erkennen: Charles Bertrand wird in den Geschäftsführenden Vorstand des Groupement Technique de Gérance Financière aufgenommen – aber das schreibt man sicher nicht in der *Gazette*! Und Courville übernimmt den Vorsitz in Lazare Blochs Comptoir Textile du Nord – davon schreibt man gleichfalls nichts. Beide Herren müssen vielmehr bemüht sein, der *Gazette du Franc* das Image einer angesehenen, zuverlässigen, objektiven Finanz- und Wirtschaftszeitung zu geben, denn nur mit solch einem Organ kann die Hanau wirkungsvoll ihre Beteiligungsgesellschaften empfehlen, kann sie Aktienkurse beeinflussen, nicht nur von Pétroles de Madagascar, sondern zum Beispiel auch bei der polnischen Erdölgesellschaft Malopolska, für die sie sich früh schon engagiert haben muss.

Ich werde nun freilich nicht den Versuch machen, diese historischen Börsenmanipulationen darzustellen. Das würde voraussetzen, dass ich nicht allein den damaligen Börsenmarkt beschreibe, sondern darüber hinaus die wirtschaftliche und politische Situation Frankreichs in den zwanziger Jahren – um hier dann Transaktionen einzuordnen, die sich in allen Details kaum rekonstruieren lassen. Wie soll ich jeweils herausfinden, ob damals ein Papier wirklich »zur Erholung« neigte oder ob ihm diese Neigung in der *Gazette* kurs-stimulierend zugeschrieben wurde? Das wäre ein ebenso mühsames wie aussichtsloses Puzzlespiel.

Außerdem: mir geht es hier nicht darum, historische Vorgänge zu beschreiben, sondern: ich will Aktionsweisen aufzeigen, die bereits in den zwanziger Jahren möglich waren und die immer wieder reproduziert werden, in jeweils zeitgerechten Varianten. Informationen darüber finde ich in Periodika wie *Fortune*.

4

Ich setze fort, was ich bereits am Buchbeginn skizzierte: Lazare Bloch hat vor der Gründung der Kosmetikfirma als Finanzmakler Anteile einer Kabelfirma in Lyon verkauft. Er ist wahrscheinlich Teilhaber dieser Firma – nach ihrer Umgründung: als Aktionär.

Wie ich lese, war Bloch zuständig auch für die Annoncen-Akquisition der *Gazette*: damit wäre eine Reise motiviert zu verschiedenen Firmen. Denn Anzeigen werden auch für diese Zeitung finanziell wichtig gewesen sein.

Ohne Umweg lasse ich Bloch nach Lyon reisen zur Kabel-AG. Er weiß, dass Briefe, dass selbst Telefongespräche selten zu so guten Abschlüssen führen wie direkte Unterhandlungen; da kommen Reisespesen rasch wieder herein.

Es dürfte für Bloch kaum schwierig sein, einen Termin zu vereinbaren mit einem Vorstandsmitglied der Kabel-AG: ich setze alte Beziehungen voraus. Wahrscheinlich spricht er beim ersten Zusammentreffen nicht sofort über sein Vorhaben: man plaudert erst mal über Politik und Privates. Wäre dies nicht eine Gelegenheit, Lazare Bloch ein wenig ›Farbe‹ zu geben?

Ein Lazare Bloch ohne Marthe Hanau neben sich, die ihn sofort in den Schatten stellt, mag souverän wirken. Oder, je nach Gesprächspartner, als Mann, der ›nach Männerart‹ gern was Gepfeffertes hört, ebenso gern serviert.

Ein erstes Kontaktgespräch mit dem Repräsentanten der Kabel-AG wird wohl kaum in offiziellem Rahmen stattfinden: man trifft sich in einem Restaurant, an einem Ecktisch oder in einer Nische, in der man ungestört ist. Hier könnte Lazare Bloch während der Vorspeise von einem Komiker erzählen, den er gesehen hat, kürzlich in Paris: Der spielte einen Schuster, der morgens seine Werkstatt betritt, alles proper, er hat sein Lebtag hart gearbeitet, kann mit dem Erworbenen zufrieden sein, er setzt sich hin, Morgenfrohsinn, klemmt einen Schuh zwischen die Oberschenkel, holt aus zum ersten kräftigen Hammerschlag, haut am Schuh vorbei, schmettert den Hammer auf den Sack, springt hoch, weiß nicht, wohin vor Schmerz, hüpft gekrümmt herum, Hammer in der Hand, rasender Schmerz im Ei, er schlägt verzweifelt auf den Tisch, zertrümmert hochspringend die Lampe, zerschlägt losrennend das Fenster, die Regale, haut alles in Klump, den ganzen Laden, bleibt atemlos stehn.

Nun wird auch der Gesprächspartner Atem brauchen: So was Verrücktes! Dieser Bloch, was der an Geschichten parat hat! Also wird Bloch gleich eine zweite Anekdote bringen müssen, eine Sache diesmal, die wirklich passiert sei, er will das beschwören: Ein Mann wacht nachts auf, meint, er hätte ein verdächtiges Geräusch gehört, patscht schlaftrunken auf den Druckknopf der Nachttischlampe, haut daneben, zerschlägt den Glasschirm, schneidet sich ins Handgelenk, blutet schwer. Die Frau bindet provisorisch den Arm ab, benachrichtigt das Krankenhaus, versucht dann das blutverschmierte Bett zu reinigen, nimmt dazu einen Lappen, Benzin. Der Mann zieht sich währenddes an, geht aufs Klo, will in Ruhe ein Zigarettchen rauchen, bevor sie ihn abholen, hockt duselig da, wirft zwischen seinen Beinen den Zigarettenstummel in die Schüssel – wuff! flammt es hoch, versengt ihn von unten: seine Frau hatte vorher den Benzinlappen da reingeworfen. Nein, wird der Gesprächspartner rufen, nein! Passen Sie auf, ruft Bloch, nun in Fahrt: Es geht noch weiter! Der Krankenwagen kommt, zwei Männer mit Bahre, sie tragen ihn das Treppenhaus runter, dabei erzählt der Mann, was passiert ist, der erste Krankenträger verliert vor Lachen die Balance, stolpert, fällt die Treppe runter, bricht sich ein Bein.

Die Stimmung wird aufgelockert sein, wenn man nun zur Sache kommt – gute Vorbedingung! Bloch berichtet erst mal von der *Gazette*, hebt sicherlich seinen Anteil an diesem Unternehmen hervor. Die Auflagenzahl, die er auf Befragen nennt, ist gewiss höher als die faktische Auflage: aber nur hohe Auflagen wecken Appetit auf Anzeigen. Das Vorstandsmitglied der Kabel-AG mag sich, inoffiziell und noch unverbindlich, bereit erklären, in die *Gazette* größere Anzeigen zu setzen.

Dafür könnte er, als Gegenleistung, eine Förderung seiner Gesellschaft durch die *Gazette* wünschen – eine Möglichkeit, an die er sich vorsichtig, sehr vorsichtig heranspricht. Etwa mit einem Hinweis auf die vor kurzem veröffentlichte Jahresbilanz der Gesellschaft, die einen erfreulichen Gewinn ausweisen mag – ließe sich darüber nicht in der *Gazette du Franc* berichten, in einem speziellen Artikel? Eigentlich ist ja selbstverständlich, dass zumindest die Bilanzen führender Gesellschaften von einer Finanz- und Wirtschaftszeitung untersucht werden, das gehört zu ihrer Informationspflicht – insofern ist dieser Vorschlag legitim. Nur wäre es für die Firma erfreulich, wenn sie Einfluss hätte auf den Zeitpunkt der Veröffentlichung. Um den wenigstens annähernd zu terminieren, kann Blochs Gesprächspartner eine bedeutsame und vorerst selbstverständlich völlig vertrauliche Information liefern: Die Kabelwerke Lyon AG werden die Firma Magny/Morand aufkaufen, Produzent von Elektromotoren. Durch diese Fusion wird der Umsatz des Gesamtunternehmens um wenigstens 30 Prozent ansteigen.

Eine Aussicht, die auch für Lazare Bloch privat erfreulich sein könnte, sofern er bereits Aktien der Kabel-AG besitzt. Falls nicht, kann er rechtzeitig Aktien dieser Gesellschaft kaufen, zum jetzt noch günstigen Kurs, kann an den Kursgewinnen partizipieren, die der positive Bericht der *Gazette* über Bilanz und Fusion auslösen wird.

Auch Blochs Gesprächspartner will an der geplanten Kurserhöhung mitverdienen. So kauft er über Strohmänner oder zuverlässige Börsenhändler Aktien seiner Gesellschaft, gibt auch Freunden und Familienmitgliedern rechtzeitig den guten und selbstverständlich vertraulichen Rat, Aktien dieser Gesellschaft zu erwerben.

Ganz bestimmt wird sich auch die Hanau Aktien der Kabel-AG kaufen. Je mehr sie zusammenkaufen kann (indirekt, nie im eigenen Namen), desto entschiedener wird auch sie an einem günstigen Bericht über Bilanz und Fusionsplan der Kabel-AG interessiert sein.

Solch ein Bericht muss nach Möglichkeit von einem namhaften Wirtschaftsjournalisten gezeichnet sein, nicht von einem der Hausredakteure: das verbessert die Tarnung und fördert die erwünschte Auswirkung. Ein Mehrfaches des üblichen Honorars wäre hier eine geringe Investition: die historische Hanau soll bis zum Zehnfachen der üblichen Honorarsätze gezahlt haben.

Ein gewiefter Wirtschaftsjournalist wird sich bei diesem Auftrag denken, was er nicht ausspricht, wird eventuell versuchen, rechtzeitig noch Aktien dieser Gesellschaft zu kaufen – natürlich, ohne die Hanau darüber zu informieren. Freilich wird zu diesem Zeitpunkt der Markt für diese Aktie schon eng werden, eine Hanau und ein Bloch lassen sich nicht gern etwas wegschnappen.

Der Artikel über die Kabel-AG wird umgeben sein von Berichten über andere Gesellschaften, über Börsentendenzen, über die Wirtschaftslage. Da wird von geradlinigen oder sprunghaften Entwicklungen geschrieben; da werden Kursausschläge nach beiden Seiten angekündigt; da werden Konsolidierungsphasen vorausgesagt, Anläufe zu Kurserholungen, die kleine Prozentgewinne bringen; da erwirtschaftet eine Konzernholding einen Überschuss, kassiert dabei aus Gewinnabführungsverträgen; da wird von Papieren geschrieben, die zur Schwäche, von anderen, die zur Erholung neigen; da wird festgestellt, dass nur Sonderbewegungen bei großen und kleinen Papieren die Chance für einen überdurchschnittlichen Erfolg bieten; da ziehen Aktien an, büßen ein, legen zu.

Viele Nachrichten, Kommentare dieser Art und darin eingebettet der Bericht über die erfreuliche Jahresbilanz der Kabelwerke Lyon AG, sowie die Ankündigung einer bald schon bevorstehenden Fusion mit Magny/Morand. Hier lassen sich Formeln, Bericht-Fertigteile einsetzen, die ebenso zum Feststellen von Fakten wie zur Steuerung von Kursen benutzt werden können: beispielsweise wird von einem zufrieden stellenden oder überdurchschnittlichen Ertrag geschrieben, von besten Voraussetzungen auch künftiger Ertragssteigerungen, die Tochtergesellschaft wird als überaus expansiv bezeichnet, beide Firmen würden gemeinsam die Angebotspalette erweitern, man strebe eine marktbeherrschende Größenordnung an, auf dem Binnenmarkt, auf dem Auslandsmarkt, man werde Rationalisierungen in den Mittelpunkt der Investitionstätigkeit stellen – und ähnlich so weiter.

Nach solch einem Artikel wird der Aktienkurs der Kabel-AG anziehen: etliche Leser wollen jetzt Aktien dieser Gesellschaft kaufen, schon hebt Nachfrage den Kurs. Marthe Hanau und Lazare Bloch machen Zwischengewinne.

Ganz nebenbei fördern sie durch diese Aktion das Ansehen der

Gazette du Franc: die im Artikel angekündigte Kurssteigerung findet tatsächlich statt, also wird man in der nächsten Ausgabe berichten, der von der *Gazette* angekündigte Kursanstieg hätte tatsächlich stattgefunden. Das hebt das Image der Zeitschrift. So lässt sich weitermachen.

5

Im bisherigen Buchentwurf herrscht die Ich-Perspektive eines Autors vor, der Leserinnen und Leser am Auswählen und Auswerten von Materialien teilnehmen lässt; auch lässt er sich beim Schreiben zuschauen, sozusagen über die Schulter.

Ich frage mich nun, ob nicht auch eine andere Methode sinnvoll wäre, und ich spreche im fiktiven Ich einer Rollenfigur? Beispielsweise eines Journalisten, der kurz nach Marthe Hanaus Tod recherchiert? Könnten durch diese Methode die Vorgänge nicht erzählbarer werden, und das Buch setzt mehr ›Fleisch‹ an? Der Erzähler wäre der Hanau eventuell näher, er sähe ihre Umgebung, er könnte Freunde, Bekannte, Mitakteure befragen – hier dürfte eine noch größere Vielfalt von Perspektiven entstehen.

Diese Schreibmethode würde einerseits noch mehr Recherchen voraussetzen: Zeit, Umwelt, Personen müssen gegenwärtig werden. Andererseits hätte ich hier mehr Spielraum für eigenes Erfinden.

Wenigstens in einem Erzählansatz will ich diese Methode ausprobieren, fingiere dazu ein Gespräch mit einem Concierge im Sommer 1935.

»Ja, dort oben hat sie gewohnt, damals, Mitte der zwanziger Jahre«, sagt der Concierge, zeigt hoch zum fünften Stock. Er legt einen Tabaksbeutel auf den Schalenrand des stillgelegten Brunnens, zupft aus schmalem Päckchen ein Zigarettenpapier, knickt es der Länge nach ein, streut mit nikotinbraunen Fingern Tabak, rollt das Papier ein, beleckt einen schmalen Streifen, pappt ihn an, schnippt an beiden Enden mit dem Zeigefingernagel den Tabak fest. Ich reiße ein Streichholz an, er beugt sich vor, saugt die Flamme an, dankt nickend.

Der Brunnen: über der muschelförmigen Schale eine verschnörkelte Steinsäule, Diana aufsetzend mit einer Fußspitze. Diese Figur dürfte die Hanau gesehen haben, wenn sie in den Innenhof blickte. Wo lagen ihre Räume?

Der Concierge zeigt mit klobigem Zeigefinger: rechts die Küche, daneben ein Abstellzimmer, danach das Fenster vom Badezimmer, links das Schlafzimmer.

Ich sage: Da hat sie morgens nach dem Aufstehen vielleicht als Erstes diese Brunnenfigur gesehn.

Der Concierge zuckt mit der Schulter: Der Brunnen laufe seit Jahren nicht mehr; als er kaputtging, hätte niemand von den Herrschaften Wert darauf gelegt, dass er repariert wurde, auch nicht Madame Hanau.

Während wir zur Einfahrt zurückgehen, frage ich, ob es wirklich nicht möglich sei, die Wohnung oben zu besichtigen. Der Concierge bedauert: Die Herrschaften, die seit einigen Jahren dort oben wohnen, wollen nichts von der Vorgängerin wissen, die solche Skandale gemacht und sich vor kurzem auch noch umgebracht hat. Außerdem, meint der Concierge, hatte sie dort oben gewohnt, bevor sie »ganz groß herauskam«; dann zog sie ja gleich in die Villa im noblen Vorort Boulogne sur Seine.

Er bleibt am Hofeingang stehen, lässt mir den Vortritt. Dünne Wolljacke, die Ärmel hochgeschoben, auf dem rechten Unterarm eine Tätowierung: zwei gekreuzte Schwerter, eine Granate, im Bogen geschriebene Buchstaben und Ziffern – sicher seine Truppeneinheit.

In der Wohnung riecht es nach dem Mittagessen, das gekocht wird; Geräusche in der Küche. Ich gehe zum Telefonschaltbrett, schaue auf Stecker, Kabel, Buchsen, will wissen, wie man hier Sprechverbindungen herstellt, frage danach aus scheinbar technischem Interesse.

Der Mann beginnt zu erklären, dann zu erzählen: Oft musste er damals für die Hanau abends um zehn, elf Uhr noch Ferngespräche vermitteln, nach Berlin, Genf, London. Freilich war das nur zeitweise so, es gab durchaus ruhige Wochen, oft war sie ja verreist. Aber manchmal jagten sich die Telefongespräche, da kam er vom Schaltbrett den ganzen Abend kaum weg. Ein paar Mal hatte das Postamt um Mitternacht keine weiteren Gespräche vermitteln wollen. Wenn er das nach oben weitermeldete, wollte Madame augenblicklich mit dem zuständigen Herrn verbunden werden, heizte ihm offenbar ein, denn meist wurde ihr danach noch ein Ferngespräch zugestanden.

»Ja, sie konnte sehr energisch sein.« Der Concierge dreht wieder eine Zigarette.

Ich frage, ob es hier damals schon einen Spitznamen für Madame gab?

Der Concierge schnippt mit dem Zeigefingernagel den Tabak an beiden Enden fest, ich gebe ihm nochmal Feuer. Nach drei kräftigen Zügen kann er wieder reden. Einen richtigen Spitznamen hatte Madame damals noch nicht, sie wurde allgemein nur »Die Präsidentin« genannt. So hatte er die Hanau auch begrüßt, wenn sie morgens aus dem Fahrstuhl kam: Guten Morgen, Frau Präsidentin. Später, bei ihren ganz großen Erfolgen, seien noch einige Namen hinzugekommen: Napoléonne des Finances, Catherine du Franc, L'Américaine. Aber damals, wie gesagt, war sie noch nicht Napoleonin der Finanzen, Katharina des Franken, Die Amerikanerin, da nannte man sie meist nur: Die Präsidentin. Sie hätte auch wirklich wie eine Präsidentin ausgesehen, so resolut. Man müsse aber auch sagen, dass sie sehr freundlich war. Wenn er am Vorabend mehrere Gespräche für sie vermittelt hatte, kam sie morgens in die Wohnung hier, legte ohne Kommentar einen Geldschein vor das Schaltbrett, sprach kurz mit seiner Frau, erkundigte sich nach dem Jungen, nach der Schule. Und plötzlich, manchmal mitten im Satz, war Schluss, die Präsidentin stampfte wieder raus. Durchs Straßenfenster konnte man sehen, wie sie in den damals schon großen Wagen stieg.

6

Die Hanau hat mit verschiedenen Techniken gewinnbringend gearbeitet. Mich interessieren hier vor allem Methoden der Kursmanipulation: das Hochspielen, Hochtreiben, Hochpuschen von Börsenkursen verschiedener Gesellschaften, von denen sie Aktien besaß. Auch die Darstellung solcher Methoden gehört zu diesem Buch – so, wie zu einem Kriminalroman die Beschreibung der Tatwerkzeuge gehört oder zu einem Sexroman die Beschreibung von Geschlechtswerkzeugen. Freilich ist bei einem Buch über Wirtschaftsvorgänge das Werkzeug weniger plastisch.

Ich gehe aus von (meist sehr allgemein gehaltenen) Hinweisen, die ich in Berichten über das Geschäftsleben der Hanau finde. Um ihre Aktionen genauer zu sehen, genauer zu beschreiben, ziehe ich zeitgenössische Materialien heran, entwerfe so Modellaktionen.

Eine der auslösenden (allgemeinen) Informationen: Die Hanau steuerte mit ihrer *Gazette du Franc* Aktienkurse auf Hausse oder Baisse. Wie funktioniert so was?

Pauschal so: Ein positiver Bericht über eine Aktiengesellschaft kann Leser anregen, Aktien der so günstig beurteilten Gesellschaft zu kaufen – vorausgesetzt, sie haben Vertrauen zu ihrer Zeitung oder Zeitschrift. Je größer das Vertrauen und je höher die Auflage, desto stärker die Auswirkungen: wenn viele Leser Aktien einer positiv beschriebenen Aktiengesellschaft kaufen, so wird sich das auswirken auf den Aktienkurs – er steigt. Solch ein Kursanstieg wiederum bestätigt die Prognose der Finanzzeitung: Imagegewinn.

Umgekehrt kann ein kritischer Bericht über eine Aktiengesellschaft einen Kursrückgang auslösen oder fördern: Leser, die Aktien dieser Gesellschaft besitzen, werden sie eventuell verkaufen – und Verkäufe beschleunigen den Kursverfall. Je größer das Vertrauen, das die Klientel zu ihrer Finanzzeitschrift hat, je höher die Auflage, desto rascher und deutlicher auch hier die Auswirkungen – vorausgesetzt wiederum, die Leser verfügen über Wertpapierbestände und

Geldmittel, die groß genug sind, um auf dem Börsenmarkt Wirkung zu erzielen.

Nun wusste die Hanau bereits vor ihren Lesern, über welche Aktiengesellschaften in der *Gazette* positiv, über welche negativ berichtet wurde. Wie sich solch ein Informationsvorsprung nutzen lässt, zeigten die Insiderkäufe bei der Kabel-AG.

Grundsätzlich nun: je mehr Aktien die Hanau jeweils von einer AG besaß, die von der *Gazette* positiv herausgestellt wurde, desto größer die Gewinnmitnahme. Um durch zweckbestimmte Nachrichten möglichst effektiv arbeiten zu können, pachtete sie im Lauf der Jahre die Finanz- und Wirtschaftsseiten mehrerer Zeitungen, auch gab sie einen Börsenbrief heraus mit direkten Kaufs- und Verkaufstipps.

Einige Anmerkungen zu Börseninformationsdiensten. Wichtig ist (auch) hier ein gutes Image: ein Börsenbrief muss als Blatt akzeptiert werden, das Nachrichten vermittelt aus innersten Wirtschaftszirkeln, und diese Sonderinformationen werden an einen begrenzten Kreis weitergegeben, in scheinbar persönlicher Beratung – obwohl man nach einer »Insiderfaustregel« mindestens zweitausend Abonnenten haben muss, damit ein Börsenbrief sich lohnt.

Aufmachen, aufputzen lässt sich ein Börsenbrief, indem er politischen Background bietet, dazu Graphiken über Kursentwicklungen, Kurstendenzen, dazu Aktienanalysen, Unternehmensanalysen, dazu Branchenstudien, Länderstudien, kurz: Wissenschaft, aber nicht zu viel davon, grade genug für den guten Eindruck.

Bei den Hinweisen, Empfehlungen, Tipps erwarten die Abonnenten eine klare, verständliche Sprache. Zum Beispiel: A ist eine hochinteressante Versorgungsaktie. Bei B ist ein Kurs von 390/400 spekulativ denkbar. Vor längerfristigen Anlagen von C wird gewarnt. Wert D schwimmt gegen den Strom. Gesellschaft E besitzt eine ausgezeichnete Verfassung. F reizt die Phantasie. Aktie G ist kaufenswert. Schwache Tage bei I nutzen. H, ein Papier, das wieder kommen könnte. L sollte zu limitiertem Kurs von 280 pöstchenweise zugekauft werden. Eine breite Neuentdeckung der M-Aktien ist zu erwarten. N entwickelt sich unabhängig von allgemeiner Tendenz. Anleger von O sollten die Nerven behalten.

Bei P das Pulver für bessere Zeiten trocken halten. Bei R würde ein Kursanstieg von 210/230 nicht überraschen. Skeptischer dagegen ist S zu beurteilen. Ein guter Kauf ist T. U eignet sich zum Mitspielen. Überdurchschnittliche Gewinnchancen errechnet bei V. Auch W enthält einige Musik. X könnte sich der 400er Kursmarke nähern. Bei Y sollte man vorerst voll engagiert bleiben. An leichteren Tagen Z kaufen.

So kann ein Börsenbrief »durch das pointierte Herausstellen positiver Aspekte so viel Phantasie in eine Aktie pumpen, dass ihr Kurs wenigstens kurzfristig steigt«. Dies lese ich in einer Artikelserie der Zeitschrift *Wirtschaftswoche*.

Allerdings, solche Möglichkeiten sind nicht unbegrenzt. So können zum Beispiel die Aktien ganz großer Gesellschaften zumindest von außen her kaum hochgekitzelt werden, durch Wirtschaftsjournale, Börsendienste, Spekulanten.

Dies erklärt mir Helmuth Kühn, Börsenfachmann, mit dem ich Entwürfe zu diesen Entwürfen durcharbeite, der mir Materialien vermittelt, der mir geduldig Vorgänge des Börsenbereichs, der Wirtschaft erklärt: viel Teamarbeit.

Mein Fachberater nennt als Beispiel die American Telephone & Telegraph Co., kürzer: American Tel & Tel, ganz kurz: ATT. Es müssten schon sehr große Geldsummen investiert werden, um den Kurs solch einer Gesellschaft in Bewegung zu setzen!

Und die ATT ist nur einer der berühmten »blue chips«, der Aktienfavoriten, der Großkopferten unter den Papieren. Diesen Riesensauriern könnten Spekulanten, auch Spekulantengruppen nicht mal den großen Zeh hochstemmen.

Möglichkeiten für Kursmanipulationen haben eine Hanau und ihre Nachfolger nur bei kleineren oder neuen Papieren. Solche Gesellschaften sind leichter anfällig für Falschmeldungen, versehentliche oder gezielte, denn dazu nimmt nicht sofort ein Bankenkonsortium Stellung. Bei kleineren Gesellschaften ist freilich das »schwimmende Material«, ist die Zahl der im Börsenhandel frei verfügbaren Papiere oft ziemlich gering; wer den Kurs eines Papiers hochtreibt, will aber an möglichst vielen Stücken verdienen.

Eine Hanau erhöhte ihre Gewinnaussichten dadurch, dass sie

rechtzeitig so viele Aktien wie möglich zusammenkaufen ließ. Außerdem gründete sie eigene Aktiengesellschaften, offiziell oder über Mittelsmänner. So waren ihre Verdienstmöglichkeiten sehr viel größer als bei Spekulanten, die nur auf »schwimmendes Material« angewiesen sind.

7

Oustric, schon dieser Name! Oustric, Oustric! Wenn man das Wort »Bank« davorsetzt, klingt das auch nicht besser: Banque Oustric – ist eigentlich schon vom Klang her verdächtig. Dieser Oustric, Oustric ist jemand, den Marthe Hanau nicht ausstehen kann!

Fast gleichaltrig, geboren in Carcassonne, Sohn eines Café-Besitzers – eigentlich müsste man diesen Café-Vater in einer vorderasiatischen Kleinstadt ansiedeln, und er ist am ortsüblichen Haschischhandel finster beteiligt. Ja, das wäre der rechte Herkunfts-Hintergrund für solch einen Oustric, Oustric! Und einen anderen Vornamen müsste er auch haben, etwa »Sacha«: Sacha Oustric – oder etwas Ähnliches. Stattdessen: Albert – hört sich unpassend bieder und bürgerlich an. Andrerseits: wenn man dieses Oustric, Oustric hört, wer denkt da noch an einen Vornamen? Dies ist Oustric. Das ist der Oustric.

Dieser Oustric erlernte sein Handwerk in einer Bank, na typisch! Marthe Hanau empfindet seit jeher eine deutlich akzentuierte Abneigung gegen Banken, vor allem gegen Großbanken. Und nun lernte Oustric in einer Bank, was ihn zum bekannten, zum berüchtigten Oustric machte: manipulatorischen Umgang mit Aktien.

Ungefähr zur gleichen Zeit, in der Marthe Hanau mit so viel ›echtem Idealismus‹ ihre Zeitung ausbaute, verließ Oustric die Bank und begann zu spekulieren. In kurzer Zeit wurde Oustric Experte im Schieben, Drücken, Stoßen, Treiben von Aktienkursen: mit Recht sagt hier der Franzose »pousser«. Oustric der Kursschieber, Kursdrücker, der Kursstoßer, Kurstreiber – hier machte er sich seinen Namen.

Worauf Oustric vor allem setzte, war eine südamerikanische Silbermine mit klangvollem Namen: Huanchaca. Als sich kaum jemand für die Huanchaca interessierte, kaufte Oustric möglichst viele Aktien dieser Gesellschaft, nahm dazu wohl Kredit auf.

Nachdem Oustric genügend Aktien der Huanchaca beisammen hatte, nahm er Verbindung auf mit Börsenbriefen und Finanzblättern, lancierte hier zum rechten Zeitpunkt die Meldung von der Entdeckung neuer, enorm großer Silber-Lagerstätten im Gebiet der Huanchaca-Mine. Und von mickrigen 40 Francs das Stück schnellten die Huanchaca-Aktien hoch auf runde, satte, silberglanzstrahlende 458.

Bei diesem Kurs war das Papier für Oustric vorerst ausgereizt, er verkaufte die Aktien wieder, realisierte happigen Gewinn, spekulierte danach auf Baisse, ließ durch kooperierende Börsenbriefe und Finanzblätter entmutigende Nachrichten verbreiten über Huanchaca – Nachrichten freilich, die nicht unwiderruflich negativ sein durften! Also etwa: Geologische bzw. technische Schwierigkeiten beim Abbau der neuen Lagerstätten. Oder: Der Staat will trotz der prachtvollen Funde offenbar noch immer nicht die notwendige Straße, die überfällige Eisenbahnlinie in dieses Gebiet bauen. Oder: Probleme beim benachbarten Schmelzwerk, personell und technisch.

Durch zweckdienliche Meldungen solcher Art ließ Oustric der Huanchaca »Luft raus«, die Aktie notierte schließlich nur noch 105. Nun begann Oustric wieder Huanchaca zu kaufen, rasch, zielstrebig, er wollte auch diesmal möglichst viele dieser Aktien besitzen, wenn es erneut nach oben ging.

So begann das Spiel von vorn, zweite Runde: Die vorherigen geologischen oder technischen Schwierigkeiten durch eine unerwartete Lösung überwunden! Oder: Die Straße, die Eisenbahnlinie doch gebaut! Oder: Das Schmelzwerk mit neuer Geschäftsleitung, mit einer auf den neusten technischen Stand gebrachten, selbst höchsten Kapazitäten gewachsenen Ausrüstung!

Da konnte es wieder losgehn: Silberabbau, Silberschmelze, Silberausstoß, ein Silberstrom! Oustric, dieser Oustric führte die Kampagne sehr effizient durch, trieb das Papier von müden 105 hoch auf delirierende 1445 Francs. Oustric und Huanchaca. Oustric mit Huanchaca. Oustric durch Huanchaca. Nun stand er ganz groß da, dieser Oustric.

Mit diesem Oustric, Oustric wird die Hanau zuweilen in Beziehung gesetzt; mehrfach und mit Entschiedenheit muss sie sich durch Erklärungen und Dementis von ihm distanzieren. Weder persönliche Beziehungen, bitte schön, noch Entsprechungen in den Geschäftspraktiken, ich muss doch sehr bitten, und man arbeitet entgegen verschiedenen Behauptungen auch nicht mit demselben Börsenmakler, also bitte! Ganz entschieden ist sie gegen diesen Oustric, gegen diese Oustrics allgemein, das gibt sie auch unaufgefordert zu erkennen, mündlich oder schriftlich.

8

Die *Gazette du Franc* wird von Banken und Zeitungen sehr kritisch beobachtet. Schon im ersten Jahr muss die Redaktion Dementis abgeben. Etwa: Es bestünden keine Beziehungen zwischen der Zeitung und der Erdölgesellschaft Pétroles de Madagascar. Im zweiten Jahr, 1926, wird Chefredakteur Bertrand öffentlich vorgeworfen, er habe »zweifelhafte« Aktien lanciert. Offenbar ist der Vorwurf begründet, Bertrand muss sofort die Chefredaktion aufgeben, auch darf er nicht länger Generalsekretär seines Kriegsteilnehmerverbandes bleiben.

Graf Courville wird die Sache brenzlig, er reicht sein Kündigungsschreiben ein. Dieser Rücktritt wäre für das Ansehen der *Gazette* äußerst belastend, also wandelt Marthe die *Gazette du Franc* in eine Aktiengesellschaft um, bietet Courville an, gemeinsam mit ihr im Vorstand zu präsidieren, dafür erhält er einen Packen *Gazette*-Aktien, ohne sie bezahlen zu müssen. Courville lässt sich kaufen, zeichnet weiterhin verantwortlich als Herausgeber.

Zwei neue Namen nun in der *Gazette*: Pierre Descaves, Schriftsteller, auch von Bühnenstücken, wird Generalsekretär der Redaktion, damit Nachfolger von Bertrand. Und Freundin Josèphe, die mal wieder Geld mitbringt, wird Generalsekretärin der Verwaltung.

Nun kann sich die Hanau wieder stärker auf ihre Finanzgeschäfte konzentrieren. Gemeinsam mit Lazare Bloch arbeitet sie einen Plan aus: Gründung von »Syndikaten«, von Beteiligungsverbänden nach amerikanischem Vorbild. Die Anteile dieser Verbände in Beträgen zwischen zehn- und fünfzigtausend Francs. Laufzeit: ein Jahr. In diesem Jahr mit den Geldern der Kunden arbeiten, und zwar freizügig. (In Artikel 12 des Interessenverbandes Nr. 261 wird später das Recht der Teilnehmer auf »detaillierte Auskünfte über die Geschäfte« eingeschränkt, soweit »zur erfolgreichen Ausführung der Geschäfte Geheimhaltung erforderlich« ist. Mit so einer Regelung lässt sich natürlich vieles machen!) Am Ende der Laufzeit eines Interessenverbandes die Anteile wieder auszuzahlen, und zwar vermehrt um acht Prozent Zinsen. (Die Banken zahlen zu dieser Zeit meist nur ein bis zwei Prozent!) Als wichtigster Posten der Gewinn: klotzige 40 Prozent ankündigen. Die Auszahlungen entweder in bar oder in Papieren, die zum Tageskurs abgegeben werden – wobei natürlich günstig ist, wenn man sie vorher hochkitzelt. Selbstredend streicht die Syndikatsverwaltung von den Gewinnen zehn Prozent Provision ein.

Wenn derart hohe Gewinnquoten versprochen und nach Möglichkeit auch realisiert werden, so hat das eine gute Werbewirkung für die Syndikate, und es werden jeweils neue Anteile gezeichnet. Also heißt es Gewinne machen, um jeden Preis! Damit ist die Strategie schon festgelegt: Möglichst wenig auf Standardwerte setzen, möglichst viel mit Spezialwerten operieren, weil hier (auf engem Markt) größere Kurssteigerungen möglich sind, gefördert durch »animation«.

Die erste Syndikatsbildung soll in der Provinz gestartet werden, Bloch entscheidet sich für Rouen. Dort quartiert er sich im besten Hotel ein, sucht Anwälte und Advokaten, Ärzte und führende Verwaltungsbeamte auf, hat aber nicht immer Glück: Manchmal wird er überhaupt nicht vorgelassen, öfter wird er nur ein Abonnement der *Gazette* los, die er überall werbend vorstellt. Und wenn doch mal ein Gesprächspartner Interesse zeigt an solch einem Syndikat, so fehlen die notwendigen Mittel: wer Rücklagen bilden konnte, hat sie bereits in Wertpapieren angelegt, weil die Sparzinsen zu mickrig sind. Leider lassen sich die Herrschaften von Bloch nicht dazu verleiten, ihre Wertpapiere sofort zu verkaufen und das frei gewordene Geld in Anteilscheinen des geplanten Syndikats anzulegen.

Schlechte Erfahrungen, die Bloch in Rouen macht – was tun? Das Geschäftspaar findet folgende Lösung: Wer an einem Syndikat partizipieren will, braucht seine Anteile nicht in bar zu bezahlen (was natürlich besonders gern gesehen wird!), der kann Wertpapiere hinterlegen.

Nun nützen der Hanau in Umschlägen verschlossene, in Safes deponierte Wertpapiere gar nichts, sie braucht Geld, flüssiges Geld, um operieren zu können. Frage nun: Soll man die deponierten Wertpapiere nicht einfach verkaufen, selbstverständlich, ohne die Kunden vorher darüber zu informieren? Und wenn die Frist abgelaufen ist, und die Depots werden zurückgegeben, so bietet man den Kunden Aktien der jeweils gleichen Gesellschaft an oder – in entsprechendem Gegenwert – Aktien einer gleichen oder ähnlichen Branche?

Das könnte zu Schwierigkeiten führen, denn normalerweise notieren Kunden die Nummern ihrer Aktien, die sie hinterlegen – und dieselben Aktiennummern wird man kaum zum rechten Zeitpunkt präsentieren können! Aber würden die Kunden auf denselben Nummern oder auf Aktien derselben Gesellschaft bestehen, wenn sie nach Ablauf der Syndikatsbildung dicke Gewinne einstreichen? Wohl kaum: da wird ihnen Zufriedenheit das Maul stopfen.

Damit auch hier wieder die entscheidende Voraussetzung für Hanau und Bloch: sie müssen Gewinne auszahlen, sonst gibt es Schwierigkeiten. Sollten sie diese Gewinne nicht im jeweiligen Syndikat machen, so müssen sie entsprechende Gelder woanders abziehen: je mehr Beteiligungsverbände, desto leichter lässt sich dort etwas wegnehmen, hier etwas hinschieben. Schulden werden dann jeweils dort gemacht, wo sie im Moment nicht so sehr stören.

Das Syndikatsgeschäft läuft an, das Börsengeschäft läuft weiter. Die Kurse von Firmen stützen, an denen man über Aktien beteiligt ist: bewährtes Verfahren. Aber: sollte man nicht einen Schritt weitergehn und man gründet eine AG., sichert sich, über Mittelsmänner, von Anfang an die Aktienmehrheit?

Ich erfinde ein Unternehmen, das elektrische Geräte für die Landwirtschaft, die Forstwirtschaft, die Bauwirtschaft, die Nahrungsmittelindustrie herstellt. Ein breit gefächertes Programm, bei dem große Umsätze möglich sind, mit dem sich große Umsätze aber auch vortäuschen lassen.

Wichtig für das Image dieser Firma kann schon der Name sein. Wie wäre es mit: Distribution Paris (Société Anonyme)?

Marthe Hanau und Lazare Bloch werden solch einen Namen prüfend aussprechen, wiederholt: Distribution Paris. Klingt das gut? Distribution Paris. Ist das knapp, einprägsam, plastisch genug? Distribution Paris. Doch, klingt brauchbar: Distribution Paris. Auch ließe sich diese Firmenbezeichnung für den Börsengebrauch leicht abkürzen: Dis-Paris.

Solch eine Gesellschaft ist sehr darauf angewiesen, dass sie bekannt, ja populär wird. Unter diesem Aspekt lässt eine Hanau beispielsweise den Organisationsstab der Vertretermannschaft zusammensetzen. Diese Riege wird dann in einer Pressekonferenz der neu gegründeten Distribution Paris S. A. der Öffentlichkeit vorgestellt.

Günstig wäre hier etwa ein bekannter, noch dazu beliebter Sportler, sagen wir Sprinter oder Schwimmer, der soeben seine aktive Zeit beendet und nun endlich mal was verdienen will – diese Möglichkeit soll er in der neuen Gesellschaft haben, wenn er ihr wiederum hilft, ein gutes Erscheinungsbild zu gewinnen. Dazu wird dieser auf Anhieb sympathische, so sehr französische Sportsmann bei der Pressekonferenz an den Vorstandstisch geholt: das bekannte Gesicht, das hoffentlich auf Pressefotos wieder erscheint. Später wird er in Provinzstädte geschickt, etwa wenn Auslieferungslager eröffnet werden: repräsentiert die Firma, drahtig als Sprinter oder bullig als Schwimmer – beides wirkt positiv zurück auf das Image der Gesellschaft.

Weiter mag zu diesem Organisationsstab ein pensionierter Offizier gehören, der womöglich als Flieger an irgendeinem Unternehmen beteiligt war, das sich herausheben ließe, etwa als Husarenstück; Husarenflug. So etwas braucht es nicht zu geben, einen ›Husarenflug‹, aber als Wort könnte es beschwingen, ja mitreißen. Falls dieser Husarenpilot später Stabsarbeit leistete, so könnte auch dies positive Rückschlüsse zulassen: die Vorstellung, dass er in der Dis-Paris für hervorragend klappende Organisation sorgt.

Zu diesen beiden dynamischen Männern ein statisch wirkender Herr: etwas Solides, auf das sich bauen lässt. Wie wär's mit dem ehemaligen Oberbürgermeister von Lyon? Ein Mann, der ein bisschen ausgeleiert scheint, dafür aber weißhaarig ist, und er wirkt ruhig, sehr ruhig, demonstriert besonnene Übersicht – wäre der nicht eine notwendige Ergänzung in diesem Organisationstrio?

Jedes Mitglied der Vertretermannschaft, die von diesen drei Männern eingewiesen und ausgeschickt wird, muss ebenfalls einen sehr guten Eindruck machen, für die Firma. Deshalb wird ihnen eingeschärft: Offenes Lächeln zeigen, sobald der potentielle Kunde die Türe öffnet, der Bauer, der Bäcker, der Bauunternehmer. Wenn ein Vertreter über dieses offene und damit gewinnende Lächeln nicht auf Abruf verfügen kann, so muss er das einüben, vor dem Spiegel. Und: wer schlabbrig die Pfote reicht, muss sich umstellen – sympathisch fest muss der Händedruck sein, schon hat man den Kunden fast in der Hand.

Über die »stellenweise phantastischen Umsätze«, die durch solch eine Vertretermannschaft erzielt werden, könnte zu geeignetem Zeitpunkt die *Gazette du Franc* berichten, unter Hinweis auf das so außergewöhnliche Führungsgremium – mit derartigen Leuten scheint schlechthin alles möglich! Ganz abgesehn davon: wer kann schon die Umsatzziffern prüfen, die in der Zeitung angegeben werden?

Das Image der neuen Gesellschaft lässt sich durch weitere Mittel fördern: beispielsweise durch eine soignierte Bank, der die Kunden ihre Beträge überweisen sollen. Wie wär's mit einer Rothschild-Bank? Würde dieser Name der Distribution Paris nicht illustren Glanz verleihen? In den Werbeschriften der Dis-Paris lässt sich der Name dieser Bank deutlich hervorheben. So kann der Kunde, kann der Aktionär den Eindruck gewinnen: Wenn die Rothschilds der Dis-Paris die Hand reichen, so muss es sich um ein solides Unternehmen handeln.

Als zusätzliche Maßnahme direkte Aktionärs-Werbung: Prospekte, die sich schon durch Druck, Papier, Lay-out empfehlen. Hier wird denn von einem »offensichtlich konkurrenzlosen Angebot« geschrieben; hier wird versichert, der Marktanteil der Gesellschaft werde sich kontinuierlich, wenn nicht sogar sprunghaft vergrößern; hier wird auf die Aufsichtsratsmandate »sehr prominenter Persönlichkeiten« hingewiesen; hier ermittelt man eine frühe Gewinnschwelle; die Ertragsaussichten günstig.

Und immer mal wieder ein positiver Bericht über die Dis-Paris in der *Gazette*. Anlass eines Artikels könnte ein Kooperationsvertrag sein zwischen der Distribution Paris und der Firma Magny/Morand (die, wie bereits gemeldet, in Kürze mit den Kabelwerken Lyon fusionieren werde). Nach diesem Vertrag (der auch nach der Fusion gültig bleibe) liefere Magny/Morand sämtliche zur Geräteproduktion notwendigen Elektromotoren, und zwar nach einer für beide Seiten günstigen Regelung.

Etwas später eine Notiz über weiterhin steigende Umsatzziffern. Nach kalkulierter Zwischenzeit ein Artikel über die phantastischen Gewinnaussichten der Gesellschaft: Ein mit dem Umsatz wachsendes Produktionsvolumen; eine breitere Angebotspalette; nach detaillierten Vorausplanungen des Vorstands würden die Jahresumsätze der Gesellschaft jährlich um dreißig Prozent ansteigen; für das zweite Geschäftsjahr werde bereits eine knappe Verdoppelung des Reingewinns in Aussicht gestellt. Noch ein paar Formeln dieser Art, und es kann zu weiterem Kursanstieg der noch jungen Dis-Paris-Aktie kommen.

Später wird man allerdings einen Geschäftsbericht herausgeben müssen – aber das macht einer Hanau keine Bange. Zwar mögen die faktischen Umsatzzahlen der Distribution vorerst enttäuschend sein, aber faktische Zahlen wird der Geschäftsbericht dann eben nicht bringen. Es gibt ja verschiedene Techniken, magere Zahlen aufzupäppeln. So ließe sich eine spezielle Abschreibungstechnik einführen, mit der man beispielsweise voraussetzt, dass Lieferwagen der Dis-Paris länger laufen als üblich – so verringern sich die Abschreibungsquoten. Das Gleiche bei Lagergebäuden, Büromaschinen und so weiter. Dazu ein paar kosmetische Maßnahmen bei der Gewinnverbuchung.

Zum Aufschönen einer Bilanz wären außerdem Tochtergesellschaften sehr geeignet, vor allem ausländische »Töchter«. So ließen sich an eine Tochtergesellschaft alte Lagerbestände verkaufen, mit »Gewinn«: auch das fördert die positive Bilanzierung der Muttergesellschaft. Denn bitte, wer fragt schon am Bilanztag bei der Tochtergesellschaft an, was von den Beständen noch auf Lager ist, um dann verbuchte Verkaufsgewinne abzubuchen? So eine Tochtergesellschaft ist ja nicht der einzige Kunde der Muttergesellschaft! Außerdem lässt sich zusätzlich verschleiern durch Preisgestaltung: man könnte sich innerhalb der eigenen Gesellschaften offiziell Marktpreise anrechnen, die mit den faktischen Verrechnungen nicht übereinstimmen müssen.

Dieses Aufschönen einer Bilanz wird später »window dressing« genannt: Schaufensterdekoration also mit aufgerundeten Zahlen, mit sprachlichem Displaymaterial.

Damit niemand allzu kritisch die Geschäftsberichte der Distribution Paris liest, muss weiterhin die Imagebildung gefördert werden: ein gutes Image auch als Schutz. Beispielsweise könnte die Hanau ihren Vertrauensmännern vorschlagen, weniger mit der Bezeichnung »Aktiengesellschaft« oder »Kapitalgesellschaft« zu arbeiten als mit dem Begriff »Publikumsgesellschaft«. Man muss der Öffentlichkeit ja nicht unbedingt auf die Nase binden, dass eine Großaktionärin von Anfang an die Mehrheit der Aktien besaß. Ein paar Sprachregelungen könnten das verschleiern helfen; etwa dass bei Aktionärsversammlungen die Vorstands- und Aufsichtsratsmitglieder nicht von »unserer Firma« reden, sondern stets von »Ihrer Gesellschaft«: das schmeichelt denen, die sowieso keinen Einfluss haben auf den Geschäftsgang.

Weiter kann das Ansehen der Gesellschaft und der Kurs ihrer Aktien gefördert werden durch inoffizielle Nachrichten, die sich herumsprechen – auch das lässt sich steuern. Und so trifft der Vorstandsvorsitzende der Distribution Paris einen angesehenen Bankier, segelt mit ihm vor Nizza: was bahnt sich an? Geeigneter Gesprächspartner wäre auch ein Mitglied des englischen Oberhauses, ein Industrieller, mit dem der Chef der Dis-Paris Gespräche führt, teils in einem Club, in dem man sich nur leise unterhält, teils auf einem Landsitz, den Jagdhunde umkläffen – will die Dis-Paris nach England expandieren?

So oft wie möglich muss der Name der neuen Gesellschaft ausgesprochen, geschrieben, gedruckt werden. Dauernd bahnt sich was an, rührt sich was, tut sich was. Kapitalerhöhung? Umsatzsteigerungen? Fusionsabsichten? Man vermutet in Finanzkreisen ... Wie man aus zuverlässiger Quelle erfährt ... Wie Gewährsleute mitteilen ... Paris rechnet damit, dass ... So wird der Kurs der Dis-Paris-Aktien hochgesprochen, hochgetrieben, hochgepuscht – hier gibt es bezeichnenderweise viele Tätigkeitswörter. Unablässig die Aktie als »Wuchs-Aktie« bezeichnen, als »Favorit«, als »Spitzenwert«, bis das völlig selbstverständlich klingt. Und von einem »hochinteressanten Wert« schreiben, von »glänzenden Aussichten des dynamischen Unternehmens«. Und die Nachfrage nach dieser Wuchs-Aktie, nach diesem Favoriten, nach diesem Spitzenwert als so lebhaft bezeichnen, dass die Wuchs-Aktie, der Favorit, der Spitzenwert durch gesteigerte Nachfrage erneut bestätigt wird als Wuchs-Aktie, als Spitzenwert, als Favorit.

9

Angeregt wird dieser Kapitelentwurf durch eine Karikatur aus dem Jahr 1928: Eine Straße; an einer Brandmauer ein riesiges Plakat; auf diesem Plakat ein maskenhaftes Gesicht mit weit geöffnetem Maul, in dem sich Geldsäcke häufen; ein Mann mit Hut wirft aus einigen Metern Entfernung in diese Maulhöhle weitere Geldsäckchen, die er aus seinem bereits schlaffen Sparstrumpf zieht: »Der Traum der Madame Hanau.«

Ich werde in diesen Roman auch einen der vielen namenlosen Kunden einführen: eine Hanau kann nur Erfolg haben, wenn viele ihr Spiel mitspielen. Hier scheint mir beispielsweise ein Arzt geeignet. Warum?

Durch einen Bekannten erfuhr ich, dass ein ortsansässiger Arzt von einem Agenten brasilianisches »Naturland« gekauft hatte. Das erworbene Gebiet wurde rot schraffiert auf einer Auszugskarte; die durfte der Kunde behalten. Dazu ein Dokument mit wohl fragwürdiger notarieller Beglaubigung aus Brasilien. Das Grundstück konnte vom Agenten also schon mehrfach verkauft worden sein. Oder es war überhaupt unverkäuflich, weil beispielsweise Staatsbesitz. Oder es war wertloses Anschwemmungsland im Amazonasdelta. Das alles konnte der Arzt nicht nachprüfen. Er hatte das Land im Vertrauen auf die Zusage des Agenten gekauft, der Preis werde rasch ansteigen – irgendwelche Projekte wurden genannt. Der Arzt hatte vor diesem Kauf niemand um Rat gefragt, hatte keine Erkundigungen eingezogen: seine Angst, man könnte ihm dieses so verlockend erscheinende Geschäft ausreden, eventuell aus Neid.

Dieser Vorgang erschien mir erst etwas unwahrscheinlich, zumindest in der Darstellung vereinfacht. Aber später las ich einen Bericht über einen Verkaufsagenten einer Investmentgesellschaft; er gab an, seine besten Kunden seien Rechtsanwälte und Ärzte gewesen. Ohne hier gleich eine Parallele zu ziehen zwischen jenem Immobilienmakler und einem Investmentvertreter: die fast blinde Kaufbereitschaft des Arztes erschien mir nun symptomatisch.

So führe ich hier einen französischen Arzt ein, Veterinär, der in einem der damaligen Autos mit Kulissenschaltung, Lederfaltdach und Steckfenstern herumfährt: sein Bezirk in der Ile de France, in der Normandie, der Bretagne oder im Süden – der Wohnort ist gleichgültig, die *Gazette du Franc* lässt sich überall in Frankreich abonnieren. Dazu kann ihm ein Bekannter raten, beispielsweise Steuerfachmann: Die Berichte und Analysen dieser Zeitung hätten sich als zuverlässig erwiesen, die Prognosen würden meist zutreffen. Nach Hinweisen dieser Zeitung will nun auch der Veterinär Effekten kaufen und verkaufen.

Denkbar, dass der Tierarzt dabei gute Erfahrungen macht: positive Berichte über Aktiengesellschaften künden des Öfteren Kursanstiege an; wenn man aus solchen Berichten Konsequenzen zieht durch entsprechende Käufe, so kann man Kursgewinne realisieren; umgekehrt können kritische Berichte zum rechtzeitigen Verkauf von Papieren führen und damit vor Verlusten schützen.

Vielleicht lässt sich der Tierarzt noch direkter beraten durch den Börsenbrief, der von der *Gazette* herausgegeben wird – zwar kostet ein Jahresabonnement 1000 Francs, aber wenn man ein paar gute Tipps realisiert hat, können diese Kosten schon wieder gedeckt sein.

Nach einigen Spekulationsgewinnen kann der Tierarzt bereit sein, sich noch direkter zu engagieren, beispielsweise wenn ein Agent ihm vorschlägt, seine bisherigen Effekten zu verkaufen und sich an einer der neuen Investmentgesellschaften, der »Syndikate« der *Gazette*-Gruppe zu beteiligen. Falls er seine Wertpapiere nicht verkaufen will, so kann er sie deponieren und ist damit in Höhe des Tageskurses beteiligt.

Wichtig für den Entschluss, hier mitzumachen, wird auch der ›persönliche Eindruck‹ des Agenten auf den Tierarzt sein. Ebenso relevant könnte die Vorstellung sein, die sich der Veterinär von Madame Hanau macht, die, wie man weiß, hinter der *Gazette du Franc* und hinter den Beteiligungsverbänden steht. Sicher hat er sie noch nicht direkt gesehen, aber er könnte von ihr gelesen, dürfte Fotos von ihr gesehen haben. So könnte er sich ein Bild von ihr machen: als resolute, fast bäuerlich robust wirkende Frau, deshalb seiner Vorstellung nach zuverlässig, vertrauenswürdig – eine Frau, die zupacken kann, die weiß, was sie will, eine Frau von Format.

Möglicherweise wird er auch etwas hören über ihren Lebensstil, oder er liest darüber Zeitungsberichte mit Fotos: die Hanau in einem teuren Wagen, die Hanau in einem berühmten Hotel, die Hanau im Kreis hochrangiger Persönlichkeiten. Wie wird er da über sie urteilen? Wohl so: Das ist eine Frau, die es zu was gebracht hat, eine Frau, die weithin Anerkennung findet, eine Frau, die zu Recht diesen Lebensstil entfaltet. Weiter: Hier ist Geld, viel Geld, hier lohnt es sich, sein Geld mit anzulegen, hier wird es sich rascher vermehren als anderswo – wer möchte nicht mitschwimmen, wo andre so sichtbar in Geld schwimmen?

So folgt er wohl dem Vorschlag des Agenten, beteiligt sich an einem Syndikat. Zwar soll da nicht alles ganz sauber zugehn, mag ihm ein Bankmann sagen, aber hinter solchen Äußerungen wittert der Veterinär bloß Neid. Außerdem ist ihm egal, wer ihn aus früheren Inflationsverlusten herausholt und wie das geschieht – wenn es nur wieder bergauf geht!

10

Ich will nun den Tagesablauf einer Hanau entwerfen; das könnte in der gegenwärtigen Phase noch am ehesten erträglich werden. Wenn die Hanau erst mal ins ganz große Geschäft einsteigt, wird die Sache reichlich großspurig: Villa mit Garten in der Rue de la Tournelle, repräsentatives Gebäude der *Gazette du Franc* in der Rue de Provence – ich will hier nicht das Drehbuch zu einem Ausstattungsfilm über die große Geldwelt schreiben! Da setze ich besser ein in der Mitte der zwanziger Jahre, versuche hier, ihre Tätigkeiten, ihre Aktionen zu beschreiben – mal sehen, wie weit ich dabei mit dem Erzählen komme.

Am einfachsten beginne ich wohl mit einem Vormittag. Wo wacht sie auf und wie? Ihr Schlafzimmer (denke ich mir aus) ist fast vollständig dunkel, wenn sie wach wird; draußen freilich ist es seit Stunden hell, ein Junimorgen. Aber beide Fenster geschlossen, schwere Vorhänge zugezogen, bis auf einen zufälligen Spalt: die Hanau (setze ich voraus) möchte es nachts dunkel haben wie in einer Höhle.

Sie patscht auf einen Druckschalter, schaut auf eine Empire-Uhr: ungefähr acht. Sie dreht sich auf den Rücken, räkelt sich. Jemand neben ihr, eine Freundin? An diesem Morgen zumindest wird sie allein im Bett liegen müssen: die Beschreibung der ersten Stunde könnte sich sonst zu sehr ausdehnen.

Sobald sie ihre Augen ans Lampenlicht gewöhnt hat, wozu sie zwei, drei Minuten braucht, nimmt sie von einer Marmorplatte ein Buch, klappt es am Lesezeichen auf: Sie liest morgens gern etwas Spannendes, Buntes, um den Kreislauf in Schwung zu bringen. So könnte man nun mitlesen, wie ein Pierre eine Schlosstreppe hinaufkeucht, durch einen langen Flur hastet, aber schon sieht er vor sich einen Trupp heranstampfen, hört er hinter sich einen zweiten Trupp herantrampeln: da stößt er, während die Hanau mit der freien Hand das Kopfkissen höherstaucht, die nächstbeste Türe auf, weiblicher Aufschrei, er läuft zum Fenster, ohne näher auf Haut und Haar zu schauen, dafür ist jetzt keine Zeit. Gelenkig klettert er eine Dachrinne hoch, während Marthe Hanau mit dem kleinen Finger das rechte Nasenloch zu reinigen beginnt, hartgewordenen Nasenschleim abschlenkert: die Nasenlöcher müssen frei sein, wenn der Tag beginnt, da stört sie alles, was an Nasenhärchen herumhängt. Und Pierre steigt im Buch vor ihren Augen in ein glücklicherweise offen stehendes Fenster. Hier sitzt schon wieder eine Hofdame: sie erfasst sofort die Situation, empfindet spontan Sympathie für den verfolgten Fremden, schließt das Fenster, schlägt das Bett auf, er springt rein, sie hechtet hinterher, während die Hanau, das Buch in die rechte Hand überwechselnd, mit dem linken kleinen Finger das linke Nasenloch ausschält. Schon Schritte vor der Türe: gleich simulieren die beiden Lustkeuche. So schöpfen die draußen keinen Verdacht, schauen gar nicht erst rein, derart rasch kann sich ein Verfolgter doch nicht umstellen – sie trampeln weiter. Nun sagt er uff! und sie seufzt: ach! Und weil sie schon mal im Bett liegen, vollziehen sie gleich einen ausführlichen Geschlechtsakt, machen es so rum und dann so rum, lassen kaum was aus – schließlich sagt sie uff und er sagt: ach.

Die Hanau klappt das Buch zu. Einerseits ist sie jetzt völlig wach geworden. Andrerseits erscheint ihr die Umwelt nun farbloser, spannungsärmer. Bei einem richtigen Abenteuer muss nun mal gerannt, gekeucht, geschossen werden. Was dagegen erlebt sie? Ihre Aktionen werden geplant und ausgeführt in Büro- und Konferenzräumen: Umgebung für Abenteuer? Einer Hanau, die solche Bücher liest, werden diese Unternehmungen aufregend, aber nicht spannend erscheinen. Diese Spannung vermittelt ihr solch ein Buch als Ergänzung.

Marthe Hanau drückt auf einen Knopf, räkelt sich nochmal. Rasch kommt eine häusliche Angestellte. Die kann 25 oder 45 sein, mag aussehn und heißen, wie sie will. Bonjour Madame. Sie zieht an beiden Fenstern die Vorhänge auf, meldet die Wetterlage. Ist schönes Wetter, so sagt die Hanau: Na gut, und steht auf. Wird schlechtes Wetter gemeldet, so braucht sie zum Aufstehn etwas länger. Fett und Wasser vertragen sich schlecht, mag sie sagen.

Ich setze voraus, dass dieser Tag freundliches Grau zeigt, also steht sie verhältnismäßig rasch auf. Im Nachthemd schlurft sie erst mal ans Fenster, schaut in den Garten, drömelt noch ein bisschen herum, rückt ein Bild grade, geht ins Bad. Bei einem Film könnte hier ein Schnitt folgen: wie sie auf der Kloschüssel hockt, wie das Waschen, Zähneputzen, Kämmen vor sich geht – das alles kann übersprungen werden. So wird sie gleich, nachdem sie das Badezimmer betreten hat, an den Frühstückstisch gesetzt. Und sie bestreicht eine Scheibe Weißbrot mit Butter, mit Marmelade, legt Eischeiben drauf, salzt sie. Wer sie näher kennt, wundert sich nicht mehr darüber. Wenn eine neue Freundin mit ihr am Frühstückstisch sitzt, wird die staunen. Und die Hanau sagt, was sie in solchen Fällen schon wiederholt gesagt hat: Dass man Brot zum Frühstück nicht einfach in einen Kaffeepott stippt, sondern in Scheiben schneidet, die man bestreicht, das hätte sie bei einem Aufenthalt in Deutschland gelernt. Und die Eier auf dem Marmeladenbrot? Hier spricht sie von Rationalisierung: seit vielen Jahren zuerst das Marmeladenbrot, danach die Eierschnitte. Seit sie aber schwerer wurde, will sie nicht mehr so viel Brot essen: hat das Gefühl, es quillt im Magen unzulässig nach. Drum legt sie Eischeiben gleich auf die Marmelade, hat damit eine Brotschnitte gespart. Außerdem: im Magen komme sowieso alles durcheinander.

Und, das sagt sie als Gourmet?

Darauf mag die Hanau antworten, morgens wären ihre Geschmacksnerven noch weitgehend betäubt, zumindest beim Kauen. Anders wäre es beim Trinken: hier legt sie Wert auf sehr guten Tee. Den lässt sie von einer kleinen Firma in Glasgow mischen. Sieht zwar ein bisschen aus wie eine Marotte, kann sie sagen, ist womöglich eine Marotte, doch wenn ihr dieser Tee besser schmeckt, warum nicht die umständlichere Bestellung, der höhere Preis? Diese Marthe-Hanau-Spezial-Mischung schlürft sie hörbar, ihre große, weiche Unterlippe am Tassenrand eingewulstet, die Augen halb zugekniffen. Auf dem Frühstückstisch keine Zeitung, sie will das grundsätzlich nicht, wird sich erst im Büro informieren: führende Persönlichkeiten dürfen sich den Kopf nicht vollstopfen, das engt ihre Bewegungsfreiheit ein – dies etwa kann die Hanau zur Begründung sagen. Denn selbstbewusst wird sie sein.

Mit dem Lift ins Erdgeschoss: Edelholz, Messing, Milchglasscheiben. Sie nickt dem Concierge zu, der hinter dem Fenster zum Treppenhaus steht, neben dem Telefonschaltbrett. Vor dem Eingang der Wagen, ein Hispano-Suiza, dessen Türe der Chauffeur öffnet.

Sicher trägt eine Hanau keine Tasche, erst recht keine Aktentasche: sie hat ihren runden Kopf dabei, das genügt. Höchstens pendelt ein Damentäschchen an ihr, aber was dort drin ist, kann sich jeder vorstellen: hat nichts mit ihrer Tätigkeit zu tun.

Trotz der damals noch ziemlich lauten Motoren findet während der Fahrt wohl ein Gespräch statt. Ich werde sie allerdings nicht fragen lassen: Was macht die Familie? So eine Frage formuliert sich von selbst, dazu muss niemand im Fond sitzen. Es wäre besser, der Chauffeur erzählt etwas, beispielsweise über einen Grundstücksmakler, der vor Paris Land verkaufen wollte, das, nach seiner Auskunft, in näherer Zukunft Bauland würde, die Stadt wachse bekanntlich sehr rasch – aber er wurde die Wiesen nicht los. Daraufhin ließ er eine Baubude aufstellen, einen Bagger ranfahren. Und bei der nächsten Besichtigung wurden die Wiesen gekauft. Die Baubude wieder demontiert, der Bagger abtransportiert. Darüber wird die Hanau lachen.

Nach rascher Fahrt hält der Hispano-Suiza vor der Villa in ›ruhiger, vornehmer Wohnlage‹. Die Hanau wartet nicht, bis der Chauffeur um den Wagen herumkommt, sie stößt die Türe auf, geht energischen Schrittes durch den Vorgarten, während hinter ihr die Wagentüre zugeschlagen wird, steigt die Treppe hoch, grüßt die Sekretärin, betritt ihren Arbeitsraum, legt das Handtäschchen auf einen Stuhl, öffnet ein Fenster, schaut aber nicht weiter auf das Wiesengrün, in das Baumgrün, setzt sich gleich an den Schreibtisch, blättert eine Mappe durch, hingelegt zur Durchsicht: Werbematerial. Etwa der Geschäftsbericht einer Aktiengesellschaft der Elektrobranche – ein Unternehmen, an dem die Hanau nicht einmal beteiligt sein muss, aber sie will sich über Werbetechnik, Werbetaktik der Konkurrenz informieren. Zuerst befühlt sie den Umschlagkarton, biegt ihn, beschnuppert das Papier, schaut dann in den Bericht des Vorstandsvorsitzenden. Genauer liest sie solche Texte nur, wenn sie gehört hat, hier sollen Verluste abgepolstert oder höhere Gewinne kaschiert werden. Eingehend betrachtet sie Kreise mit beschrifteten Segmenten, Säulen aus verschiedenfarbigen Abschnitten. Graphische Darstellungen, die ihr gefallen, kreist sie mit grünem Stift ein.

Dann die Pressemappe. Marthe Hanau wird dem zuständigen Redakteur gleich zu Beginn ihrer Zusammenarbeit erklärt haben, was sie hier sehen will: ›besondere Nachrichten‹. Sicher dauerte es etwas, bis seine Auswahl ihren Erwartungen entsprach.

Passende Meldungen ließen sich bestimmt aus damaligen französischen Wirtschaftszeitungen oder Wirtschaftsseiten von Zeitungen heraussuchen – warum aber nicht weiterhin zeitgenössische Meldungen übernehmen und später für den Roman modifizieren?

Übernehmen und übertragen ließe sich eventuell diese Meldung: Eine Gesellschaft für Kapitalanlagevermittlung offeriert eine Aktie, die nicht registriert ist; dieses Papier wird, einschließlich Emissionsgebühr, für knapp 80 Mark angeboten und verkauft, wobei sich die Gesellschaft bereit erklärt, die Aktie auf Verlangen innerhalb von drei Jahren zurückzunehmen, allerdings nur noch zu einem Stückpreis von 7,40 Mark! Wie viele Chancen hätte eine Hanau noch immer auf einem Markt, auf dem selbst derart windige Angebote möglich sind, ja Aussicht haben auf Erfolg?

Oder eine Meldung zum regelmäßig auflebenden Apfelsinenhandel, beispielsweise in Mittelamerika. Es wird eine KG gegründet, »zwei vermögende Bundestagsabgeordnete« werden als Komplementäre angegeben, das soll den Käufern Mut machen, die klein gestückelten Anteile zu kaufen, obwohl wiederholt Fälle bekannt werden, die sich eigentlich herumsprechen müssten! So gab es Mitte der sechziger Jahre eine Gesellschaft für Zitrusfrüchte, über eine Million Mark wurde von Anteilskäufern an eine Bankers International Investment Corporation (doller Name!) in Britisch-Honduras überwiesen. Nach einiger Zeit jedoch erhielten die Anteilseigner ein Schreiben: »Die wenigen bereits gepflanzten Bäume sind zum größten Teil wegen mangelnder Pflege vom Urwald überwuchert worden und eingegangen.«

Nach Durchsicht solcher Presseausschnitte wird sie den Wirtschaftsredakteur kommen lassen, zur ersten Redaktionsbesprechung. Er setzt sich an ihren Schreibtisch, seitlich, nimmt – das mag fast schon rituell sein – die Ausschnittmappe an, die sie ihm zuschiebt. Vielleicht bietet sie ihm nun aus einer Tüte ein Bonbon an, beispielsweise Eukalyptus; sie selbst will sich (mal wieder) das Rauchen abgewöhnen, und beim Redakteur hat sie die Erfahrung gemacht, dass er knapper spricht, rascher arbeitet, wenn er nicht raucht während der Besprechung: will möglichst bald fertig werden, um eine Zigarre anstecken zu können.

So lutscht sie, lutscht der Redakteur: mittlerweile braucht er das Wort »Eukalyptus« nur zu lesen oder zu hören, schon sieht er Marthe Hanau vor sich an der spiegelblanken Schreibtischplatte, beide Ellbogen aufgestützt, der mächtige Schädel unter der Bubikopf-Frisur bald zu ihm gewendet, bald zum Typoskript, das er ihr vorgelegt hat. Denn wichtige oder ihr wichtig erscheinende Artikel und Kommentare, daran hat er sich bald gewöhnen müssen, will sie sich anschaun, noch im Arbeitsstadium: die gehen sie gemeinsam durch, streckenweise Zeile für Zeile. Besonders langsam gleitet ihre Bleistiftspitze jeweils an den ersten Zeilen entlang. An manchen Wörtern bleibt die Bleistiftspitze hängen, pendelt hin und her, tippt aufs Papier: Jetzt, weiß der Redakteur, jetzt ist die Chefin mal wieder fündig geworden! Die Überschrift nimmt sie sich zuletzt vor: manchmal werden ein paar Wörter eine Viertelstunde lang durchvariiert. Bei solchen Redaktionsbesprechungen will sie nicht gestört werden: wehe, wenn vom Vorzimmer ein Telefongespräch durchgeschaltet wird, das nicht so wichtig ist, wie das der vermittelnden Dame erscheint: gleich stampft die Hanau raus, schlägt mit der Faust irgendwo drauf, brüllt. Und sie brüllt, wenn sie schon mal brüllt, sicher recht ausführlich.

Bei dieser Besprechung nun mag sie einen Artikel prüfen, der einen möglichen Kursanstieg von Aktien französischer Schiffswerften andeutet und damit eventuell auslöst. (Gewiss verrät die Hanau ihrem Wirtschaftsredakteur nicht, dass sie inzwischen Werft-Papiere gekauft hat.) Halblaut liest sie, dass seit Wochen die Kurse französischer Werft-Aktien stabil seien. Beim Wort »stabil« bleibt ihre Bleistiftspitze hängen, gleitet zurück an den Satzanfang, tastet sich nochmal vor: »Seit Wochen liegen die Kurse französischer Werft-Aktien stabil.« Ihre Bleistiftspitze tippt auf den Zwischenraum der Wörter »Aktien« und »stabil«, hier scheint ihr was zu fehlen. Könnten wir das nicht ein bisschen genauer bringen? fragt die Hanau – und nicht etwa: Könnten Sie das nicht ein bisschen genauer bringen? Der Redakteur soll nicht den Eindruck gewinnen, sie würde seine Arbeit kontrollieren und redigieren, vielmehr: er hat eine Arbeitsvorlage mitgebracht, daraus entwickeln sie gemeinsam einen Artikel. Nach dieser ersten Frage mag dem Redakteur das Eukalyptusbonbon allerdings noch mehr nach Hanau schmecken als bisher schon: eigentlich mag er das Zeug nicht, schon gar nicht am

Vormittag, aber kann man so was ablehnen, einfach ablehnen? Da könnte sie empfindlich sein – also mitlutschen!

Und lutschend überlegen. Sollte man schreiben, die Kurse lägen »besonders« stabil?

Das würde nicht ganz den Fakten entsprechen, antwortet die Hanau, andere Papiere wären zurzeit mindestens ebenso stabil, die Werft-Papiere nähmen keine Sonderstellung ein, deshalb dürfe man hier keine allzu prononcierte Hervorhebung machen. Es sei eher so, fügt sie hinzu, dass diese Papiere früher wenig Neigung zeigten, stabil zu sein, auch infolge der allgemeinen Wirtschaftskrise, dass sie jetzt hingegen eine größere Tendenz zur Stabilität aufwiesen, und eben dies, meint sie, muss zum Ausdruck kommen.

Auch wenn sie vielleicht schon weiß, welches Wort hier am besten hinpassen würde – sie lässt erst noch mal den Wirtschaftsredakteur einen Vorschlag machen. Soll er sagen: »auffällig« stabil?

Nein, dieses Wort könnte Rückschlüsse zulassen, die nicht erwünscht wären, an diesem Artikel soll nichts auffällig wirken, nicht mal dieses Wort.

Und rasch, ziemlich rasch, findet er ein anderes Wort: »bemerkenswert«. Während sie nickt, schreibt er das Adjektiv ins Typoskript. Dann liest sie den Eröffnungssatz halblaut nochmal vor: »Seit Wochen liegen die Kurse französischer Werft-Aktien bemerkenswert stabil.« Oft bringen Nuancen Geld ein, und so ist die Hanau darauf trainiert, Nuancen einzubringen: Ja, so ist der Satz gut, kann so bleiben.

Und gleich der nächste Satz: »Das ist weniger eine Folge ständiger Käufe als die einer gering gewordenen Abgabebereitschaft.« Wieder gleitet die Bleistiftspitze zurück an den Satzbeginn, tastet sich vor zum Wort »gering«. Ich weiß nicht, sagt sie, das klingt nicht sehr gut: gering, gering gewordene Abgabebereitschaft, hört sich an wie »geringschätzig« oder so, das hat keinen guten Beigeschmack.

Dazu sagt der Redakteur vorerst nichts, das wird ihm sicher zu spitzfindig erscheinen; er wickelt das nächste Eukalyptusbonbon aus, das die Hanau ihm zugeschoben hat. Er lutscht lange an einem Bonbon, um nicht gleich das nächste zu kriegen, lutscht deshalb auch möglichst lautlos, während sie manchmal zwitschernd die Luft einsaugt, das Bonbon gegen die Zähne schlagen, zwischen den Zähnen knirschen und recht bald schon zersplittern lässt. Natürlich, sagt sie, die Abgabebereitschaft hat nachgelassen, aber trifft das Wort »gering« wirklich zu? Ist die Abgabebereitschaft nicht schon geringer als gering geworden? Und sie macht einen Vorschlag: Wie wär's mit »minimal«? Also gut: »minimal«. Der Redakteur notiert das. Die Hanau liest den Satz halblaut nochmal durch: »Das ist weniger eine Folge ständiger Käufe als einer minimal gewordenen Abgabebereitschaft.«

Und liest gleich den folgenden Satz: »Zu den jetzigen Kursen will sich niemand von diesen Papieren trennen.« Sie sei auch für kurze Sätze, sagt sie, aber dieser Satz wäre allzu knapp geraten. Und sie prüft mit der Bleistiftspitze noch einmal Wort für Wort. Der Redakteur wird deshalb nicht ungeduldig, etwa weil er ausrechnet, dass man den halben Vormittag mit diesem Artikel verbringen wird, wenn das so weitergeht: die Hanau liest meist nur den Anfang und den Schluss genau durch, weil sie weiß, dass Journalisten hier das Wichtigste schreiben, dass Leser hier am ehesten hinschauen. Freilich ist ihm bewusst, dass die Hanau nicht bloß stilistische Korrekturen wünscht: sie schlägt andere Wörter vor, weil sie die Lage anders einschätzt oder anders eingeschätzt sehen will.

Also, sagt die Hanau, mir gefällt das »will« nicht: »will sich niemand von diesen Papieren trennen«. Das klingt ein bisschen so, als wären das Marotten: wollen nicht verkaufen, weil sie sich an die Papiere gewöhnt haben oder weil Gesellschafter von Werften besonders stur sind, oder was weiß ich! Den Anlass für das Beharren und Behalten muss man etwas positiver zum Ausdruck bringen, differenzierter. Es hat ja nun Gründe, sagt sie, weshalb man sich von diesen Papieren nicht trennt – zumindest, so lässt sich doch sagen, haben viele Aktionäre ein nicht ganz ungutes Gefühl, was die Zukunft dieser Gesellschaft betrifft.

Darauf der Redakteur: Gewiss, eine Aufwärtsbewegung sei möglich, das bringe er ja auch zum Ausdruck, vor allem gegen Schluss des Artikels, aber allzu rosig schaue es in dieser Branche nicht aus, wenigstens nicht zum gegenwärtigen Zeitpunkt.

Ob er sich da nicht täusche?, fragt die Hanau und verweist auf neue, wenn auch noch inoffizielle Informationen: Rationalisierungsmaßnahmen, verbesserter Auftragsbestand. Offensichtlich hätten hier viele Aktionäre einen guten Riecher, wenn auch vielleicht keine Ahnung.

Da lacht der Redakteur – einen Riecher haben, aber keine Ahnung! Die Hanau bringt ihn in solchen Situationen gern mal zum Lachen, weil sie die Erfahrung gemacht hat, dass er dann fast achselzuckend (Was halten wir uns hier mit ein paar Wörtern auf, so genau lies das ja doch keiner!) eine gewünschte Änderung einfügt: »Zu den jetzigen Kursen sieht niemand mehr die Notwendigkeit, sich von diesen Papieren trennen zu müssen.«

Sehr gut, wird die Hanau sagen, das trifft die Sache genau! Und sie belohnt ihn mit einem Bonbon, das eine kleine Strafe für ihn ist. Während er das auswickelt, liest sie den Satz halblaut nochmal vor. Ja, das entspricht genau ihren Erwartungen. Das hört er auch am vibrierenden Beiklang ihrer Stimme; jetzt ist sie in Fahrt gekommen!

Sie lehnt sich zurück in ihrem Schreibtischsessel, zerkaut krachend ein Bonbon, weist mit der linken Hand auf das Typoskript: soll ihr das Weitere vorlesen. Sie nickt gelegentlich, bekundet Zustimmung etwa bei diesem Satz: »Mit einem Kurs/Gewinn-Verhältnis von 4 auf Basis der Gewinne und einer Dividendenrendite von 8 Prozent werden die Werftgesellschaften zu niedrig bewertet.« Eben, sagt sie, genau meine Auffassung! Im Vorjahr seien die Gewinne bereits gestiegen, der günstige Abschluss des Geschäftsjahrs sei in den Kursen aber nicht genügend zum Ausdruck gekommen, weil die Vorstände den Mehrverdienst weitgehend als Rücklage nahmen, statt ihn auszuschütten in erhöhten Dividenden. Die Dividendenhöhe habe erfahrungsgemäß große psychologische Auswirkungen auf dem Aktienmarkt, und so sei es bei den gegenwärtig geringen Dividenden kein Wunder, dass die Werft-Papiere fast eingefroren schienen. Die mittlerweile positiveren Aussichten müssten deshalb vorsichtig zum Ausdruck gebracht werden.

Weil sie mit ihren Äußerungen zufrieden ist, braucht er den Hauptteil des Artikels nicht vorzulesen – bloß in den Schlussabschnitt möchte sie nochmal reinschauen. Und findet gleich wieder was: die hohe Verzinsung »zieht den Notierungen Korsettstangen ein«?! Den Ausdruck findet sie gar nicht gut: wie kann man Kursen Korsettstangen einziehen?! Das könne sie sich technisch nicht vorstellen, auch sei ein Korsett mit Stangen ein Bekleidungsfossil.

Der Redakteur lächelt, streicht den Satz, will dafür etwas anderes schreiben. Das findet sie angebracht.

Sie liest weiter mit vortastender Bleistiftspitze, macht grundsätzliche Äußerungen, von denen sie erwartet, dass der Redakteur sie entsprechend zum Ausdruck bringen wird. So notiert er: Eine Neubewertung stehe bevor. Freilich, sagt die Hanau, darin sind wir uns einig, dass hier kein Anlass besteht zum Überschwang, es kann höchstens eine gedämpfte, eine durch Vorsicht und Skepsis gedämpfte Erwartung sein, die hier zum Ausdruck kommt: noch kein Durchbruch der Kurse nach oben zu erwarten, die Kursgewinne der nächsten Zeit könnten bescheiden ausfallen. Ob man hier aber nicht die alte Börsenweisheit zitieren sollte, nach der durch Gewinnmitnahmen an der Börse noch niemand gestorben sei?

Na gut, der Redakteur notiert das. Und er wird schreiben, dass obige Weisheit bei den Werft-Papieren in der nächsten Zeit besondere Bedeutung gewinnen werde.

Mit diesem Vorschlag ist die Hanau einverstanden, so mag der Artikel enden; allzu optimistische Stellungnahmen würden gerade bei diesen Papieren derzeit unglaubwürdig klingen! Die vorsichtig formulierte Aussicht auf Kursanstieg hingegen könne die gewünschte Auswirkung haben.

Und nun die Überschrift! Der Redakteur schreibt in Blockbuchstaben: NEUBEWERTUNG DER WERFT-PAPIERE?

Die Hanau mustert die Buchstabenreihe. Ja, das trifft den Sachverhalt schon, sagt sie. Und der Redakteur weiß, dass sie noch nicht zufrieden ist, so weit kennt man sich bereits. Die Einschränkung folgt denn auch gleich: Neubewertung der Werft-Papiere, das klingt ihr ein bisschen zu akademisch, selbst mit dem Fragezeichen. Das muss bildhafter sein, griffiger, plastischer, dann prägt sich das besser ein, hat stärkere Wirkung.

Aha, wird der Redakteur denken, so langsam kommen wir dem Anlass näher!

Die Hanau macht nun etwa folgenden Vorschlag: VOR DEM GROSSEN SPRUNG NACH OBEN? Sie weiß selbst, dass sie ein bisschen dick aufträgt, da soll der Redakteur ruhig etwas wegnehmen, das versöhnt ihn mit den Korrekturen, die er in seinem Text vornehmen musste.

Gleich beißt er an: Ob man wirklich sagen könne, jetzt schon, der Sprung werde groß sein? Man hätte sich im gesamten Artikel recht vorsichtig ausgedrückt, das müsse sich auch in der Überschrift widerspiegeln – das Wort »groß« würde er lieber weglassen. Die

Hanau ist einverstanden. Und er schreibt in Blockbuchstaben: VOR DEM SPRUNG NACH OBEN? Wahrscheinlich ahnt er: Die Hanau selbst ist bereit zu einem Sprung, den sie sich groß wünscht. Dennoch: spiegelt dieser Artikel nicht gegenwärtige Tendenzen? Kann er als Redakteur das Geschriebene verantworten? Doch ja, eigentlich schon.

Die Hanau käut ein bisschen wieder, was sie bisher gesagt hat, verspeichelt die Berührungsstellen alter und neuer Textpassagen, während der Redakteur sich bequem zurücklehnt, was er ja nun auch verdient hat. Dann spricht er über Vorgänge auf dem Aktienmarkt – zur Erholung meist Beiläufiges. Ein Kollege hat ihm telefonisch berichtet, er hätte den Chemie-Konzern Morat in einem Artikel als »Chemie-Konzern Morat« bezeichnet. Darauf erhielt er von einem Vorstandsmitglied ein Schreiben: Im offiziellen Sprachgebrauch heiße es nicht »Chemie-Konzern Morat«, sondern »Haus Morat«.

Die Hanau lacht: Ah, wie soigniert! Der alte, ehrwürdige Familienbesitz!

Der Redakteur lacht mit: Was die sich einbilden! Haus Morat! Produzieren die vielleicht Champagner?!

Diese eingebildete Blase! ruft die Hanau und erzählt von einem Morat, der bei einer Fasanenjagd einem Attaché eine Schrotladung in den Rücken gepfeffert hat, glücklicherweise war der aber wetterfest angezogen!

Dem lachenden Redakteur fällt gleich noch was ein zu einem anderen Morat, das ist auch nicht sehr schmeichelhaft für diese Familie, für das Haus Morat. Wirklich, die sollen Champagner herstellen, nach jahrzehntealten Rezepten, das würde diesem ›Haus‹ am ehesten entsprechen!

Die Hanau möchte gern noch ein bisschen ausführlicher über das Haus Morat lachen, aber sie müsse ein Telefongespräch führen, wichtig, dringlich.

Also steht der Redakteur auf, steckt das korrigierte Typoskript in einen Schnellhefter, führt hinausgehend den raschen, elastischen Schritt eines aktiven Mannes vor, wird in seinem Büro aber erst mal eine Zigarre anstecken und zeremoniell Rauchringe blasen in alle vier Zimmerrichtungen, falls er nicht durch Sekretärin oder Telefon gestört wird.

11

Ich lese einige Bücher über »Wirtschaftsgrößen«, um zu prüfen, wie man das Verhältnis von Führungskraft und Wirtschaftsstruktur beschreibt: meist sehe ich nur Personen, kaum Strukturen. Beispiele lassen sich auswürfeln. Der Würfelwurf trifft Mattioli, wie ihn Joseph Wechsberg beschreibt in seinem Buch *Hochfinanz international*.

Da steht in der ersten Zeile ein alter Türsteher in azurblauer Uniform und öffnet eine dunkle, polierte Mahagonitüre. Da betreten in der zweiten Zeile der Verfasser und mit ihm der Leser das Büro des Presidente. In der dritten Zeile erhebt sich dieser Presidente, der in der vierten Zeile auf den ersten Blick aussieht wie eine Figur von Michelangelo. Dieser Eindruck wird einige Zeilen lang bestätigt durch Angaben wie: hoch gewachsen, breitschultrig, hohe Stirn, scharfe, gebogene Nase, sinnliche Lippen, volles, graues Haar. Und die Augen werden als tief liegend und nachdenklich bezeichnet, zugleich als höchst lebendig. Seine Gesten werden charakterisiert als dramatisch. Seiner Stimme wird zugeschrieben eine Vibration innerer Musik. Plötzlich zeigen seine Gesichtszüge den stillen Ausdruck eines Botticelli-Heiligen. Bei so viel klassischem Dekor gucke ich verdattert auf den Buchumschlag: doch, es muss ein Mitglied der Hochfinanz sein.

Wenn ich weiterlese, werde ich wieder unsicher. So wird sehr Positives geschrieben zu seinen Übersetzungen: *Kubla Khan* von Coleridge, Shakespeare-Sonette, Keats. Weiter lese ich, er sei Inhaber eines renommierten Verlags, der vorzügliche Editionen italienischer Klassiker herausbringe. Und die Weinberge dieses Herrn seien bekannt wegen der Qualität ihres Chianti classico. Dann erst kommt heraus, dass dieser mit allen klassischen Wassern gewaschene Mann »getreu seinen Renaissancevorbildern« Vorstandsvorsitzender der BCI ist, der Banca Commerciale Italiana, die er zum Zeitpunkt der Lobpreisung seit 31 Jahren leitet und allen Geschicken zum Trotz zu einer der größten, solidesten, renommiertesten Banken Europas gemacht habe. Jetzt hole ich erst mal Luft.

Und die brauche ich. Denn die Überschrift des nächsten Abschnitts lautet: »Philosoph und Bankier«. Dieser Mann, lese ich hier, sei nicht nur führender Bankier, sondern auch Historiker und Nationalökonom von Rang. Er hätte einen sehr menschlichen, philosophischen Zug in die kühle Welt der Bankiers gebracht. Mattioli bestätige Stendhals Ausspruch, ein guter Philosoph könne jederzeit ein guter Bankier werden – was laut Mattioli umgekehrt nur sehr selten zutreffe. Er sehe auch gar nicht aus wie ein Bankier, lese ich weiter, verhalte sich nicht wie ein Bankier. Er fühlt sich am wohlsten in verdrückten Flanellanzügen, seine Krawatte zeigt einen unordentlichen, dicken Knoten, sein Hut ist so breitkrempig, dass man automatisch an Künstlertum denkt.

Dieses Prachtexemplar von Bankier spricht gern so, dass seine Umgebung denkt, denken soll, hier äußere sich ein philosophischer Geist. In einem Geschäftsbericht schreibt er beispielsweise: »Wir betreiben eine praktische Tätigkeit von rein intellektueller Prägung: ein Versuch, die Abstraktheit einer mechanischen Ordnung mit der Realität einer biologischen Ordnung zu vereinen.« Kapier ich nicht! Kapier ich auch nicht, wenn ich das zweimal lese oder gar zwölfmal, wie das Mattioli seinen Mitmenschen rät, wenn sie eine seiner Äußerungen rätselhaft finden.

Dies erklärt mir auch Wechsberg nicht, er führt mich lieber in den großen, holzgetäfelten Arbeitsraum des Presidente zurück – und was registriert er? »Eine atemberaubende Atmosphäre von Kunst und schöngeistiger Wissenschaft, von Gelehrsamkeit und Unordnung, von Literatur und totalem Chaos.« Das soll man schon daraus ersehen können, dass überall Bücher herumliegen, auf dem riesigen Schreibtisch, auf etlichen Stühlen, sogar auf dem Fußboden. Hier arbeitet dieser Mann, dieses Mannsbild mit Blick auf die Mailänder Piazza della Scala. Nach bekannter Künstlersitte beginnt er mit der Arbeit so gegen elf, hört abends reichlich spät auf, nachdem er sich mittags tüchtig ausgeschlafen hat. Mit dem Verb »arbeiten« säkularisiere ich natürlich seine Tätigkeit, denn er liest, plant, meditiert vielmehr. Und was dabei herauskommt, ist – na, was mag das wohl sein? Ich lese: Kunst. Dazu Mattioli persönlich: »Als Bankier wird man ein Mann der schönen Künste, ein Kritiker und ein Schöpfer.«

Das ist nun eine außergewöhnlich hochtrabende Formulierung, aber so ganz überrascht werde ich von diesem Kunst-Anspruch nicht mehr. Denn von Kunst reden sie meist recht gern, die Geldmänner. Selbst Bernard Cornfeld, nein: erst recht Bernard Cornfeld, seinerzeit Konzernchef der großen, betrügerischen Investors Overseas Services (IOS), sagte »Kunst«, wenn er »Geschäft« meinte. »Ein erfolgreicher Portefeuille-Manager ist zugleich Techniker und Künstler. Wir versuchen Künstler zu finden – und darin waren wir sehr erfolgreich ... Erfolgreiche Portefeuille-Verwaltung ist eher eine Kunst als eine Wissenschaft ... Wir haben die großen Künstler ...« Hier sind zugleich Wunschvorstellungen und Verschleierungstechniken.

Und wieder Wechsberg! Er zitiert noch einmal Mattioli, der kaum einen Unterschied sehen will zwischen einem Shakespeare-Sonett und einer Bilanz: »Im besten Fall sind beides Kunstwerke, und ich gehe an beide mit der gleichen Einstellung heran!« Dann stapelt er noch höher: »Im Grunde genommen ist die Commedia Divina ein Produkt aus Geist und Intellekt. Das, was ich vollbringe, ist auch ein Produkt aus Geist und Intellekt – die gleiche Dimension, nur eine andere Größenordnung.«

Nach solchem hochgestochenen Pudding hoffe ich, dass ich endlich mal was zu beißen kriege – die nächste Überschrift macht mir da Hoffnung, ein bisschen, sie lautet: »Vom Journalisten zum Bankier«. Jetzt will ich Details erfahren über seine Arbeitsweise. Aber was mir hier angeboten wird, ist auch nur Wabbelgallerte. Er hat Volkswirtschaft studiert, weil sie, wie er sagt, teils Geschichte, teils Philosophie sei, eine Philosophie, bei der die zentrale Rolle der Mensch spiele. Als er nach diesem hochgeistigen Studium Privatsekretär des Vorstandsvorsitzenden Toeplitz wurde, geschah das ebenfalls aus allerhöchsten Motiven: er wollte die »Philosophie des Bankwesens« studieren. 1931, während der Weltwirtschaftskrise, übernahm er die Leitung der Bank.

So, und jetzt möchte ich endlich wissen, wie er gearbeitet hat! Aber ich kriege nur wieder zu lesen, die Leitung der Bank sei in dieser Zeit eine aufreibende Arbeit gewesen, die solide Kenntnisse des Bankwesens, starke Nerven, unendliche Geduld erforderte; es habe Zeiten gegeben, in denen er nicht wusste, ob die Bank in der Lage sein würde weiterzumachen; es erfülle ihn heute mit Stolz und Befriedigung, dass die Banca Commerciale Italiana die große Krise und später auch den Zweiten Weltkrieg überstand, ohne dass Sparer geschädigt wurden; es sei manches Mal Millimeterarbeit gewesen; er sei in diesen schweren Jahren klüger und trauriger geworden, aber auch reicher.

Das ist ein Nachruf, aber keine Beschreibung seiner Tätigkeit! Zeigt mir doch ein paar Millimeter seiner Millimeterarbeit! Stattdessen erfahre ich nur wieder, dass es für diesen Mann weder Sonntage noch Feiertage gibt. Dass er höchstens mal für ein paar Erholungstage zu seinem Weingut fährt, sich dort mit alten Männern unterhält und das Wachstum der Reben beobachtet: ein bisschen ›einfaches Leben‹, oder wie? Zugleich autoritäres Verhalten: seinen Mitarbeitern gewährt er grundsätzlich keinen Urlaub – nach der Pensionierung können die sich genug erholen, meint er. Aber geliebt und geschätzt wird er trotzdem, lese ich. Er ist ja auch so plastisch, so ein Pfundskerl! Wie einprägsam zum Beispiel, dass er tagsüber, während das Wirtschaftsleben immer rascher rotiert, einfach mal was von Johann Sebastian Bach hört, im voll aufgedrehten Radio, und wenn einer reinkommt, mit geschäftlichen Absichten, so wird der aufgefordert, sich hinzuhocken, mitzuhören, aber aktiv! »Setzen Sie sich mit der Musik auseinander. Versenken Sie sich gefühlsmäßig hinein. Die Musik ist eine physische, geistige und emotionale Übung.« Und wieder ein Hinweis auf seine Verlagsarbeit, denn am meisten liebt er seine Bücher, deshalb widmet er dem Verlag, der Casa Riccardo Ricciardi, viel Zeit: ein »hoch angesehenes Unternehmen, das sich aus dem Dschungel zeitgenössischer Publikationen heraushält«. Bravo! Bis zum Schluss des Kapitels wird dann von einer bibliophilen Rarität erzählt, die er Staatschef Einaudi schenkte, und Mattioli darf selbst berichten über die unendliche Befriedigung, die er bei dem »kurzen Aufleuchten in Einaudis Augen« empfand, bei »dem kleinen, dankbaren Lächeln, das mich so reich für mein kleines Opfer belohnte«. Schlussakkord des Kapitels.

Im Mittelpunkt, nicht wahr, die Persönlichkeit! Der Mensch als Maß und Mitte, nicht wahr! Denn, nicht wahr, Personen sind viel interessanter als Organisationsformen, die sind unanschaulich, kompliziert, wir aber wollen das Lebendige, nicht wahr, und sei es auf Kosten der Einsicht!

12

Dauernd diese Anregungen, Aufmunterungen, Verlockungen, sich als Persönlichkeit herauszustellen, durch Image-Bildung! Das zeigen mir nicht allein Bücher der Manager-Literatur, das zeigen auch Annoncen in Wirtschaftsjournalen: wie oft werden dort Waren angeboten, die dem Käufer bestätigen sollen, was »Persönlichkeit« genannt wird oder »individuelle Besonderheit«. Beispielsweise ein Füllfederhalter, der einer Handschrift verbrieft, was sie vor allen »anderen Schriften« auszeichnet: »individuelle Besonderheit«. Das Gleiche wird einem Kugelschreiber dieser Firma zugeschrieben, der zudem eine »repräsentative Großraummine« enthält, »für problemlose 10 000 m Schriftlänge«.

Nicht bloß, weil ich mit einem Kugelschreiber arbeite, verweist mich solch eine Anzeige auf meine Schreibtätigkeit: da erschreckt mich erst mal die Zahl. Ich schreibe nicht mit Großraumminen, aber selbst bei meinen handelsüblichen Minen werden es doch jeweils einige tausend Meter ganz gewiss nicht problemloser Schriftlänge sein. Und wie viele Minen habe ich bisher für dieses Buch leer geschrieben, werde ich für dieses Buch noch leer schreiben, auch wenn ich es so knapp halten will wie möglich? Wie viele Kilometer insgesamt, mit allen Vorarbeiten, Kapitelentwürfen? Bestimmt mehr Schriftlänge, als ich in einer Tageswanderung schaffen könnte – falls ich Interesse hätte an einer Tageswanderung. Aber nur mal den Gedanken ausspinnen: die geschriebenen Buchstaben strecken zu purem Schriftlängenstrich, und der zieht sich von meinem Arbeitstisch durch das Fenster, hinweg über abgelagerte, verrostende Heizungsrohre ein Stockwerk tiefer, über gestapelte Plastik-Torfsäcke, über den Blumenerdhaufen der benachbarten Gärtnerei, durch ihren Pflaumenbaum, von dem jährlich die Pflaumen abfaulen, dann weg über die mehrfach täglich rausgetragenen Abdeckpapiere der Autolackiererei in der Senke, über rausgeworfene Kotflügel und Autotüren, über das eternitgraue Welldach mit den fauchenden Exhaustoren, danach über die geschlossene, dreistöckige Häuserreihe, dann vorbei am Turm der Annakirche, deren Glockenspiel stündlich Volksweisen und Kirchenlieder klimpert, dann über die Stadtgrenze hinaus südwestlich zu den Feldern vor der Stadt, die zumindest Bauerwartungsland sind, dann über Felder, die noch als Ackerland gelten, und weiter in purer Schriftlänge, vorbei an den Dörfern Birgel und Gey, den Nordhang der Eifel hinauf, den ich, wenn ich mich recke, in schmalem Streifen über den Dächern sehe: da schreibt sich das hoch zum Endpunkt des Rennwegs auf dem Höhenrücken, Forst- und Landwirtschaft frei, und weiter in der Luftlinie purer Schriftlänge Richtung Großhau, Kleinhau, Hürtgen, dort zeigen einige Fassaden noch immer Einschussnarben, Splitterlöcher, und weiterschreibend vorbei an Vossenack, freie Sicht von diesem Dorf in die Nordeifel ringsum, und fortschreibend geht es weiter zur Radarhöhe, zuweilen von Düsenjägern, Kampfjets angeflogen, die fast die Baumwipfel ansengen; weiter durch die Eifel bis zur belgischen Grenze, und möglicherweise reicht die Gesamtschriftlänge noch rein ins Hohe Venn: wie viele Schriftmeter eventuell noch an dieser Straße entlang?

Das will ich nicht ausrechnen, nicht mal überschlägig, diesen Faden werde ich nicht weiterspinnen, diese Abschweifung muss ich im Roman streichen: soll ich mich als Figur in dieses Gebiet hineinschreiben? Schon könnte Image-Bildung des Autors einsetzen: was für ein Auto fährt er? Etwa einen Mercedes, und sei es ein älteres Modell? Oder einen Opel, einen Ford der Mittelklasse? Einen ollen Austin, eine lahme »Ente«? Das könnte jeweils Vorstellungen auslösen: Der langsame Fahrer, ihm ist egal, wie oft er überholt wird... Der Fahrer, der rasch und wendig sein will, und parken kann er fast in jeder Lücke... Oder fährt dieser Autor womöglich einen VW? Wenn ja, bitte Typenangabe, zwecks Differenzierung. Ein Variant, ein Kombi? Aha, und in welchem Zustand? Rückschlüsse, überall sind Rückschlüsse möglich.

Die ließen sich bestätigen durch weitere Beschreibung: irgendwo wird der Autor ja mal aus dem Wagen steigen, draußen in der Eifel oder drinnen in der Stadt, und er zeigt wer weiß welche Kleidung, wer weiß welchen Haarschnitt, während er bei seinem Buchhändler Titel bestellt, die er für dieses Romanprojekt braucht, oder er spricht in der Stadtbücherei mit der Bibliothekarin, leiht sich nochmal einen Packen aus. Etwa ein Buch über deutsche Unternehmerinnen, »die ihren Mann stehen«, und er liest im Vorwort vom Wesen der modernen, durch zwei Weltkriege hindurchgegangenen Frau, und vielleicht könnte manche weibliche Komponente der Bewährung, des Ausgleichs, der menschlichen Atmosphäre auch in Büros und Werkhallen positive Auswirkung zeigen. Und so weiter.

Der Autor im Materialkontakt! Verschiedenartige Strategien könnten ebenfalls Persönliches zeigen oder zeigend entwerfen: Ein Autor, der gar nicht genug Gedrucktes in die Finger kriegen kann, und er wendet sich sogar an die Wirtschaftsvereinigung des CDU-Kreisverbandes, lässt sich einen Stapel Broschüren zuschicken, und beim Lesen wie beim Herausschreiben erweist er sich als ruhig, nüchtern, sachlich. Oder: der Autor tippt Exzerpte runter, vor sich hin schimpfend, läuft nach ein, zwei Seiten ins Nebenzimmer, trinkt einen Klaren, legt eine Platte auf: besänftigt er sich mit Klassik, muntert er sich auf mit Pop, reagiert er sich ab mit Free Jazz? Ein Autor, der durch Detailangaben sein Bild verdeutlichen, sein Image herausstellen möchte, er könnte auch hier ansetzen.

Ebenfalls ließe sich seine Umgebung in die Beschreibung einbeziehen, Personen können konturiert und koloriert werden, mit denen er Wirtschaftsfragen diskutiert, und er blickt dabei auf eine Tankstelle, in der Autofetischisten noch abends um zehn ihre Wagen lackieren, oder: er schaut auf den kleinen Ausschnitt eines Sees zwischen Häusern und haushohen Weiden, die so alt sind, dass sie mit Zement plombiert, mit eisernen Bauchbinden zusammengehalten werden müssen. Selbst das Ferment des Pfeifentabaks ließe sich benennen, das während solch eines Arbeitsgesprächs den Raum füllt: raucht der Autor, raucht sein Fachberater?

Angebote zu Rückschlüssen: hier könnte der Autor ein Bild erstellen, das ihn erkennbar, wiederkennbar macht, und dies wiederum könnte der Literaturmarkt durch rascheren, häufigeren Zugriff honorieren: sich also herausheben, betonen durch starke, durch auffällige Details?

13

Marthe Hanau wird mit ihrem Redaktionsstab versuchen, das Ansehen der *Gazette du Franc* ständig zu heben und damit die Auflage zu steigern. Denn nur mit einer weit verbreiteten Zeitung, die angemessene Resonanz findet, kann sie auf Aktienkurse einwirken, kann sie Abonnenten und Leser zu weiteren, höheren Einzahlungen bei den Beteiligungsverbänden ermuntern, die nun offen der *Gazette* zugeordnet sind als »Finanzabteilung der Gazette du Franc«. Dabei könnte man sich auf die Formel berufen, mit der die *Gazette* sich vorstellte: »ein unabhängiges Organ zur Verteidigung des Franc und zur Schaffung neuer Möglichkeiten im Bereich der Wirtschaft und der Finanzen«.

Günstig wäre für das Image der Zeitung, wenn ihre Verantwortlichen über solch eine Formel hinaus Grundsatzerklärungen veröffentlichten, die weithin überzeugend wirkten. Beispielsweise: Durch sachliche Information, durch sorgfältige Analyse den Wirtschaftsbereich durchsichtig, damit zugänglich machen. Als Leitwort hier etwa: Partizipation. Diese Partizipation als Teilnahme größerer Bevölkerungskreise an den Gewinnchancen des Effektenmarkts; Partizipation bedeute somit Bestätigung und Sicherung der bestehenden Wirtschafts- und Gesellschaftsform; Partizipation sei nicht nur Programm, sondern Verpflichtung.

Neben dem Programm muss der Inhalt der *Gazette du Franc* überzeugen. Lesern, die das nicht selbst überprüfen können, müssen Belege dargeboten werden. So ließe sich schon in einer der ersten Ausgaben ein Pressespiegel veröffentlichen: positive Berichte verschiedener Presseorgane zum Neuerscheinen der *Gazette du Franc*. Dazu ruhig auch eine negative Stellungnahme, die sich leicht und elegant kontern lässt: so wirkt die Redaktion der *Gazette* erstens objektiv, denn sie greift sogar kritische Gegenstimmen auf, und zweitens könnte die Selbstsicherheit, mit der sie Einwände kontert, ebenfalls Eindruck machen. Zusätzlich ließen sich Stellungnahmen bringen von »führenden Persönlichkeiten des Wirtschaftslebens«.

Hier genügt letztlich schon, wenn die sich pauschal über die Notwendigkeit umfassender Information auch und gerade im Wirtschaftssektor äußern – wichtiger als solche Äußerungen sind für die *Gazette* die Namen solcher Persönlichkeiten.

Sehr günstig wäre natürlich ein Statement des Wirtschafts- oder Handelsministers, womöglich ein Interview mit ihm. Selbstverständlich wird er die *Gazette* nicht direkt loben können, aber auch er wird sich gern äußern über die Notwendigkeit objektiver Information gerade im Wirtschaftsbereich. Eventuell wird er sogar auf die Öffentlichkeitsarbeit verweisen, die hier von manchen Publikationsorganen vorbildlich geleistet werde; näher wird man ihn wohl kaum heranführen können an ein Lob der *Gazette*.

Am wichtigsten ist, dass sich solch ein Minister überhaupt in der *Gazette* äußert. Je ausführlicher er das tut, desto positiver ist dies für das Ansehen der *Gazette du Franc*.

Was zusätzlich für die *Gazette* werben könnte: dass Artikel, Kommentare, Analysen knapp, möglichst knapp gehalten werden. Leser von Wirtschaftszeitungen neigen »bekanntlich« kaum zu ausführlicher Lektüre, die wollen sich schnell informieren, möglichst »auf einen Blick«. Dieses Bild vom Leser lässt sich dem Leser der *Gazette* gelegentlich vorhalten: das wird er rasch akzeptieren.

Gewiss lässt sich dem Leser auch soufflieren, er hätte inmitten der objektiven Berichte und nüchternen Analysen gern eine Lese-Insel, auf der sich zwei, drei Minütchen entspannen lässt. Also ein bisschen über Weinbau: Die vergangene und die bevorstehende Ernte. Ein bisschen über Gartenbau: Wie hat man früher Gärten angelegt, was lässt sich heute empfehlen? Ein bisschen über Jagd: Zunehmende Vermehrung von Wasservögeln irgendwo, ein Krankheitsbefall bei Rotwild andernorts. Und ein Häppchen Kulturleben: Ein paar Balletteusen vorbeigewirbelt, ein Buch rasch aufgeblättert, ein Schauspieler mit Szenenapplaus, ein Klaviersolist verbeugt sich.

Natürlich wird sich die Hanau nicht ausschließlich mit der Imageförderung der *Gazette du Franc* befassen: zur gleichen Zeit führt sie Geschäfte immer größeren Stils durch. Ihre Strategie wird sie allerdings nicht allein entwickelt haben – viele Mitarbeiter verhelfen einer Hanau zum Erfolg.

Beispielsweise ließe sich ein Jurist in den Roman einführen, besser: ein Wirtschaftsjurist. Mit Kenntnissen, die er bisher legal einbrachte, kann er Transaktionen der Hanau unterstützen – gegen angemessene Beteiligung, versteht sich.

Mit solch einem Mann könnte die Hanau Besprechungen abhalten, in ihrem Direktionsbüro oder einem Separatraum eines (führenden) Hotels.

Da säße er mit ihr an einem Tisch. Papiere, Akten, Gläser. Während er nachdenkt, wippt er auf dem Stuhl. Das wird er auch in seinem Büro tun, dort wippt er auf seinem alten, mit mürbem Leder bezogenen Schreibtischstuhl, den er, wie er gelegentlich erzählen mag, seit Beginn seiner Tätigkeit besitzt, und noch bei jedem Bürowechsel hat er ihn mitgenommen: er braucht diesen Stuhl, um gut arbeiten zu können, das bezeichnet er selbst als Marotte. Dieser Schreibtischstuhl knarrt, quietscht, wenn sein massiger Körper schaukelt. Dabei wölben sich seine Lippen unter dem buschigen Schnurrbart vor, saugen ein Bleistiftende an, fassen es weich ein. Der Kopf dieses Mannes ebenso massig wie sein Körper. Die Nasenlöcher weit: sie blähen sich, wenn er eine neue geschäftliche Finte ausgeheckt hat, sie präzisiert. Sonst blickt er fast schläfrig drein, unter tief herabgezogenen Lidern: so konzentriert er sich. Seine Augenbrauen gegen den Strich gebürstet, so wirken sie buschig. An den großmuschligen Ohren fleischige Läppchen, sinnlich hängend.

Natürlich isst solch ein Mann gerne gut und gerne viel; das lässt sich an seiner Erscheinung ablesen. Ebenso bekannt ist er für seinen Konsum von vorwiegend sehr jungem Mädchenfleisch: Auch Spargel, sagt er, kann man nur in einer bestimmten Wachstumsphase genießen; ältere Frauen bezeichnet er als holzig. Die Hanau sieht er freilich nicht als Frau, sie ist Auftraggeberin.

Der dicke, bleistiftkauende Mann könnte beim Entwickeln seiner Pläne verstärkt Achselschweiß absondern, den die Hanau gern riecht – mon Dieu, was lässt sich alles machen!

Zum Beispiel ließe sich eine Warenhaus-AG gründen. Die kauft das Grundstück für das geplante Warenhaus nicht selbst, sondern gründet eine Kapitalgesellschaft, die das Grundstück erwirbt und das Gebäude errichtet. Die Warenhausgesellschaft mietet nun das Gebäude von der eigenen Tochtergesellschaft. Dabei sparen wir einmal einen Teil der Gewerbesteuer. Außerdem, Madame, lassen sich hier Bilanzen leicht in erwünschtem Maße korrigieren.

Auf dem Hotelstuhl schaukelnd, könnte er weitere Vorteile nennen bei der Gründung von Tochtergesellschaften. So etwa ließe sich eine Tochtergesellschaft mit sehr geringem Kapital ausstatten, und die nötigen Mittel werden ihr von der Muttergesellschaft durch Kredite zur Verfügung gestellt: beispielsweise 60 000 Francs Gesellschaftskapital und das Zehnfache an Krediten, oder das Zwanzigfache, Dreißigfache, Fünfzigfache, Siebzigfache, warum nicht? Außerdem, wenn so eine Tochtergesellschaft im Ausland gegründet wird, kann ihr die Muttergesellschaft besonders kulante Preise gewähren, kann dadurch den Gewinn weitgehend auf die ausländische Gesellschaft verlagern: auf die Weise könnte man auch wieder Steuern sparen.

Über diese Gesellschaften ließe sich denn in der *Gazette* berichten, was sich günstig auf die Aktienkurse auswirken soll.

Um Abonnenten beim Abonnement zu halten, um Käufer regelmäßig an den Kiosk zu locken, könnte die *Gazette* auch einen Fortsetzungsroman bringen, etwa über die Rothschilds, bei denen sich Fortsetzungen von selbst anbieten, und Spannungsumbruch ist ebenfalls möglich: Zäsur am Höhepunkt, Fortsetzung folgt.

Das erste Kapitel natürlich über den Stammvater zu Frankfurt, der noch im Haus mit dem roten Schild wohnte, der über den Münzhandel langsam ins große Geschäft kam, der fünf berühmte Söhne hatte, Konzentrat aus insgesamt zwanzig Zeugungen. Für jeden dieser Söhne mindestens zwei Fortsetzungen, für Nathan eventuell vier, weil der am bekanntesten wurde, weil sich über den am meisten erzählen lässt. Erst mal kauft Nathan für den Fürsten seines Vaters in London Staatspapiere, es folgen Geschäfte auf eigene Rechnung, das Umsatzvolumen »wächst gewaltig«, wie ich lese – nur erfahre ich leider nicht, auch hier nicht, wie das vor sich ging: plötzlich ist er steinreich, ist entsprechend angesehen, macht weiterhin Riesengeschäfte. Wenn man seine Aktionen und Transaktionen schon nicht genau beschreibt, dann wenigstens den Mann, die Person, und hier ist Nathan ergiebig: er ist dick, und dicke Leute gelten sowieso als einprägsam. Der dicke Nathan hat zu Haus eine Pistole unter dem Kopfkissen liegen, denn – Fortsetzung folgt.

Imagebildung, um Auflage und Wirkung der Zeitung zu steigern; Imagebildung, um Spargelder anzulocken für die Syndikate; Imagebildung zugleich als Schutz.

Denn da sind Wirtschaftsressorts angesehener Zeitungen, da sind Informationsdienste, Börsenbriefe, die andere Meinungen verbreiten, andere Interessen vertreten als die *Gazette* und ihr Börsenbrief. Da sind vor allem Banken, in denen die geldsaugenden Investmentgesellschaften der Hanau Unmut wecken, auch Misstrauen.

Hier ließe sich ein Gegenspieler entwerfen und in den Roman einführen: der Präsident einer Pariser Bank. Monsieur mag als fein, als zurückhaltend, als nobel gelten – von diesen positiven Eigenschaften sieht er nichts bei der Hanau. Was diese Frau, dieses Weibsbild in seinen Augen zu bestimmen, zu prägen scheint, bis in die womöglich abgenagten Fingernägel, das ist Hektik. Er hingegen hat stets Ruhe gezeigt, überlegene Ruhe bei aller Aktivität. Zu dieser Ruhe kommt Ordnung als Leitbegriff: klare, rationale Ordnung. Ordnung erst mal im privaten Bereich: Bücher alphabetisch aufgestellt, Weinflaschen im Keller durchnummeriert. Und womit er sich sonntags besonders gern beschäftigt, ist das Sammeln heimischer Pflanzen, ist anschließend das Klassifizieren, Einordnen, Benennen, streng nach Linné, den er offiziell Linnaeus nennt, den »Kanzleibeamten Gottes«.

Dieser Mann könnte weiter dadurch charakterisiert werden, dass er sich gelegentlich für ein, zwei Tage zurückzieht, um nachzudenken, zu projektieren. Da fährt er zu seiner Jagdhütte in den Vogesen, sitzt stundenlang auf dem Hochstand, hockt stundenlang an Fenster oder Kamin, raucht seine Pfeife – der bekannte Geruch seines fermentierten Tabaks. So denkt er nach.

Unwohl, fast physisch unwohl fühlt er sich, wenn er notgedrungen an Madame Hanau denkt. Die ist in seinen Augen eine Person, die alles durcheinander bringt, durcheinander wirbelt. So werden in der *Gazette* ganz neuartige Thesen propagiert, etwa von der »Partizipation« – ein in seinen Augen verdächtiger Begriff. Überhaupt werden in der *Gazette* nach seinem Geschmack zu viele Schlagwörter aufgegriffen, in Umlauf gebracht. Äußerst zweifelhaft erscheinen ihm auch die Prinzipien, nach denen Unternehmer durch porträtierende Artikel hervorgehoben werden – da seien andere Personen des Wirtschafts- und Finanzlebens weitaus wichtiger.

Am schlimmsten aber ihr Aufhetzen gegen die Banken, als wäre dort alles in pompöser Feierlichkeit erstarrt, als würde dort nur nobel geflüstert, als wäre man dort zu fein für klotzige Geschäfte: unter diesem Vorzeichen lockt sie Ersparnisse vieler Leser und Abonnenten an! Und diese Einlagen sollen unglaubwürdig, ja verdächtig hohe Renditen einbringen in den Syndikatbildungen – das geht doch nicht mit rechten Dingen zu!

Zu all dem soll diese Hanau und ihr Kreis auch noch inoffiziell beteiligt sein an diversen Aktiengesellschaften, sogar im Ausland! Hier wäre allerdings wünschenswert, wenn man Belege in die Hand bekäme; er hat »das berechtigte Gefühl«, dass hier einiges »nicht stimmt«. Man wird auf diese Clique sehr scharf aufpassen und gegebenenfalls etwas gegen sie unternehmen müssen, am besten durch Strafantrag.

Damit würde er seiner Umgebung zeigen, dass er durchaus noch alert ist, dass er immer noch handeln und, wenn nötig, auch zuschlagen kann. Er weiß oder ahnt zumindest, dass er unter einigen seiner Mitarbeiter als Zauderer gilt: Er sei in den letzten, gewiss sehr aufreibenden Jahren sichtlich gealtert; er ziehe sich mehr und mehr zurück in Fragen der Betriebsorganisation, drücke sich damit vor dem täglichen Geschäft mit seiner Vielzahl anstehender Entscheidungen.

Denen will er mal zeigen, dass er noch agieren kann, rasch und energisch! Da kommt ihm so eine Hanau gerade recht: die hat er im Visier! Ein paar falsche Bewegungen, und er knallt sie ab!

Um den Toleranzbereich ihrer Aktionen zu erweitern, versucht auch die Hanau, ihrer Person Gewicht, Bedeutung, Ansehen zu verleihen. Dazu gibt es bewährte Methoden, diverse Tricks.

So könnte öffentliches Engagement im unpolitischen Bereich günstig sein, Beteiligung an gemeinnützigen Aufgaben. Und Marthe Hanau lässt sich in das Aufsichtskuratorium eines Altersheims wählen, übernimmt hier die Kassenführung: so was wird sich herumsprechen, wenn man dafür sorgt.

Falls sie den Glanz ihres Öffentlichkeitsbildes nicht trüben will durch den Umgang mit alten, oft ziemlich gebrechlichen Leuten, ließe sich eine andere, ebenfalls gemeinnützige Aufgabe übernehmen, beispielsweise in einem Kuratorium für ein Waisenhaus. In dieser Umgebung kann auch eine robuste Lesbierin mütterlich wirken.

So lässt sich ein Bild aufbauen, das Vertrauen schafft. Zur Ausgestaltung solch eines positiven Persönlichkeitsbildes könnte ich der Hanau eventuell einen Persönlichkeits-Berater an die Seite stellen – hat es damals schon so was gegeben? Wenn nicht, so müsste ich auf die Einführung dieser Figur nicht gleich verzichten.

Diesem Imagedesigner könnte ich den Vorschlag zuspielen, für gemeinnützige Institutionen tätig zu werden – aber so, dass man es in der Öffentlichkeit merkt, sonst ist alles umsonst! Also: in der Funktion etwa der Kassenführerin des Waisenhaus-Kuratoriums in geeignetem Rahmen eine Rede halten über die schlechte finanzielle Situation der Waisenhäuser, danach eine Petition vorschlagen.

Damit solche Aktivität auch sichtbar wird, über Pressefotos, könnte der Persönlichkeitsberater die Begegnung mit einem Erzbischof vorschlagen: die Übergabe eines Schecks für diesbezüglich wohltätigen Zweck könnte das möglich machen. Und ein Erzbischof sieht auf Fotos fast so eindrucksvoll aus wie ein Papst.

So was würde der Hanau offiziellen Glanz verleihen. Dazu sollte sie, nach Meinung des Imagedesigners, sicherlich noch etwas mehr Farbe gewinnen. Also könnte er Kontakte vorschlagen mit bekannten Künstlern, die als »farbige Persönlichkeiten« gelten, schon könnte etwas auf sie abfärben. Natürlich muss man hier vorsichtig sein: nichts Schmuddeliges, Anrüchiges, das könnte wie Krätze rasch übergreifen auf ihr Öffentlichkeitsbild. Aber warum nicht zu den Persönlichkeiten gehören, die bei einer Premiere vor Magnesiumblitzen Hände schütteln und Wangen küssen?

Solche Publizität lässt sich ausbauen. Beispielsweise könnte der Persönlichkeitsberater vorschlagen, einen Preis auszuschreiben für begabte Nachwuchskünstler: den Marthe-Hanau-Preis. Kostet ein paar tausend Francs pro Jahr, bringt aber automatisch Presseberichte ein, zumindest Pressenotizen, anlässlich der Preisverleihung. Auch so etwas macht einen Namen namhaft, färbt ihn positiv ein, wenn man ein bisschen Acht gibt bei der Auswahl der Preisträger.

Und zu all dem: persönliche Züge hervorheben! Empfehlenswert mag einem Imagedesigner bei dem so aufwendigen Lebensstil der Dame eine Spur von Melancholie erscheinen, als Komplementärfarbe. Und er kann herausarbeiten oder herausstellen, dass die

Hanau trotz oder wegen ihrer Betriebsamkeit gern mal allein ist, »fernab von allem Getümmel«. Das wäre nebenbei eine plausible Erklärung für zeitweiliges Verschwinden mit einer Freundin, die ihr wohl tut.

Strich um Strich kann auf diese Weise ein Persönlichkeitsberater ein Persönlichkeitsbild der Madame Hanau entwickeln. Wen interessiert dabei, wie diese Dame nun ›wirklich‹ ist? Wirksames wird zusammengefügt zu einem Image, das »ankommt«, »sich verkaufen lässt«; Madame Hanau als energische, vitale, ja robuste Frau mit ausgeprägtem Verantwortungsbewusstsein für soziale Belange, mit hoch entwickeltem Sinn für Künste, zusätzlich noch ausgezeichnet durch Witz, der sich (für das Ausland) mal wieder als »gallischer Esprit« bezeichnen ließe.

Natürlich wird es einem Imagedesigner nicht genügen, wenn die Hanau das maßgeschneiderte Erscheinungsbild einem Kreis von Insidern vorführt. Er wird beispielsweise vorschlagen, in der *Gazette* eine Ecke einzurichten, in der sie regelmäßig schreibt, und zwar unter eigenem Namen, ganz persönlich. Diese Beiträge sollen sich auch optisch vom sonstigen redaktionellen Teil abheben, sollen eingerahmt werden, als Kasten. Unten rechts ihre faksimilierte Unterschrift, ausgeführt in energischem Schriftzug, der beste Rückschlüsse ermöglichen soll bei all den Laien, die von Handschrift nichts verstehen. Links oben dann ein Foto.

Was für ein Foto nimmt man am besten? Eins, auf dem sie den Telefonhörer ans Ohr hält? Nicht sonderlich originell, aber nach wie vor wirkungsvoll. Und noch etwas Schreibtischfläche dazu, spiegelblank, demnach aus kostbarem Material? Und bitte nicht zu viel Papier da drauf, denn eine überlegene Persönlichkeit disponiert frei auf leeren Flächen? Noch ein paar Blumen auf dem Schreibtisch? Schließlich ist sie Frau. Eventuell noch ein Signal für Reichtum, Glanz? Etwa ein Sektkübel? Auch nicht originell, aber bewährt als Statussymbol.

In diesem »Hanau-Kasten« nun keine Artikel zu speziellen Wirtschaftsfragen, sondern persönliche Stellungnahmen zu übergeordneten Problemen, etwa zur Bildung einer europäischen Gemeinschaft oder zur Sanierung des französischen Franc. Sich dabei als Person einbringen: Während der Rückreise von Montenegro habe sie Gelegenheit gehabt, auf dem Schiff mit einem führenden italienischen Industriellen über die Frage der ... Bei einem Diner in einem bekannten Hotel habe sie mit einem hohen Mitarbeiter des deutschen Wirtschaftsministeriums über das Problem der ...

So würde Madame Hanau immer deutlicher zu einem Markenartikel, der »sich durchsetzt«, wie es verschleiernd heißt – hier soll als natürlicher Vorgang erscheinen, was Ergebnis zielgerichteter Aktivität ist. Durchgesetzt würde hier das Arrangement einiger fassbarer, merkbarer Signale, in ständigen Wiederholungen eingeprägt als Stereotype.

Und die können sich, rückwirkend, der Hanau selbst wieder einprägen: mit der Persönlichkeit identifizieren, die der Berater von ihr entwirft? Wie lange würde die Hanau brauchen, bis sie sich sagt: Ja, ich neige in der Tat zur Melancholie, zu einem sanften Vergänglichkeitswissen, zeitweise? Ja, eigentlich habe ich einen angeborenen Hang zum Künstlertum, zu diesem bunteren, freieren Leben. Ja, von Kindesbeinen an meine Neigung zur Musik, nur wurde dieser Ansatz im Verlauf der oft wirren, überaus anstrengenden Jahre weitgebend verschüttet? So könnte Angleichung stattfinden an das Design eines Persönlichkeitsberaters.

Wenn ich so jemanden einführte, hätte das Rückwirkungen auf das Buch: ich müsste noch enthaltsamer sein in der Ausstattung der Figuren mit Persönlichkeits-Emblemen. Denn hier könnte eine Methode übernommen werden, nach der jedes PR-Team arbeitet: Vorgänge schmackhaft und konsumierbar machen durch Personalisierung.

14

L., zum Beispiel, Marthes Zeitgenosse, großer Finanzmann, kauft ein Palais in Brüssel, repräsentativ in der Rue Ducale, da sieht man viele vornehm livrierte Diener, da fahren elegante Equipagen vor und große Autos, da zeigt L., wie schön es ist, mit Geld zu leben, mit sehr viel Geld: steht nicht allzu früh auf, dieser L., treibt erst mal Gymnastik, arbeitet sich warm am Punchingball, duscht oder badet sodann, zelebriert ein Frühstück nach englischer Art, isst gerne gut: Forellen lässt er einfliegen aus Schottland, Austern aus Odessa, berühmt ist sein Geschmacksempfinden für Kaviar.

C., zum Beispiel, mein Zeitgenosse, auffällig in Erscheinung getreten vor allem gegen Ende der sechziger Jahre: er zeigt ebenfalls, wie schön es ist, mit sehr viel Geld zu leben; da ist in Genf die Villa Elma, für ihn persönlich, und die Villa Bella Vista für seine Gesellschaft, und für ihn wieder das Schloss de Pelly in der Haute-Savoie und ein Apartmenthaus in Paris und ein Townhaus in London und in New York Apartments und in der Schweiz wiederum das Château de Prangins. Vor diesen Häusern und Schlössern die teuersten Autos, Cadillac, Sting-Ray, Lamborghini, Rolls-Royce, sein spezialgefertigter Lincoln. Und aus weiteren, ebenfalls teuren Wagen steigen die feinsten Herrschaften der besten Gesellschaft, sein Ansehen hebend: Schauspieler, Magnaten, Modeschöpfer.

L., Marthes Zeitgenosse, kauft sich als Erster ein eigenes Flugzeug, kauft zu diesem Flugzeug noch drei weitere hinzu, fliegt mal eben von Brüssel nach Paris, von Paris nach London, von London nach Berlin, von Berlin nach Brüssel, und auf jedem Flugplatz, damals noch holprige Graspisten, stehen luxuriöse Limousinen bereit, Chauffeure am Schlag, und gleich geht es los. Beispielsweise zum Schloss in der Grafschaft Leicester: Melton-Mowtray, gotisch, mit modernen sanitären Installationen, mit kostbaren Möbeln aus vergangenen Zeiten, mit Gemälden, für die er gern viel ausgibt, ohne lang hinzuschauen, Kunst hat ihren Preis, zumindest echte Kunst. Rings um das Schloss die bekannt sanften Grasmatten, und viele,

viele Hektar Wald, in denen er jagt, etwa mit seinem Nachbarn, dem Prince of Wales, auch mit anderen Gästen, die »very important« sind: Fuchsjagd mit Halali. Abends Streichquartett, seine Frau bestimmt das erlesene Programm, das die Herren meisterhaft darbieten; in einem Nebensaal eine Jazzband im Stil dieser zwanziger Jahre, für alle, die tanzen wollen. Riesige Maskenbälle: enorm teure Dekorationen im Schloss, viele Kostüme später abgebildet in Zeitungen für Leser, denen die Zunge lang gemacht wird nach Reichtum, und sie sollen in die Sparstrümpfe, unter die Matratzen greifen und gewinnbringend anlegen, was sie dort zurücklegten.

C. demonstriert vor Gästen und Pressekameras, dass ein reicher Mann sich auch jede Menge schöner Frauen leisten kann: Mannequins aus einem der Modesalons, die er zusätzlich erwirbt, Schauspielerinnen aus einer Schauspielschule, die ebenfalls ihm gehört, Sekretärinnen ganz selbstverständlich, auch Hostessen, Stewardessen aus seinem Privatflugzeug, einer dreistrahligen BAC 1-11: Frauen, Frauen, Frauen in seinem Gefolge beim Einzug in die Hotels, und abends bestimmt er: Du kommst mit aufs Zimmer! Wie gern schreiben Presseleute vom »potenten Geschäftsmann«!

Ja, und L.s repräsentative Villa in Biarritz! Heißt Villa Begonia, liegt hoch über dem Meer an der Steilküste: Rosen, Orangen, Palmen und selbstverständlich Begonien. Mit großem Tross hält L. hier Einzug: seine Familie, zehn Sekretäre, etliche Sekretärinnen, dazu Piloten, Chauffeure, Köche und viele, viele Diener. Und L. fährt Motorboot, spielt Golf und Polo, schwimmt, reitet, segelt, saust auch mal herum in einem Rennwagen, fliegt mit einem seiner Flugzeuge: Geld, das sichtbar Früchte trägt! Später, als die geschäftliche Lage brenzlig wird, verschwindet L. während eines Flugs über den Ärmelkanal aus seinem Flugzeug, keiner kann sich so recht erklären, wie: L. macht sich zum Mythos L.

Ah, und C.s Empfänge! Etwa auf dem Château de Pelly, Speisesaal dreizehntes Jahrhundert, Schwimmbad Jetztzeit, und bei einem Weihnachtsfest werden Endmoränen von Kaviar verputzt, es werden geleert 3000 Flaschen Moët et Chandon brut, sämtliche Damen werden beschenkt mit Flakons allerteuersten Parfüms, goldene Uhren für die Herren – eine halbe Million Dollar kostet dieses Fest, über das die Presse berichtet in Wort und Bild, und die Öffentlichkeit kann sich mal wieder eine Vorstellung davon machen, was es heißt, reich zu sein, und wie gut es ist, sein Geld in die Hände solcher Leute zu geben. Wenn die riesige, schillernde Blase schließlich platzt, so haben sie eben Pech gehabt, die Anleger.

15

Anschauungsmaterialien aus dem Frankreich der zwanziger Jahre, aus dem Nordamerika der sechziger Jahre: könnte nicht der Eindruck entstehen, ich hätte nichts in der Bundesrepublik gefunden? Ich sollte hier wenigstens einen Namen nennen: Kronenberg. Werner Helmut (später: Vernon H.) Kronenberg war vorzugsweise in Deutschland tätig, zwischen 1949 und 1962. Rund 600 Millionen vorwiegend fiktiver D-Mark hatte er in Bewegung gesetzt, vor allem durch Scheckbetrug, Wechselreiterei, Gründung von Briefkastenfirmen, Ausgabe von Aktien einer Scheinfirma.

Um den Besitz von Geldern vorzutäuschen, die weiteres Geld anlocken sollen, wurde mit üblichen Mitteln das Image eines ›millionenschweren‹ Konzernherrn geschaffen. Zum Beispiel: im Cadillac fahren, auch wenn der nur geliehen ist. »Wenn man mit solchen Geschäften zu einer Bank kommt, da kann man doch nicht im Goggomobil vorfahren.« Bei besonders wichtigen Konferenzen Anflug in einer Chartermaschine. Stets mit Gefolge auftreten: der Pilot, der Chauffeur, der Masseur, der Butler. Und eine arabische Zofe für seine kleine, robuste Frau – eine leidenschaftliche Roulette-Spielerin, die vorher schon Hochstapelei nach alten Mustern getrieben hatte, als Prinzessin, Herzogin, Marquesa. Zu diesem Operettenhofstaat der Rechtsanwalt, ohne den kein Wirtschaftsverbrecher auskommt: in diesem Fall Dr. Oskar Ruisinger.

Schmale finanzielle Basis der Kronenbergs war eine Schuhfabrik in Mailand, aber damit ließ sich kaum auftrumpfen. Wichtiger war schon der Faktor Lizenzbeteiligung und Auswertung von Patenten. Zum Beispiel ein Patent für auswechselbare Damenschuhabsätze, ein Patent für schraubenlose elektrische Klemmverbindungen, ein Patent für garantiert wasserfestes Papier, das Kaye-Papier. Für diese und weitere Patente konnte Kronenberg sehr schöne Gutachten von Patentanwälten vorlegen: enorme Zukunftsaussichten! Sehr erfreuliche Gutachten auch über die Entwicklung seiner zahlreichen Firmen, rund dreißig Stück insgesamt. Allerdings waren das nur Briefkastenfirmen in den Briefkastenfirmenländern Liechtenstein und Panama. Die Unterlagen des »Konzerns Kronenberg« in Hotelzimmern und Kofferräumen von Personenwagen. Ein Verkaufsleiter, der Millionen Bananenstecker verkaufte, die nie geliefert wurden: »Ich glaubte alles, was Frau Kronenberg erzählte, ich hatte damals noch keine Übersicht. Eine Fabrik oder einen Büroraum sah ich allerdings auch nicht. Alle Zusammenkünfte fanden nur in Hotels statt.« Es waren natürlich repräsentative Hotels, in denen Kronenberg auftrat, als ›führende Persönlichkeit‹. Sein schwerer Schädel, sein Haarkranz, der seine Stirn betonte, seine elegante, soignierte Garderobe. »Ein gewisser Magnetismus geht von Herrn Kronenberg aus.« Es ging aber auch ohne Magnetismus: »Wenn ein solcher Millionenkunde daherkommt ... ja, ich habe mir eigentlich gar keine Gedanken gemacht«, sagte vor Gericht ein Bankier, der Kronenberg in einem Charterflugzeug einen Koffer voll Bargeld nach Zürich gebracht hatte.

Kronenbergs Brückenkopf auf dem Kapitalmarkt war die Allgemeine Wirtschaftsbank in Berlin, er hatte sich hier eingekauft. Dr. Ruisinger war zeitweise Aufsichtsratsvorsitzender der AWB. Über verschiedene Konten dieser und anderer Banken (etwa der Bank für Gemeinwirtschaft in Stuttgart) wurde der Scheckkreislauf erzeugt, die muntere Wechselreiterei. Hier half maßgeblich Dr. Ruisinger. Er hatte zum Beispiel einen guten Freund, einen »Bundesbruder«, im Vorstand der Volksbank Stuttgart-Zuffenhausen (VBZ): der zapfte man rund 3,3 Millionen ab. Weitere Banken zahlten weitere Gelder aus. Verlockt von der Aussicht auf hohe Rendite investierten auch Privatpersonen große Summen in den »Konzern Kronenberg«.

Ergiebig war auch in diesem Fall der Aktienmarkt. Eine der Scheinfirmen, die Kronenberg gründete, war die Kaye Chemical Company of Panama. Kronenberg wollte die Einführung der Firmenaktien an der New Yorker Börse beantragen, musste dazu nachweisen, dass er nicht selbst Besitzer dieser Gesellschaft, dieser Aktien war, brauchte deshalb einen Mittelsmann, der hieß Dr. Otto Stahl: er kaufte pro forma 250 000 der frisch in Stuttgart gedruckten Aktien zum Stückpreis von 4,60 Dollar, gab Kronenberg einen Wechsel in entsprechender Millionenhöhe, der wurde auch gleich wieder in Umlauf gebracht im allgemeinen Wechselreiten; die

Aktien gingen danach an die Stinnes-Bank, die sich den Kram wohl nicht genauer anschaute, na und so weiter!

Ob man wegen solcher Details mit einem Kronenberg nicht mal Kontakt aufnehmen sollte? Er sitzt ja noch ein bisschen im Gefängnis, hätte also Zeit, könnte Branchenmechanismen erzählend verdeutlichen. Nur schwierig, an den Mann heranzukommen; muss mich mal umhören, wie man das anstellt. Zuerst nach seinem gegenwärtigen Aufenthaltsort fragen, etwa bei der Staatsanwaltschaft Stuttgart? Dann einen Brief an das Gefängnis schicken oder gleich dahin fahren? »Guten Tag, Herr Kronenberg, ich heiße Dieter Kühn, ich arbeite an einem Romanentwurf über Imagebildung und Wirtschaftsverbrechen, könnten Sie mir nicht mal ein bisschen davon erzählen, mit welchen Tricks und Methoden Sie im Einzelnen gearbeitet haben?«

16

Sollte ich stattdessen nicht nach Paris fahren und in der Nationalbibliothek die Jahrgänge der *Gazette du Franc* durchblättern? Wie sieht der Zeitungskopf aus? Schreibt Marthe Hanau wirklich selbst in ihrer Zeitung? Liefert auch Lazare Bloch Beiträge? Und gibt es da tatsächlich einen Fortsetzungsroman?

Lange Zeit blieb ich streng mit mir: Willst du nur gucken, wie groß die Distanz ist zu deinen Entwürfen? Selbst wenn sich zeigen sollte, dass ich mich ziemlich nah rangearbeitet habe an die faktische *Gazette du Franc* – auf solche Bestätigung wären die Kapitelentwürfe nicht angewiesen. Denn ›frei erfunden‹ ist hier kaum etwas: zahlreiche Anregungen wurden aufgegriffen, umgesetzt, Materialien vor allem aus meiner Zeit.

Zum Beispiel schreibe ich der *Gazette* einen »Hanau-Kasten« zu, Text mit Bild und Signatur: den werde ich aus dem Entwurf nicht herausnehmen, falls ich so etwas in der historischen *Gazette du Franc* nicht finde; solche Herausgeberkästen sehe ich recht häufig, auch in Wirtschaftsjournalen; das ist Motivation genug.

Also doch nicht in die Bibliothèque Nationale fahren? Könnte mein scheinbar konsequentes Beharren nicht faule Ausrede sein, eine wortwörtlich faule Ausrede, weil ich die Arbeit an diesem Buch endlich abschließen will, weil es mich manchmal »schafft«, und in Erschöpfungsmomenten eine Fledermaus im Hirnraum, die harten Flügelspitzen an beide Trommelfelle schlagend, ein schwarzer Geräuschblitz? Andrerseits: ich habe so viel Zeit und Energie in dieses Buch investiert, nun kommt es auf ein paar Wochen auch nicht mehr an.

Also Paris! Als Fixpunkt diesmal der große Lesesaal der Nationalbibliothek, den ich von Fotos kenne. Jugendstilarchitektur, zumindest innen: hohe, entsprechend schlank erscheinende Gusseisensäulen; Gitterträger, Glaskuppeln; mehrstöckig Bücherregale; eiserne Galerien; Wandmalereien, die Ausblicke vortäuschen in Baumgeäst und Himmelsblau; zentral die portalartige Glaswand zum Magazin. Das alles erkennen Gisela und ich wieder, als wir – nach bürokratischer Vorschleuse – den Saal betreten: nur ist er viel weiter, höher, imposanter als vorgestellt. Die Aufmerksamkeit verengt sich aber bald auf den ersten Jahrgang der *Gazette du Franc,* der, gebunden, endlich auf der grünen Arbeitsfläche liegt.

Erste, wichtige Information: es hat *zwei* Zeitungen mit dem Titel *La Gazette du Franc* gegeben; die Hanau hat demnach in der Tat die erste Gazette übernommen oder hat ihren Titel gekauft, gab die Zeitung dann neu heraus.

Die erste *Gazette* führte bereits den gleichen Untertitel: Journal d'Information et d'Economie Politique. Ein Wochenblatt im üblichen Zeitungsformat; die erste Nummer erschien am 1. Februar 1925. Herausgeber oder Chefredakteur sind nicht genannt, nur die Anschrift der Redaktion: Paris 17, Rue Philibert Delorme 24. Ein Blatt, das einen ziemlich langweiligen, unprofilierten Eindruck macht – ein Reinfall wohl schon mit der ersten Nummer.

Dann die erste Ausgabe der neuen Zeitung unter gleichem Titel, erschienen am 21. März 1925. Erstaunlich kurzer Abstand – die Hanau muss sofort zugegriffen, muss rasch gearbeitet haben mit ihren Leuten. Denn diese neue *Gazette* präsentiert sich entschieden anders. Schon das Format hat sich geändert, ist etwas kleiner, das Lay-out hat sich verbessert. Auch steht nun ein Name unter dem Zeitungskopf: M. de Courville als Directeur. Die Hanau nennt sich nicht.

Natürlich auch eine andere Anschrift: aus Paris 17 wurde Paris 2, also zentrale Lage, Nähe der Börse: Place Boieldieu 1. Da spazieren wir nach dem ersten Arbeitstag hin: ein kleiner Platz, das vierstöckige Gebäude direkt gegenüber der Komischen Oper. Keine Erinnerungstafel an Haus Nr. 1 für die *Gazette du Franc,* aber eine für Alexandre Dumas den jüngeren, der hier geboren wurde.

Das hat man in einer der ersten Nummern der *Gazette* ausgespielt: »Alexandre Dumas fils et la *Gazette du Franc.*« Nicht nur im selben Gebäude wurde 100 Jahre zuvor der Verfasser der *Kameliendame* geboren, sondern aller Wahrscheinlichkeit nach sogar in einem der jetzigen Redaktionsräume, schreibt die *Gazette du Franc* in einem Bericht über einen kleinen Festakt mit geladenen Gästen: die Erinnerungstafel wurde angebracht, und man feierte Dumas als Moralist, als Dramatiker, als Journalist.

Diese Tafel ist noch zu sehen, rechts vom Eingang. Die Hausnummer stimmt auch noch. Der Platzname wurde nicht geändert in der Zwischenzeit: Opern und Konzerte von Boieldieu werden gelegentlich noch aufgeführt. Wir schauen zwischen gusseisernen Kandelaberlampen hinauf zum vierten Stockwerk: allzu repräsentativ war das noch nicht. Im Bistro nebenan trinken wir Gin-Tonic, schauen auf den Platz. Wie oft war die Hanau nebenan vorgefahren? Wie oft war hier Bloch aufgekreuzt, wie oft Courville? Schlürfend überlege ich, ob ich den Kapitelentwurf ändern muss, in dem ich der *Gazette*-Redaktion als Erstes eine Villa zuschrieb, in vornehmer Industriellen-Wohnstraße: Aber ist nicht das eine so wahrscheinlich wie das andre? Natürlich, hier ist die Börsennähe, das war praktisch – aber müsste ich deshalb schon umdisponieren?

Wichtiger ist mir die Aufmachung dieser Zeitung – wir schauen sie uns genau an. In der ersten Ausgabe, auf der Titelseite, ein Interview mit François-Marsal, ehemaliger Finanzminister, ehemaliger Ministerpräsident – er wird im Interview als »Monsieur le Président« angeredet. Und man erläutert ihm erst einmal die Ziele der *Gazette du Franc*: Das allgemeine Vertrauen im Lande wiederherstellen, die Sanierung des Franc anstreben, ein finanzielles Heilmittel suchen. Nach diesen einführenden Worten erweist sich der ehemalige Ministerpräsident als noch höflicher und gastfreundlicher, er bietet (offenbar jetzt erst) ein Sofa an, man nimmt Platz. Seine Physiognomie wird als »wohlwollend« bezeichnet, sein Blick als »offen heraus«. Dieser positiv beschriebene Mann macht drei Vorschläge zur Rettung des Franc, aber die schreibe ich nicht ab.

Auch Graf Courville gibt schwungvolle programmatische Erklärungen ab, so rechtslastig, wie ich das erwartet habe. Nicht mit antinationaler Einstellung Industrie und Handel erschüttern; Panikmache regiere; Misstrauen wirke sich wie Giftgas aus; kaltes Blut sei vonnöten, klare Überlegung, gerade in diesem schwierigsten Moment des Wirtschaftskampfes; den Franc verteidigen; Vertrauen gewinnen in die Zukunft Frankreichs; die *Gazette du Franc* abonnieren!

Diese Zeitung preist sich überhaupt enorm an! Zum Beispiel durch Zeichnungen. Gleich die erste Ausgabe zeigt auf dem Titelblatt einen Diskuswerfer nach antiker Vorlage, er schwingt kraftvoll einen Diskus mit der Aufschrift »Franc«. Und auf dem Sockel dieser Statue steht was? *Gazette du Franc.*

Fast in jeder Ausgabe die Zeichnung eines Galliers! Jeder Strich soll Entschlossenheit sichtbar machen, geballte Kraft: energische Brauen, bannend der Blick, markant die Nase, dicht der Schnauzbart, geschwellt die Brust. Breitbeinig steht dieser Hausgallier da, hat eine Streitaxt im Gürtel stecken, hat ein Schwert neben sich aufgesetzt. Seine muskulösen Beine unter dem Kampfrock mit betonenden Gurten umwickelt. Und was hält dieser Recke in seiner Rechten? Einen mächtigen Schild. Und was mag wohl auf diesem Schild stehen? Erraten: *La Gazette du Franc.*

Eine verherrlichende, zumindest aufmunternde Zeichnung auf dem Titelblatt ist beinah obligatorisch. Nummer 3 zum Beispiel lässt ein hübsches nacktes Mädchen mit Marianne-Kappe aus einem Ziehbrunnen hochschweben und als strahlenden (Toiletten-)Spiegel hält es einen Franc hoch. Oder: ein gallischer Hahn mit der Federaufschrift *Gazette du Franc* verteidigt mit hackendem Schnabel den frisch aus dem Ei geschlüpften Franc gegen eine preußische Pickelhaube, gegen den Zylinder des Onkel Sam, gegen die englische Bulldogge. Oder: ein Bauer sieht im Getreidefeld auf hohem Halm einen gesunden Franc heranreifen. Der Franc auch als kräftiger Bergsteiger, Dollarhöhen schaffend. Und ein hübsches Sport-Ballett-Mädchen im Balanceakt, Brustaufschrift *Gazette du Franc,* es hält einen Waswohl? hoch, während England als Bulldoggengesicht, Amerika unter einem Zylinder, Deutschland mit Pickelhaube zuschauen, sichtlich missgünstig, neidisch. Aber: »Meine Herren, er wird nicht fallen.« Oder: ein Polizist, der typisch ›typische Flic‹, hält den weißen Knüppel waagrecht, auf dem steht *Gazette du Franc,* so erhält ein Schuljunge namens Franc ›Vorfahrt‹ vor den Limousinen der Amerikaner, Russen, Engländer, Deutschen. Noch ein Bildchen? Bitte schön: ein riesiger Franc steigt auf als Freiballon, ein Fähnchen dran: *Gazette du Franc.* Im Ballonkorb wirft Marianne Zettel ab, als Ballast, gewinnt so an Höhe. Und was steht wohl auf diesen Zetteln? »Inflation ... Staatsmonopole ... Einkommensteuer ... Linkskartell ... Sozialismus ...« Alles klar jetzt?

Kann man, muss man noch deutlicher werden? Die *Gazette* wird es. Zum Beispiel fegt die französische Marianne mit großem und starkem Besen russisch-chinesisches Gelichter weg, das Fahnen hochhält und ein Schild mit der Aufschrift »Vive Lénine!«. Inzwischen ist die Marianne so oft mit der *Gazette* identifiziert worden, zeichnerisch, dass ein treuer Leser die *Gazette* hier gleich mitfegen sieht.

Passend zu den Bildchen die Texte: deutlich herausgestellt die Interessenverbindung von Kapital und rechtsgerichteter Politik. Beispielsweise lässt man in einem der wöchentlichen Interviews den ehemaligen Marineminister Maurice Bokanowski zu Wort kommen, und der meint: Erst, wenn man aufhöre, das Kapital zu bedrängen, werde das allgemeine Vertrauen wieder hergestellt.

Neben dem Leitwort »Vertrauen« findet man häufig auch die Wörter »Ordnung« und »Einigung«, vor allem als »nationale Einigung«, die nur von rechts kommen kann. Zusätzlich als heilsames Trio: »Arbeit, Sparen, Disziplin«.

Ja, die *Gazette du Franc* signalisiert ihre Interessenlage unmissverständlich. Chefredakteur Bertrand zum Beispiel, unter dessen Namen immer die Bezeichnung »Deputierter« steht, er stellt eine Alternative auf, bei der für Leser und Abonnenten der *Gazette* die Wahl leicht fallen dürfte: »Gegen den Sozialismus und für den Franc oder für den Sozialismus und gegen den Franc.«

Dieser Charles Bertrand schießt in seinen Leitartikeln gern nach links. So schreibt er von den »Giften Moskaus«, von der »bolschewistischen Gefahr am Horizont«, und man müsse »nationale Zellen« bilden gegen die internationalen Zellen, man dürfe nur ja nicht den Kampf aufgeben, müsse das revolutionäre Geschrei »Keine Besitzer mehr!« beantworten mit der Parole »Alle als Besitzer!«. Und er beschimpft das regierende Linkskartell, dessen »politische Teufelei« nicht gerade ein Element der Beruhigung sei für die französischen Besitzer; trotz seiner Leugnungsversuche sei Herriot ein Opfer der sozialistischen Genossen und »ihrer katastrophalen Experimente«.

Diese politische Einstellung zeigt sich auch vielfach im Detail. Zum Beispiel wird später, Anfang 26, über eine Massenversammlung zur Gründung einer »Union für den Franc« berichtet – nicht direkt organisiert von der *Gazette du Franc,* nehme ich an, aber zumindest von ihr »inspiriert«, das zeigen schon personelle und programmatische Verbindungen.

Als Erster sprach Georges Lecomte, Mitglied der Académie

Française, Präsident des französischen Schriftstellerverbandes; er wies hin auf negative Folgeerscheinungen des Geldverfalls für Frankreichs Kultur.

Nach ihm trat André Boulard auf, »unser Freund«, wie die *Gazette* schreibt, denn dieser Kriegsinvalide, Mitglied einer Organisation von Kriegsveteranen, leitete die Sportredaktion der Zeitung. Er warnte vor negativen Folgen der Geldentwertung für die Kriegsteilnehmer, die offenbar in großer Zahl an dieser Versammlung teilnahmen; der Ordnungsdienst, zusammengestellt aus ehemaligen Frontkämpfern, wird von der *Gazette* als perfekt und energisch gepriesen.

Als dritter Mann stand Charles Bertrand am Rednerpult des Wagram-Saals, »unser Chef«; es werden kurz seine Verdienste für die *Gazette* angedeutet, dann wird berichtet, dass auch er die Bedeutung dieser Unionsbildung betonte, und man müsse sich hier ohne Unterschied von Klasse und Meinung zusammenschließen.

Als vierter Redner schließlich Maurice Bokanowski, den Lesern der Zeitung bereits bekannt als Sprecher von Großindustrie und Hochfinanz. Als 1924 der Sozialistenführer Renaudel in der Deputiertenkammer forderte: »Sie müssen von dort Geld herholen, wo welches ist!«, da hatte Bokanowski entgegnet: »Ich behaupte dagegen, dass man es dort belassen muss, wo es ist!« Auf diese mittlerweile wohl bekannte Formulierung spielte er bei der Versammlung wieder an: »Renaudel hat gesagt, nehmen wir das Geld von dorther, wo es ist. Aber als man das Geld an der angegebenen Stelle suchte, da war es nicht mehr dort.« Das zitiert die *Gazette* und berichtet über Gelächter im Saal; aus dieser Reaktion schließt man erfreut, dass »sich der französische Geist von der Politik des Schwarzen Mannes erholt«.

Damit wären politische Position und Zielrichtung skizziert. Nun zur Gestaltung der Zeitung. Auf der Titelseite, wie schon erwähnt, der Leitartikel, die Zeichnung, das Interview der Woche. Auf Seite zwei vielfach Betrachtungen – etwa über »Die Wirtschaft und die Moral«. Dann die Finanz- und Wirtschaftsseiten – darüber will ich erst nach diesem Überblick berichten. Und der zeigt: die *Gazette* will vieles bieten. Zum Beispiel bringt sie von der dritten Ausgabe an eine Literaturbeilage. Eine fett gedruckte Erläuterung in eigener Sache: Man wolle auch hier eine Aufgabe erfüllen, die dem Ziel der

Zeitung besonders entspreche, nämlich: jegliche Falschmünzerei des Denkens wie der Kunst zu bekämpfen; es gehe darum, »echte Werte« herauszustellen.

Anschließend eine Liste von Mitarbeitern, die für diese Literaturbeilage Berichte, Erzählungen, Essays, Kritiken schreiben sollen. Bekannte Namen unter vielen: Jean Cocteau, Max Jacob, Marcel Jouhandeau, Henry de Montherlant, Jean Schlumberger, François Mauriac.

Zwar finde ich in späteren Ausgaben (noch) keine Beiträge dieser Autoren, aber immerhin: die *Gazette* schmückt sich mit ihren Namen. Je mehr ich mich in diese Zeitung einlese, desto stärker der Eindruck: die Hanau und ihre Mannschaft, die gingen ran!

Zwischen Besprechungen und Essays findet sich auch eine Klatschecke: »Schon gehört …?« Zum Beispiel, dass »unser Kollege«, die Zeitschrift *Comedia*, eine Enquête durchführt zur »Misere der französischen Schriftsteller«, und das Ergebnis soll als Offener Brief an Monsieur Poincaré publiziert werden?

Dann eine Theaterseite, zumindest Theaterspalten. Und allgemeine Kulturberichte – auch Repräsentanten der Bildenden Künste sollen zu Wort kommen. So wird der Kunsthändler Vollard interviewt, der durch Regierungschef de Monzie ausgezeichnet wurde, so schreibt man vom Menschen wie vom Händler Vollard, von seinen Beziehungen zu Cézanne oder Renoir, und er darf berichten, dass er die erste Picasso-Ausstellung arrangiert hat, kurz nach dessen Ankunft in Paris, und früh schon hat er Gemälde von Bonnard oder Vlaminck gekauft, und er hat Rouault angeregt, Keramiken zu produzieren, und er weist hin auf seine graphischen Buchausgaben, zu beschauen in Halle 15 der gegenwärtigen Kunstgewerbeausstellung – und so weiter.

In fast jeder Nummer auch ein Kurzbericht über eine zeitgenössische französische Malerin, jeweils mit Porträtskizze. Das fällt beim Durchblättern auf: ein Frauenkopf nach dem anderen, meist enorm profilierte Köpfe, ›kantig‹, ›kraftvoll‹, ›interessant‹. Hinter dieser Serie steht bestimmt die Hanau, hier prägen sich persönliche Vorlieben aus.

Neben der Kultur selbstverständlich auch Sport. Und hier sollen nicht bloß Ergebnisse mitgeteilt werden aus den besonders betonten Sportarten Tennis und Pferderennen, man will auch erzieherische

Aufgaben wahrnehmen. Beispielsweise schreibt Sportredakteur André Boulard, dass Arbeit, Aufopferung, Entsagung die guten und notwendigen Qualitäten seien, die man im Sportleben brauche. Sind das nicht auch Tugenden, die zur Sanierung des Franc führen sollen? Zusätzlich »Die französische Familie«. Unter der Spartenbezeichnung steht als Fußleistenschmuck: »Die Familienpolitik ist die Grundlage der Politik des Franc und die Grundlage aller Politik überhaupt.« Das reimt sich zum Beispiel so: Es wird über die Frage geschrieben, wie man es erreicht, dass Kinder freiwillig gehorchen. Wenn allzu viele Kinder nicht gehorchen, steht geschrieben, so liegt das daran, dass allzu viele Eltern nicht richtig befehlen können – mit Augenmaß. Im Krieg zum Beispiel gibt es den direkten Angriffsbefehl, der muss von der Truppe ohne Zögern und Murren ausgeführt werden; bei militärischen Sonderaktionen hingegen, etwa bei gefährlichen Stoßtruppunternehmen, kann man nicht irgendwelche Soldaten vorschicken, dazu braucht man Freiwillige – die würden nicht versagen! Also, liebe Mama, lieber Papa, züchtet Freiwillige heran fürs Haus!

Große Sorgen macht man sich im Familienressort auch über den Geburtenrückgang: Wie soll später die wirtschaftliche Lage aussehen, wenn immer weniger Steuerzahler geboren werden?

Bei so viel sozialem Gewissen gibt es natürlich auch einen medizinischen Teil: Ratschläge zur Babypflege beispielsweise. Und einen Modeteil. Und einen Möbelteil. Und eine Prise »Pariser Leben«. Und ein Eckchen »Frivolitäten«. Jeden Winkel der *Gazette* durchstöbernd, finde ich unter der Sparte »Von allem etwas« sogar einen Vorschlag, wie man ein Gemüsesüppchen für Kranke kocht. Erstaunlicherweise wird das aber nicht in Beziehung gesetzt zur Sanierung des Franc.

Ferner gibt es einen Immobiliendienst. Und Filmberichte. Und eine Ecke für Leserbriefe. Warum sind die Banken zwischen 12 und 14 Uhr geschlossen? Die *Gazette* kann das auch nicht verstehen, sie wird sich in dieser Frage entschieden für die Leser einsetzen!

Schließlich gibt es in der *Gazette* auch eine Rätselecke. Dominierend das Kreuzworträtsel, und das hat meist einen besonderen Pfiff. So ergeben etwa die schwarzen Leerräume zwischen den Buchstabenfeldern ein riesiges G und ebenso riesiges, innig mit dem G verschlungenes F. Was könnte damit wohl abgekürzt sein, ihr Leser und Rätsellöser? Und was zum Beispiel mag aus Silbenrätsel Nummer 54 herauskommen? Jawohl, buchstabengenau: *Gazette du Franc.*

Die lieben Leser sollen nicht bloß solche Rätsel lösen, sie sollen selber Kreuzworträtsel austüfteln, einschicken; wenn so ein Vorschlag angenommen wird, erhält man als Belohnung was wohl? Ein Jahresabonnement!

Noch attraktiver werden die Rätsel gemacht durch Preisausschreiben: an denen dürfen aber wohlweislich nur Abonnenten teilnehmen. Wer's noch nicht ist, sofort anmelden! Denn die Geldpreise, die für die Denkanstrengungen ausgesetzt werden, sind verlockend: 10 000 Francs werden für einen Kreuzworträtselwettbewerb gestiftet, später 20 000, schließlich sage und schreibe 100 000 Francs. Wo man auch hinschaut: Speck wird ausgelegt!

Neben all dieser indirekten Werbung wird natürlich auch direkt geworben; die Zeitung braucht dringend Abonnenten. In jeder Nummer Aufrufe, ja Appelle: »Die *Gazette du Franc* bringt Opfer, um den Franc zu verteidigen; opfern Sie 50 Francs für ein Jahresabonnement!« Und immer wieder: Einen Sympathiebeweis erbringen... durch ein Abonnement ermutigen...

Und es wird auf die Pauke gehauen: »La publicité de la *Gazette du Franc* est la plus productive.« Denn die Auflage, so wird von der vierten Nummer an wiederholt behauptet, habe die 100 000 bereits überschritten. Das ist aber eine faustdicke Lüge, denn im Leitartikel der Ausgabe vom 16. Januar 26 wird von »unseren 50 000 Lesern« geschrieben, und hier ist die Zahl bestimmt nicht abgerundet!

Um die Auflagenhöhe zu steigern, macht man diverse Angebote – und hier zeichnet sich von Anfang an die spezielle Entwicklung dieser Zeitung ab! Beispielsweise kann der Leser, kann vor allem der Abonnent bei der *Gazette* Rat einholen zu Fragen über Miete, Steuer, Kriegsrente, Pension, Kriegsschäden, Kriegsgewinne – so jedenfalls lautet ein fett gedrucktes Angebot. Die Antworten werden entweder in der Zeitung veröffentlicht oder im Brief verschickt. Solch eine Beratung kostet für Leser 5 Francs, für Abonnenten 50 Centimes, zahlbar in Briefmarken.

Und noch weiter geht die *Gazette*! In angepriesener Zusammenarbeit mit Spezialisten aller Branchen bietet sie an: Beratung bei Organisation und Reorganisation wirtschaftlicher und industrieller

Buchführung; dauernde oder periodische Kontrolle von Buchführung; Aufstellung von Bilanzen; statistische und graphische Arbeiten; Durchführung von Goldkäufen; Erstellung von Gefälligkeitsgutachten; Studien zu Kauf und Verkauf von Finanzfonds; Bildung und Liquidierung jeglicher Gesellschaften; Einrichtung von Außenhandelsvertretungen; Industrieberatung. Na, sind das keine Angebote?

Aber man will nicht nur für die Großen arbeiten! Es geht vor allem um den braven französischen Sparer, der zugleich treuer Leser ist! Und wieder: die Abonnenten als »Verbindung anständiger Menschen«, als »Vereinigung der guten Franzosen«. Solche Schmeicheleien werden den Lesern aufs Brot, um den Bart und sonst wohin geschmiert.

Aber man ködert natürlich auch mit Dienstleistungen: jeder Abonnent kann kostenlos eine Anzeige aufgeben von drei Zeilen. Kann außerdem von der Redaktion Vorschläge erbitten zu Kauf oder Verkauf von Wertpapieren. Dazu werden wiederholt Fragebögen abgedruckt, die man ausfüllen, ausschneiden, einschicken kann; hier soll man seine Wertpapierbestände angeben und über welche Geldmittel man verfügt – die *Gazette* will dann vorschlagen, was man verkaufen, was man kaufen soll.

Solche Beratung soll zwar »persönlich« erfolgen, aber es wird bald ein allgemeiner Beratungsdienst organisiert. PAR EXPRESS werden kurzfristig Veränderungen auf dem Kapitalmarkt angekündigt, die Gelegenheit bieten zu Kauf oder Verkauf von Wertpapieren. Die NOTES EXPRESS vermitteln direkte Hinweise, durch die man, »gegebenenfalls«, rasch, ja »unverzüglich« das 5fache, 10fache, 100fache, ja 1000fache der Abonnements verdienen könne.

Und immer wieder wird in solchen Angebotslisten auf den Beratungsdienst verwiesen zu allen Rechtsfragen. Auch stehe ein Gremium ausgewiesener Spezialisten bereit zur Auskunft über Fragen der Mode, der Hygiene, der Kindererziehung und so weiter.

Und zusätzlich Angebote wie dieses: um zehn Prozent verbilligte Eintrittskarten zur Kunstgewerbeausstellung. Das hat sicher Léonard Rosenthal angeregt oder vermittelt, »König der Perle«, Geldgeber der *Gazette*: er hat dort Juwelen ausgestellt. Des Weiteren wird offeriert: ein Synonymen-Lexikon für jeden neu geworbenen Abonnenten – dieses Lexikon sei sehr hilfreich beim Lösen von

Kreuzworträtseln. Und: die Broschüre *Unsere Börse,* ebenso praktisch wie gewinnbringend – nur ein Abonnement vermittelt, schon ist man im Besitz dieser Schrift. Außerdem werden Warengutscheine angeboten, in Höhe von 15 Francs; bei Käufen über 150 Francs können sie eingelöst werden beim COMPTOIR TEXTILE DU NORD, Rue Philippe de Girard, Paris 18: der »größte Direkthändler« in Textilien. An solche Gutscheine kommt die *Gazette* sehr leicht: dies ist ja nun Lazare Blochs Firma, und Graf Courville gehört zu ihrem Vorstand. Hier zeigen sich Interessenverbindungen.

Die Hanau und ihre Mannschaft gingen sehr viel härter und direkter ran, als ich das erwartet habe. Ich sehe deshalb aber keinen Anlass, meine bisherigen Entwürfe zu ändern. Ich habe die Aktionen der Hanau bewusst so entworfen, dass sie (auch) für meine Zeit zumindest wahrscheinlich sind. Es wäre aber unwahrscheinlich, dass man heute solche Angebote macht! Keine Wirtschaftszeitung, kein Börsendienst könnten noch Kreuzworträtselwettbewerbe, verbilligte Eintrittskarten und Warengutscheine für Textilgrossisten anbieten und dazu eine fast kostenlose Abonnentenberatung in allen Fragen zwischen Börse und Bett; allzu rasch würde man da unsolide erscheinen, nicht vertrauenswürdig, man würde »marktschreierisch« genannt, und das wäre dem Ansehen und damit dem Geschäft nicht zuträglich. Heute arbeitet man zum Teil mit »feineren«, noch besser auskalkulierten Methoden. Ich werde also die Kreuzworträtselpreisausschreiben, die Hygieneseiten, die Menüvorschläge nicht in meine Kapitelentwürfe einschleusen.

Und damit zum Hauptteil der *Gazette du Franc,* zum Finanz- und Wirtschaftsteil. Die Redaktion erläutert Zielsetzung und Programm ihrer »Pages Financières«: Man will den Leser über alles informieren, was auf den Finanzmärkten in Paris, in London, in New York, in Amsterdam, in Brüssel vor sich geht. Man will auch Prognosen stellen. Die erhalten eine eigene Sparte: »Nos Pronostics«. Weitere Sparten: »Von Tag zu Tag«, »Unsere Berichte«, »Finanzinformationen«, »Letzte Neuigkeiten«.

Als Erstes interessiert mich, ob meine Hinweise zur Sprache in Wirtschaftszeitschriften, im Wirtschaftsteil von Zeitungen, in Börseninformationsdiensten auch für die *Gazette du Franc* zutreffen. Da zeigt sich bald, dass damals gleich vage Formeln benutzt wurden, und zwar reihenweise: Wir glauben zu wissen, dass ... Die Nachrichten aus Johannesburg werden immer besser ... Hat große Chancen, noch weiter aufzusteigen ... In Transvaal Land liegt noch eine enorme Gewinnspanne ... Wir sind der Meinung, dass der Kurs weiter ansteigen wird ... Wir glauben, dass man bei diesem Wert in der nächsten Zeit eine interessante Kursbewegung erleben wird ... Aus sicherer Quelle wissen wir, dass, wie es heißt ... Wir haben von einer führenden Persönlichkeit des Börsenbereichs eine interessante Meinungsäußerung gehört, wonach ... Man spricht von guten Entwicklungsmöglichkeiten bei ... Diese Werte erscheinen uns weiterhin sehr interessant ... Man hofft nach näheren Auskünften, dass die nächsten Berichte eine gute Entwicklung anzeigen werden ... Man glaubt, dass sich fünf Gesellschaften an diesem Projekt beteiligen werden ... In diesem Geschäft liegen beachtliche Möglichkeiten, auf die wir bereits wiederholt hingewiesen haben ...

Und was sind das für Geschäftsmöglichkeiten, auf die man wiederholt hinweist? Es zeichnen sich nach wenigen Nummern bereits Hausfavoriten ab. Beispielsweise die Suez: es wird von großen Käufen berichtet, dem Papier wird ein ausgezeichneter Marktwert zugeschrieben. In der Erdölbranche setzt die *Gazette* vor allem auf Mexican Eagle und Malopolska, nennt sie »unsere beiden Favoriten«. Die polnische Erdölgesellschaft wird als »ausgezeichneter Wert« herausgestellt, mehrfach wird das Papier als »außerordentlich interessant« bezeichnet, immer wieder sieht man Gründe, »die Hausse dieses guten Wertes zu favorisieren«. Man weist zur Begründung auch darauf hin, dass Profis und Insider dieses Papier sehr gern kaufen, und die werden ja wohl wissen, was an der Malopolska dran ist! In der guten Meinung über die Malopolska weiß man sich übrigens eins mit der Finanzzeitschrift *Le Capital* (»unser Kollege«), die ebenfalls Kursanstiege voraussagt, vor allem durch Ankündigungen einer bevorstehenden Fusion. Die Kursgewinne sind schließlich doch nicht so hoch wie erwartet, aber man hegt und nährt weitere Hoffnungen.

Sehr stark engagiert sich die *Gazette* auch für Minen-Gesellschaften. Man setzt auf Silber, Gold und Platin. Unter den Silberminen ist Favorit die Huanchaca. Sie soll mit einer »großen amerikanischen Gesellschaft« fusionieren, und so wird ein Kursanstieg der Huanchaca vorausgesagt und vielleicht auch eingeleitet. Und bei einem der aufmunternden Berichte über die mexikanische Goldmine Mexico el Oro schreibt die *Gazette* stolz und froh: »Die mexikanischen Minen entsprechen weiterhin unseren Prognosen.«

Champion unter den Platin-Minen ist die Transvaal Consolidated Land. Über die wird am meisten geschrieben, zumindest im ersten *Gazette*-Jahr. Ein Papier »von allergrößtem Ansehen, ganz im Vordergrund stehend«, und das klingt im Original noch mitreißender: »en grande vedette, en grandissime vogue«. Hausse! Der Grund: »Man hat sehr reiche Lagerstätten von Platin entdeckt.« Ihren Wert könne man noch gar nicht abschätzen, ebenso wenig die Auswirkung auf die Gewinne der Gesellschaft, es lasse sich aber schon berichten, dass Johannesburg Papiere der Transvaal Land aufkaufe, also liege nicht nur Spekulation vor: Johannesburg weiß sicher mehr.

In einem späteren Artikel wird dem Bericht allerdings ein Dämpfer aufgesetzt. Dennoch, man kann und soll als Leser den Eindruck gewinnen, es bereite sich allerlei vor im platinreichen Gebiet zwischen Rustenburg und Potgietersrus, zwischen Lydenburg und Onverwacht, zwischen Drickop und Lagersdrift. Zum Beispiel »dürfte eine Ablagerung entdeckt worden sein« bei Onverwacht. Ja, was denn nun: ist dort was entdeckt worden oder nicht? Was heißt hier: »dürfte entdeckt worden sein«? Aber immerhin, die Regierung baut zwei Straßen in dieses Gebiet; das tut sie wohl nur, wenn sie reichlich abtransportieren kann. Außerdem kauft Johannesburg! Und ermutigende Privatnachrichten! Kurzum: »Transvaal Land gefällt uns weiterhin.«

Ich möchte wetten, dass die Hanau und ihre Bande rechtzeitig Aktien der Transvaal gekauft haben, und durch Nachfolgekäufe sollen die treuen Leser mithelfen, die Kurse hochzutreiben. Dass dies im Fall Transvaal geschehen ist, kann ich nicht nachweisen; dass aber so was ›gedreht‹ wurde, zeigt sich in der *Gazette* zuweilen deutlich genug.

Zum Beispiel steht in der Ausgabe vom 16. Januar 26, betonend eingerahmt, folgender Hinweis: Zwischen dem 15. Januar und dem 5. Februar können die Freunde der *Gazette* von einem »außergewöhnlich interessanten Geschäft« profitieren: sie sollen möglichst große Käufe tätigen, können damit entsprechend hohe Gewinne erzielen; wer sich beteiligen will, soll in einem Schreiben seine Anschrift mitteilen; telegraphisch werden am Tag der Transaktion die nötigen Anweisungen erfolgen.

Hier dürfte klar sein, dass ein Kurs gepuscht werden soll: gleichzeitige Aktion nach telegraphischem Signal, möglichst großer Käuferkreis, möglichst hohe Umsätze – die Hanau als »Napoleonin der Finanzen«!

Aufschlussreich ist in der *Gazette* auch die Seite mit den Kursangaben. Hier sind die Aktien in zwei Gruppen aufgeteilt: oben die Titel des »offiziellen Markts«, darunter die Namen des »Bankmarkts« – und hier vor allem sind die Namen zu finden, die man in der *Gazette* besonders häufig liest: Caoutschoucs, De Beers, Franco-Polonaise des Pétroles, Huanchaca, Lorraine-Dietrich, Malopolska, Mexican Eagle Oil, Mexico el Oro, Russian Oil Ltd., Transvaal Land.

Hier ist ihr Revier: Spekulanten halten sich nicht gern an die großen, zum offiziellen Börsenhandel zugelassenen, demnach amtlich notierten Aktien, die arbeiten lieber mit Papieren kleinerer oder neuerer Gesellschaften, mit unnotierten Werten, die nicht zum amtlichen Börsenhandel zugelassen sind.

Außerdem waren es damals durchweg Terminpapiere; Kauf und Verkauf jeweils als Termingeschäft. So konnte man »fixen«: ein Börsen-Fixer verkauft Wertpapiere, die er noch gar nicht besitzt, sondern erst zum verabredeten Termin kaufen oder »eindecken« will. Er kann nun versuchen, in der Zeit bis zum verabredeten Termin den Kurs des betreffenden Papiers zu seinen Gunsten zu beeinflussen. Auf diese Möglichkeit wird die Hanau bestimmt nicht gespuckt haben!

Freilich, so verdächtig hier alles erscheint, mir fehlt noch der schlüssige Beweis dafür, dass man eine Gesellschaft hochlobt, an der man beteiligt ist. Wie ein Spürhund durchschnüffle ich die Wirtschaftsseiten und plötzlich: da ist's! Nos Pronostics. Hinweise, wieder mal, auf Suez, auf Malopolska, auf Mexican Eagle, auf Mexico el Oro. Danach die allgemeine Feststellung, es liege im Interesse aller, Geschäfte zu machen, das sei legitim. Dann, dick gedruckt: COMPTOIR TEXTILE DU NORD. Hier ist nun nicht von Warengutscheinen des Familienbetriebs die Rede, sondern von seinen Aktien. Ich lese, dass diese Aktien, wie bereits in der vorherigen

Ausgabe gemeldet, im Kurs ansteigen. »Nach unseren Informationen wird die Hausse noch zunehmen, und es lässt sich voraussagen, dass in einigen Wochen ein Kursgewinn von 40 bis 50 Francs erreicht wird, möglicherweise noch mehr. Wir raten allen, die davon profitieren wollen, zu unverzüglichem Kauf.« Jetzt dürfte alles klar sein!

17

Ich will Marthe Hanau nicht als Person oder Persönlichkeit in den Mittelpunkt stellen, diese Frau bleibt für mich Koordinationsfigur von Aktionsmodellen.

Nun ist die Hanau eine ziemlich deftige Erscheinung und so könnte sie sich trotz kritischer Distanzierung in den Vordergrund drängen. Allein schon durch das Ausmaß der Beschäftigung mit ihr könnte beim Lesen der Eindruck entstehen, hier bilde nun doch wieder die große Persönlichkeit den Mittelpunkt. Der Spruch von Männern, die Geschichte machen, könnte umgewandelt werden in: Diese Frau machte ihre Geschichte.

Das würde genau der Vorstellung entsprechen, die Madame von sich entwickelte. So schrieb sie kurz vor ihrem Ende: »Ich werde immer Herrin meines Schicksals sein.« Sicherlich war dieser Satz auf ihre Entscheidung zum Selbstmord bezogen – aber sie schrieb auch: »immer«. Eine Frau von ihrem Selbstbewusstsein wird sich längst schon als »Herrin« ihres Geschicks gefühlt haben: Was ich wurde, verdanke ich mir, meinen Fähigkeiten, meiner Energie, meinem Durchsetzungsvermögen, meiner Phantasie im Aufspüren von Möglichkeiten, die andre nicht sehen – sonst gäbe es ja reihenweise Marthe Hanaus. Es gibt mich aber nur einmal – und das verdanke ich mir! Und einigen, die mir geholfen haben, die ohne mich jedoch bedeutungslos geblieben wären.

Madame Hanau wäre aber keinen Roman wert ohne das gesellschaftliche System, das ihre Entfaltung ermöglichte. Um das zu demonstrieren, könnte ich sie probeweise in eine andere Gesellschaftsform versetzen, und zwar in eine sozialistische.

Das hieße in diesem Fall: zur historischen Hanau, die im Frankreich vor allem der zwanziger Jahre aktiv war, müsste als Gegenbild eine Hanau entworfen werden, die in den zwanziger Jahren in einem sozialistischen Land aktiv wurde – also in der Sowjetunion. Ihre Eltern müssten demnach rechtzeitig ausgewandert sein, etwa nach Petersburg, um auch hier mit Textilien zu handeln, Importware aus Frankreich. Und nach der Oktoberrevolution wird dieses Handelskontor geschlossen; Marthe, die bisher in der Geschäftsführung mitgearbeitet hat, müsste von vorn anfangen, als ungelernte Arbeiterin, etwa in einer Werkzeugfabrik.

Da würde sie denn am ganzen Körper erfahren, was Produktion heißt, würde es spüren von den schmerzenden Füßen über das schmerzende Kreuz bis in die schmerzenden Schultern – etwa wenn sie Werkstücke bearbeiten muss, an einer langen Werkbank stehend mit anderen Arbeiterinnen und Arbeitern.

Zu erwarten wäre nun, dass Marthe Hanau da weg will – vor allem, weil bei ihr noch die Vorstellung lebendig ist vom ›besseren Leben‹. Dazu kämen Impulse aus ihren Anlagen und Antrieben – damit dieser Übertragungsversuch Sinn und Beweiskraft hat, muss die Hanau mit gleicher Grundausstattung transponiert werden. Dazu könnte bei ihr Ehrgeiz gehören, der Wunsch, sich durchzusetzen, sich nach vorn zu spielen. Wie könnte sie diese Ansätze im sozialistischen Gesellschaftssystem verwirklichen?

Hier hätte die Hanau nicht bloß alle Privilegien verloren, sie würde als Bürgerliche sogar zu den Unterprivilegierten des Arbeiter-Soldaten-Bauern-Staats gehören. Allerdings brauchte der neue Staat dringend Fachkräfte, und die holte man sich auch aus der bürgerlichen Klasse – hier hätte die Hanau ihre Chance erkannt und sicherlich wahrgenommen. Etwa, indem sie (nach mehreren Jahren in der Produktion) eine Lehrausbildung machte, in einer Radioröhrenfabrik beispielsweise.

Dieser Produktionszweig war in der Sowjetunion der zwanziger Jahre sicher nicht bedeutend, die Produktionsmittel wurden auf die Schwerindustrie konzentriert, aber Radiogeräte waren erwünscht als Mittel der Information, der »Propaganda und Agitation«. Darauf wies Lenin bereits 1922 hin, in einem »Brief über die Entwicklung der Radiotechnik«.

So erlernt denn eine Hanau Grundlagen der Elektrotechnik, etwa: Dass ein Widerstand beim Stromdurchgang Leistung in Wärme verwandelt, dass Messwiderstände unterschieden werden in Drahtwiderstände mit Zweikammerwicklung und in gewebte Widerstände, bei denen die Kette aus Widerstandsdraht besteht, der Schuss aus Isolierfaden. Und so weiter.

Zu solchen Fachbezeichnungen kämen gesellschaftspolitische

Begriffe und damit gesellschaftspolitische Leitvorstellungen, die sie nicht nur absorbiert, sondern wohl auch artikuliert.

So wird sich diese Hanau beispielsweise empfehlen durch Teilnahme an »betrieblichen Parteiversammlungen«. Und dabei döst sie nicht, sondern meldet sich zu Wort, äußert sich positiv etwa zu Vorschlägen der Plankommission, zu Beschlüssen des Zentralkomitees.

Auch wäre freiwilliges Melden förderlich, wenn beispielsweise Mitarbeiter gesucht werden zum Einrichten eines Gedenkraums für Friedrich Engels: Fotos aussuchen, vergrößern, aufhängen, ebenso Zitate; Gelöbnisse formulieren im Sinne dieses Vorbilds, dem man sich bei der Arbeit in der Partei verpflichtet weiß.

Marthe Hanau, die sich dem Leitbild der vorbildlichen Genossin annähert: eine junge Frau, die zupacken kann, die ihre Kolleginnen mitreißt, die von der gemeinsamen Sache überzeugt ist, deshalb überzeugend wirkt. Solch eine Hanau könnte beispielsweise Brigadeleiterin werden, etwa in der Endmontage von Radioröhren: Frauen in weißen Kitteln an gereihten Tischen, jeweils zwei schwenkbare Lampen, ein Punktschweißgerät. Hier hätte Genossin Hanau eine wichtige Position im Produktionsprozess: sie wird zum Faktor in der Planerfüllung. Werden andere Abteilungen eine höhere Stückzahl erarbeiten, und es entsteht ein Stau vor der Endmontage? Oder lässt sich in der eigenen Abteilung das Arbeitstempo so steigern, dass Sog entsteht?

Voraussetzend, dass Marthe Hanau auch in dieser Umgebung, in dieser Konstellation Phantasie entwickelt, Energie zeigt, Durchsetzungsvermögen, skizziere ich die zweite Möglichkeit: Marthe Hanau will nicht bloß eine Brigade leiten, sie will ihre Brigade bekannt machen als »Hanau-Brigade« (inoffizielle Bezeichnung), will diese Brigade würdig machen für einen verpflichtenden Namen wie »Kollontaj-Brigade« (offizielle Bezeichnung).

Diese Brigade soll sich nicht nur auszeichnen durch ständig gesteigerte Produktion, sie soll sich auch als besonders geschlossene, als homogene Brigade hervortun.

Marthe Hanau muss sich weiterhin profilieren, wenn sie noch weiter aufsteigen will. So wird sie erst mal dafür sorgen, dass das Brigade-Plansoll nicht nur erfüllt, sondern in wachsender Prozentzahl über-erfüllt wird.

Könnten nicht auch hier Imagebildung und Manipulation mitspielen? Auch sie könnte in höherer Position Planerfüllung vortäuschen, oder Über-Erfüllung des Plansolls, indem sie mit Zahlen mogelt. Solche ›Erfolge‹ könnten Privilegien einbringen. Aber sehr viel größer dürften ihre Chancen kaum sein.

18

Eine Reihe Pappeln, ein Haus, Flussweiden, die Seine. Heranfahrend sehe ich einen Mann, weißhaarig, beim Umgraben – das muss er sein!

Beim Aussteigen kläffen mich zwei Dackel an. Ein Pfiff befiehlt ihnen Abstand von meinen Hosenbeinen. Der Mann lässt den Spaten stecken, schlägt sich in die Hände, kommt heran. Den Kopf erkenne ich wieder nach einer Fotografie meiner Ausschnittmappe – der alte Overall dagegen lässt nicht darauf schließen, dass ich den ehemaligen Direktor einer Hanau-Gesellschaft vor mir habe.

Handschlag, die formelle Frage, wie die Anfahrt gewesen sei. Er begleitet mich zu einem Tisch unter einer sehr alten Flussweide. Ich frage, ob er seinen Urlaub immer hier draußen verbringt. »Ja, seit fünf Jahren. Es gibt einfach nichts Erholsameres für mich. Allein die Ruhe hier.« Er bleibt stehen, wir lauschen: nur Flussgluckern, Rascheln von Pappelblättern.

Wir setzen uns an den Tisch: vier armdicke Pfosten in den Boden gerammt, eine Bretterfläche. Eine Flasche Rotwein darauf, zwei Gläser, die nun auf die Fußflächen gestellt werden. Er setzt den Korkenzieher an, den er aus einem dicken Taschenmesser hervorklappt. Ich frage, ob Madame Hanau auch mal hier gewesen ist.

»Ja, sie hat sogar hier am Tisch gegessen, aber nur einmal. Sie hatte nicht viel Sinn für Ländlichkeit. Sie hat sich immer als typisches Stadtkind bezeichnet. Hier draußen, meinte sie, würde sie Magengeschwüre entwickeln!« Er reißt mit einem Plopp den Korken heraus, gießt ein, wir trinken.

Er kommt dann gleich zum Thema, stellt zwei Prämissen auf. Erstens: er gibt offiziell kein Interview, ist aber generell zu Auskünften bereit, weil es wichtig sei, dass die Aktionen der kürzlich verstorbenen Präsidentin endlich wahrheitsgemäß dargestellt würden. Zweitens: sein Name darf nicht genannt werden. Ich akzeptiere diese Spielregeln. Wir heben wieder die Gläser, trinken uns zu.

Ich frage als Erstes, wie die Besprechungen mit der Hanau verlaufen seien.

»Die Präsidentin referierte gewöhnlich ohne Dossiers. Sie hatte als Unterlage meist nur ein Blatt Papier, das sie aus ihrer Handtasche zog. Darauf waren mit Bleistift ein paar Namen und Zahlen notiert, Stichworte. Während des Vortrags strich sie die erledigten Punkte kreuz und quer durch. Ihre Ausführungen waren durchweg sehr knapp gehalten und meist so klar formuliert, dass wir selten Anlass zu Fragen hatten.«

Ich trinke noch einen Schluck, frage dann, ob es nicht möglich war, sich Einblick in ihre Aktionsweise, in ihren Aktionsbereich zu verschaffen. Ich erwarte, dass er mich nun anlächelt, überlegen oder ironisch, doch er konstatiert nur: »Nein, das war nicht möglich.«

Er macht eine kurze Pause, vielleicht, um den Satz auf mich wirken zu lassen oder um Abstand zu schaffen zur folgenden Begründung. »Sehen Sie, das war nicht einmal möglich innerhalb einer ihrer Gesellschaften. Sie hatte ein Prinzip: jeder sollte möglichst wenig vom Nebenmann wissen. Die Präsidentin war äußerst geschickt im Aufteilen von Informationen, Zuständigkeiten, Verantwortungen. Das gab ihr natürlich die Macht, zu verfügen, deutlich und uneingeschränkt zu verfügen, das muss man so sehen. Aber ich lege Wert auf die Feststellung, dass dies nicht abwertend gemeint ist. Denn dieses Verfahren setzt eine äußerste Beherrschung der Materie voraus, eine Souveränität des Leitens, die ich auch jetzt noch bewundernswert finde.«

Ich sage, dass die Hanau zum Beispiel sehr freizügig vorgegangen sei bei der Bilanzierung, der Festsetzung von Dividenden und so weiter – wäre hier nicht ein Ansatzpunkt gewesen zu Fragen, zu Einwänden, zur Kritik?

Wieder ist die Antwort klar: »Nein, dazu gab es für uns keinen Anlass, zumindest nicht für die Zeit vor dem so genannten Gazette-Krach. Sie genoss damals unser volles Vertrauen. Sie war ja nun auch wirklich eine Persönlichkeit von Rang, von enormer Ausstrahlung und Wirkung. Dazu all ihre geschäftlichen Erfolge, ihr rascher Aufstieg. Nein, wir sahen keinen Anlass zu Zweifeln oder gar zur Kritik. Wie gesagt, ich rede hier von der Zeit vor diesem Dezember 28. Danach war ich ja gezwungen, mir eine andere Stellung zu suchen.«

Soweit, zum zweiten Mal, der Erzählansatz mit dem Rollen-Ich eines Journalisten, der im Sommer 1935 in Frankreich den Fall Hanau recherchiert. Es bestätigt sich: mit dieser Methode könnte man leichter ins Erzählen kommen. Jedoch: wenn Informationen in solche Gespräche ›eingebettet‹ werden, und bei diesen Gesprächen wird jeweils der Gesprächspartner beschrieben und mit ihm die Umgebung, in der das Gespräch stattfindet – so würde dieses Buch mehr Lesestoff bieten, aber kaum ein Mehr an Information. Ja, ich müsste allzu viel von dem Material in das Buch aufnehmen, das PR-Teams bei der Präsentation einer Wirtschaftsfigur willkommen ist. Deshalb belasse ich es bei diesem Erzählentwurf, setze das Schreiben fort in der mittlerweile entwickelten Methode.

19

Die Fusion der Kabelwerke Lyon mit Magny/Morand wird einer Marthe Hanau und einem Lazare Bloch Geld eingebracht haben, rasch und reichlich: die gezielte Veröffentlichung der *Gazette du Franc* über die günstige Bilanz der Kabelwerke, über die zukunftsreiche Fusion hat, so setze ich voraus, den erwarteten Kursanstieg der Aktien ausgelöst, mit denen man sich rechtzeitig eingedeckt hatte. Ich setze weiter voraus, dass Hanau & Bloch zu günstigen Kursen auch Aktien anderer Gesellschaften der Elektrobranche kaufen.

In einem längeren Gespräch, dessen Ambiente gleichgültig bleibt, es kann in einem Salon oder in einer Sauna stattfinden, erläutert Bloch der Hanau Entwicklungstendenzen auf diesem Sektor: Die wachsende Industrialisierung bedeute wachsende Elektrifizierung; Elektrifizierung bedeute wachsenden Bedarf an Kabeln – hier hänge alles ergiebig zusammen.

Das heiße konkret: Die Kabelproduktion werde in Zukunft stark ansteigen. Weite Gebiete Europas noch nicht elektrifiziert. Und wie sieht es in der Beziehung in überseeischen Ländern aus? Weiter: für all die Kabel braucht man Kupfer, also dürfte in Zukunft die Kupfergewinnung, Kupferverhüttung, Kupferverarbeitung immer lukrativer werden.

Ebenso zukunftsreich die Produktion von Elektromotoren. Zum einen von kleinen Elektromotoren, die in Betrieben, auch im Haushalt verwendet werden, zum anderen von großen Motoren, etwa für elektrische Lokomotiven. Eines Tages, das könne zwar noch eine Zeit lang dauern, aber man werde es noch erleben, eines Tages seien auch die Eisenbahnen weitgehend elektrifiziert; die ersten E-Loks hätten sich bewährt, sie seien sauber, schnell, müssten nicht stundenlang vorgeheizt werden, man steigt ein, schaltet an, fährt los. Die E-Lok sei einfach die bessere Lösung, auch hier stecke geschäftlich viel drin.

Kurz: auf dem Sektor der Elektroindustrie sieht Bloch erfreuliche

Wachstumstendenzen, und die solle man sich zunutze machen. In genau kalkulierter Dosierung und Terminierung müsse man dieser Branche durch die *Gazette* und die andren Zeitungen eine glorreiche Zukunft zuschreiben. Man könnte hierzu eine Hausformel entwickeln wie: Elektroindustrie = Zukunftsindustrie. Die drei Silben E-lekt-ro müssten gleichsam galvanisiert werden.

So kaufen denn Hanau & Bloch für ihre eigenen Portefeuilles Aktien des Elektrosektors, kaufen sie in großem Stil und zu niedrigem Kurs. Das setzt voraus, dass die Aufmerksamkeit des Börsenmarktes noch nicht so recht auf diese Branche gerichtet ist: die beiden müssen »gute Läufer« wittern, wo andere noch »lahme Hunde« sehen. Denn eine Börsenweisheit lautet: »Was jeder schon weiß, macht keinen mehr heiß.«

Es ist mir so gut wie gleichgültig, ob die historische Hanau und ihr Geschäftspartner tatsächlich an Gesellschaften beteiligt waren oder (kleinere) Gesellschaften in Aktienmehrheit besaßen, die in der Elektrobranche produzierten. Es ist aber zumindest denkbar, ja wahrscheinlich, dass sich hier Ende der zwanziger Jahre suggestive geschäftliche Möglichkeiten entwerfen ließen. Ich muss bei der Hanau wie beim Bloch voraussetzen, dass sie rege Phantasie besaßen im Entwickeln geschäftlicher Projekte. Dabei muss nicht jede ihrer Aktionen auf Manipulation abgezielt haben: die Grenze zwischen suggestiven Vorstellungen und manipulierenden Darstellungen wird bei ihnen aber recht durchlässig geworden sein.

Aktien der Elektrobranche konnten damals ähnlich attraktiv wirken wie Papiere der Computerbranche Ende der sechziger Jahre. Hier ließen sich für den Roman etliche Vorgänge als Vorlage nehmen. So hieß es seinerzeit in der Wall Street, man bräuchte nur den Lower Broadway runterzugehn, »Computergesellschaft!« zu brüllen und man würde in Geld begraben. Gesellschaften mit dem Zusatzwort »Computer« im Firmennamen wurden und werden »glamourised«, sogar »heavily glamourised«. Solche Papiere nennen interessierte Analysten »Aktien der Zukunft«, und rasch werden die Papiere heiß, werden »hot issues«. Aufgepasst!, rufen nun kreative, engagierte Analysten: Aufgepasst, diese Aktien werden »high-flyers«, ja, manche von ihnen werden raketengleich gen Himmel sausen (»skyrocket«), einige Kurse verliert man fast aus den

Augen, so hoch steigen die – und später, irgendwann, kommt der ganze Salat wieder runter!

Wenn man einen Aktienkurs rauftreiben kann, so lässt er sich auch runterdrücken. Das mag Hanau/Bloch notwendig erscheinen bei der Kabel-AG: sie wollen hier die Aktienmehrheit erwerben, und zwar zu möglichst niedrigem Kurs. Dazu müssen sie in der ersten Phase nicht einmal ihre Publikationsorgane zum Einsatz bringen, hier lässt sich auch viel per Telefon ausrichten.

Günstig wäre dabei ein Strohmann, etwa als Effektenberater einer kleineren Bank in Lyon. Der ruft einen Makler an oder einen Bankkollegen; dem Gespräch wird ein anderer Anlass vorgespannt. Der Grund kommt erst gegen Schluss heraus, als Nebenbemerkung, als Schlenker: Übrigens, nach allem, was man hier in Lyon so hört, scheint die Kabel-AG in letzter Zeit einige Schwierigkeiten zu haben...

Sicher wird der Gesprächspartner hier nachhaken. Ja, also im erweiterten Vorstandsgremium scheint es nach der Fusion mit Magny/Morand nicht recht zu klappen: mangelhafte Information, schlechte Kooperation; offensichtlich können sich einige der Herren von Magny/Morand nicht damit abfinden, dass ihre Firma »geschluckt« wurde, sie wollen nach alten, oft überalterten Vorstellungen weitermurksen. Wenn man als Ortsansässiger das zweifelhafte Vergnügen hat, einige dieser Herren etwas näher zu kennen, so wundern einen diese Gegensätze, diese Spannungen überhaupt nicht. Was man etwa über einen der alten Knaben von M/M hört, das darf man eigentlich gar nicht weitererzählen: Bezieht doch tatsächlich ein Zirkular eines Astrologen, der regelmäßig Börsenprognosen stellt, abgeleitet von Konstellationen der Planeten unter besonderer Berücksichtigung des Finanzplaneten Pluto; es soll im Kosmos bestimmte Grundrhythmen geben, die über Hausse und Baisse bestimmen, alles laufe nach Naturgesetzen ab, die man nur aufspüren müsse. Wenn dieser Astrologe aufgefordert wird, Angaben näher zu begründen, so pflegt er aus bartverhängtem Sehermund nur zu sagen: Es ist einfach so! Herzhaftes Gelächter an der Sprech- und in der Hörmuschel. Wieder ernster werdend mag der Effektenberater hinzufügen, dass es sicher auch ohne diesen schrulligen Typ im neu zusammengesetzten Vorstand zu Schwierigkeiten gekommen wäre: altbekannte Probleme das, sie tauchen immer wieder auf ...

Falls vertrauliche Informationen dieser Art nicht ausreichen, könnte man zusätzlich gehört haben, dass die Kabelwerke in letzter Zeit ein bisschen sehr viel Pech hatten mit ihren Maschinen. Man hat es in den vergangenen Jahren offenbar versäumt, längst überfällige Investitionen durchzuführen. Sicher, es waren verdammt schwierige Jahre, auch in dieser Branche, aber nun sitzt man auf einem teilweise veralteten Maschinenpark, wurschtelt sich durch mit Reparaturen, aber gut gehn kann das auf Dauer nicht.

Wie es heißt, soll sogar schon ein größerer Auftrag storniert worden sein, nachdem man eine erste Lieferung der Kabelwerke wegen diverser Qualitätsmängel hätte zurückweisen müssen. Man munkle sogar von einem bevorstehenden oder zumindest angedrohten Prozess – so was wäre für die Kabel-AG recht peinlich!

Nach dieser vertraulichen Unterredung wird der Gesprächspartner einen guten Bekannten, Kollegen oder Freund informieren. Wenn der seinerseits weitergibt, unter dem Siegel der Verschwiegenheit, was er aus zuverlässiger Quelle erfahren hat, so lässt sich schon denken, was da nach kurzer Zeit herauskommt: Ein total zerstrittener Vorstand, die Herren der Kabelfirma und die Herren von der Elektromotorenfabrik hauen sich dauernd die Köppe ein. Und aus der Fabrik kommen nichts als brüchige Kabel, die von zornroten Kunden zurückgewiesen werden. Jedenfalls: die Aktien der Kabelwerke Lyon AG fallen.

Diese Talfahrt wird beschleunigt, wenn nun auch die *Gazette* von der neuerlichen Entwicklung des Papiers berichtet: das schadet (vorübergehend) dem Image der Firma und fördert das Image der Zeitung. Denn sie beweist damit erneut ihre Objektivität: erst hatte sie den Aufschwung angekündigt, anlässlich der bevorstehenden Fusion (hatte damit den Kursanstieg gefördert) – und nun berichtet sie vom steten Sinkflug dieses Papiers (fördert damit seinen Kursverfall). Zusätzlich lassen sich hier auch die anderen Zeitungen einsetzen, *Le Quotidien, La Rumeur, Le Réveil du Nord*. Und Hanau/Bloch warten ab, bis der Kurs ungefähr zum geplanten Grenzwert gefallen ist – dann lassen sie Papiere zusammenkaufen.

Wie führt man solche Käufe durch? Hanau/Bloch werden in verschiedenen Banken Händler kennen, denen sie Vertrauensaufträge erteilen können. Oder sie wenden sich an Börsenmakler, die als zuverlässig gelten, ihre Kunden nicht verquatschen: solche Händler können über Auftragsmangel nicht klagen und beziehen gute Provisionen. Eine Hanau und ein Bloch können hingegen keine Händler brauchen, die für sich selbst mitkaufen, sobald sie größere Kauforders erhalten – durch zusätzliche eigene Aktienkäufe könnten sie eine unerwünscht breite Bewegung auslösen. Denn bei größeren Käufen horchen die Profis auf, die ja bekanntlich das Ohr auf dem Boden haben – gleich kaufen die mit! Dadurch werden wiederum Mitläufer angestupst, die sich meist einfach mal anschließen, ohne Kenntnis, ohne Ahnung, die sich nur sagen: Da kommt was in Gang, da hängen wir uns dran, da springen wir auf, da fahren wir mit, und wenn es wieder runtergeht, springen wir rechtzeitig ab. So können Hanau/Bloch nur mit vertrauenswürdigen Händlern arbeiten, die ihre Käufe verdeckt durchführen. Etwa über Zwischenhändler. Oder über andere Banken: es wird eine Ordre beispielsweise in Zürich gegeben, und ausgeführt wird sie in Frankfurt – da soll mal einer erraten, für wen gekauft wurde!

Während Hanau/Bloch den Kurs der Kabel-AG auf Baisse steuern, kann die Hanau die Aktien einer Gesellschaft hochpuschen, an der sie sich nur kurzfristig beteiligen will. Geeignet wäre hier eine Kupferminen-Gesellschaft. Seit Lazare gezeigt hat, suggestiv, was die fortschreitende Elektrifizierung allein für die künftige Kabelproduktion bedeutet, seither mag sie auf der blanken Schreibtischplatte ihres holzgetäfelten Büros ein Stück Kupferkabel liegen haben, die Isolierschicht etwa zur Hälfte entfernt: mit diesem Drahtstück kann sie beim Telefonieren spielen – biegt es, streckt es, erhöht zwischen ihren Fingerspitzen den Kupferglanz.

Soll sie Aktien einer der großen Minengesellschaften kaufen, im Kongo, in Rhodesien? Dieses Jagdgebiet ist zu gut bewacht, wird sie sagen. Außerdem ist zurzeit sowieso kaum jemand in der Lage, mit diesen Riesentieren den Kampf aufzunehmen.

Auch hier ist viel günstiger, sie beteiligt sich an einer kleineren Gesellschaft, beispielsweise im benachbarten Spanien. Dort gibt es etwa eine Compania Mineros Salud S. A., die fördert brav und gleichmäßig, aber der rechte Schwung, der fehlt noch. Also muss man die Compania in Schwung bringen. Und so lässt die Hanau erst einmal Aktien dieser Gesellschaft kaufen, ebenfalls über Mittelsmänner.

Mit diesen Käufen ein erster Kursanstieg: in den Jahren zuvor hat sich niemand um das Papier gekümmert, es schlummerte vor sich hin, nun plötzlich wird es wieder spekulativ interessant. Irgendwas, so sagt man sich in Börsenkreisen, muss sich dort in Spanien rühren, sonst würde das Papier nicht wieder gehandelt.

Selbstverständlich sind über Mittelsmänner rechtzeitig Absprachen getroffen worden mit Vorstandsherren der Compania; die müssen mitspielen, interessiert an privaten Gewinnmitnahmen durch Insider-Käufe, und sie bestechen Geologen, lassen sie ein mitreißendes Gutachten anfertigen.

Dann der Coup! Eine Dreiviertelstunde vor Börsenschluss trifft ein Telegramm aus Spanien in Paris ein: »Die Compania Mineros Salud S. A. hat zu günstigen Bedingungen die Schürfrechte für ein neu entdecktes Kupferminenvorkommen erworben, dessen Qualität und Quantität in gleicher Weise hervorragen.« Gediegenes Kupfer, also geringe Verhüttungskosten? Dazu: die geringeren Transportkosten innerhalb Europas! Somit könnte diese Gesellschaft die amerikanischen, rhodesischen, kongolesischen, kanadischen Angebote unterbieten – Markteinbruch?!

Rückfragen sind zu diesem Zeitpunkt nicht mehr möglich. Außerdem: wie soll man als Börsianer diese Nachricht überprüfen? Zusätzlich ist in diesem Telegramm das Gutachten zweier namhafter Geologen erwähnt – na bitte. Die Kurse schnellen hoch, sagen wir, von 142 auf 361.

Würde die Hanau bei solch einem Manöver auch die *Gazette* einsetzen? Möglicherweise verzichtet sie in einem so heiklen Fall auf Presseverlautbarungen und lässt über Strohmänner auf der Munkel-Ebene operieren. Wie man aus Madrid höre, sei das Gesamtvorkommen der Funde außerordentlich hoch... Dem Vernehmen nach seien die geologischen Bedingungen äußerst günstig ... Aus regierungsnahen Kreisen verlaute, das spanische Handelsministerium wolle durch Kredite die Anschaffung neuer Maschinen ermöglichen ... Und so weiter: solche Zweckgerüchte können den Kurs noch höher treiben, etwa auf 439.

Nun lässt die Hanau die Aktien wieder verkaufen, denn bald wird die Blase platzen. Jetzt erst könnte sich die *Gazette* einschalten, mit der (in diesem Fall sehr praktischen) Verspätung einer Wochenzeitung: sie wird zu berichten haben, dass sich die Kupferfunde bei näherer Überprüfung durch ein hinzugezogenes Geologen-Gremium als bei weitem nicht so ergiebig erwiesen hätten, wie zuerst angenommen: ja, wurden hier überhaupt Funde gemacht? Zugleich wird möglicherweise von der fristlosen Kündigung einiger Vorstandsmitglieder zu berichten sein, die als Insider Kursgewinne realisierten. Ebenso muss berichtet werden, dass ein Prozess angestrengt wird gegen die beiden Geologen, deren Gutachten diese Meldung auslöste – auch sie hatten rechtzeitig eingekauft.

Die *Gazette* mag diesen Vorgang sehr kritisch kommentieren: Ein äußerst bedauerlicher Fall von Kursmanipulation, der freilich nicht als symptomatisch gelten dürfe für die Börsenbranche, vielmehr sei auf allseits verstärkte Bemühungen hinzuweisen, den Aktienmarkt sauber zu halten. Dieser Aufgabe hätte sich auch die Redaktion der *Gazette du Franc* verschrieben. Ihr Beitrag dazu sei die ebenso rasche wie zuverlässige Information.

(Damit Leser nicht annehmen, ich würde mir wilde Geschichten ausdenken über das kapitalistische Räuberleben, werde ich im Roman einen Hinweis bringen müssen auf die Vorlage dieses Entwurfs: der Fall Tasminex. Eine australische und keine spanische Gesellschaft, und es wurden Nickelfunde vorgetäuscht – sonst aber lief der Schwindel im Prinzip gleich ab.)

Sobald Marthe Hanau und Lazare Bloch die Aktienmehrheit der Kabelwerke Lyon und damit von Magny/Morand besitzen, werden sie über Vertrauensmänner aktiv. Eine knappe Notiz in der *Gazette* mag über erste personelle Veränderungen im Vorstand berichten: Einer der Herren von Magny/Morand (unter Insidern bekannt als »notorischer Querkopf«) ist, »dem Rat seines Arztes folgend«, in den Ruhestand getreten. Ebenfalls »aus gesundheitlichen Gründen« legt ein weiteres Vorstandsmitglied seine Tätigkeit nieder. Damit kommen zwei neue Männer in den Vorstand. Prompt werden Entlassungen durchgeführt in Herstellung, Vertrieb, Verwaltung; auch hier neue Männer, die für »frischen Wind« sorgen.

Dann eine außerordentliche Hauptversammlung, über die von der *Gazette* ausführlicher berichtet wird. Selbstredend sieht man unter den Gästen oder Ehrengästen dieser HV keine Madame

Hanau, keinen Monsieur Bloch; sie lassen sich von Mittelsmännern vertreten, die genau instruiert wurden. Beispielsweise reichen sie den Vorschlag weiter, die Fusionsgesellschaft umzubenennen: Hanau/Bloch lassen einen Namen vorschlagen, der auch weitere Firmen einschließen kann, einen Namen als Programm und Verpflichtung, einen Namen mit Zukunftsglanz, einen Namen wie: Compagnie Nationale d'Electrification S. A. Klangvoller Name, der sich auch gut abkürzen lässt: C. N. E.

Für die Leitung des Geschäftsführenden Vorstands der Compagnie Nationale d'Electrification benennt der Aufsichtsrat einen neuen Vorsitzenden. Sicher steht auch eine Hanau hinter diesem Vorschlag: die erneuerte Gesellschaft braucht eine »energische, dynamische Führungskraft«.

Weiterer Punkt der Tagesordnung: Beschluss einer Kapitalerhöhung zur Glättung des Grundkapitals. Denn geplant wird die Anschaffung neuer Maschinen zur Kabelproduktion. Vorgesehen ist außerdem die »energische Durchforstung des Typenprogramms« von Elektromotoren: Konzentration auf wenige Modelle, damit Rationalisierung, höhere Produktivität, günstigere Preise, damit besserer Absatz, gesteigerter Umsatz. »Bei der C. N. E. hat man die Ärmel aufgekrempelt«, kann die *Gazette* schreiben. Deutlicher Kursanstieg.

Nach dieser Hauptversammlung, auf der »Weichen für die Zukunft gestellt wurden«, wollen Aktionäre, Börsenhändler, Makler mehr erfahren über den neuen Vorstandsvorsitzenden der Compagnie Nationale d'Electrification. Denn: dieser neue Mann ist das neue Programm. Denkbar, dass die *Gazette* solch eine Formel aufstellt: »Der neue Mann ist das neue Programm.« Da muss man sich nicht allzu sehr mit technischen Details befassen, von denen man sowieso nichts versteht, man hält sich an diesen Jacques Parent, der nun die C. N. E. repräsentiert.

Jetzt wird sicher wieder der Effektenberater der Lyoner Privatbank angerufen. Wie zu erwarten, kann er auch diesmal Genaueres berichten: Ja, er hat den neuen Vorstandschef bereits vor der HV kennen gelernt, auf einer Konferenz, und da hatte sich gleich gezeigt, dass Parent ebenso energisch wie effektiv ist.

Zur einprägsamen Charakterisierung könnte der Informant ein Detail anführen: Parent trägt keine Halbschuhe, sondern Stiefel;

eine kleine Marotte, gewiss, aber das passt zu ihm, Parent ist ein vorzüglicher Reiter, wie man hört, in der Camargue soll er ganze Urlaubstage im Sattel sitzen. Er war auch sofort bei der Belegschaft der fusionierten Firmen beliebt. Wenn er in einer Halle auftaucht, pflegt er zu sagen: Ich komm mal eben angestiefelt, um zu schauen, wie's bei euch läuft. So was komme gut an. Er spreche mit Meistern wie mit Arbeitern detailliert über Produktionsvorgänge, honoriere hier Initiativen mit Geldgeschenken – auch dies habe die Arbeitsmoral erheblich verbessert. Ebenso verstärke er die Effizienz der Arbeit in den »oberen Etagen«; wie verlautet, habe er Gewinn-Richtzahlen vorgegeben und ein, wie es heiße, realistisches und flexibles Verhältnis zwischen Leistung und Gehalt: Wer gut arbeitet, bekommt ohne lange Prozeduren mehr Geld.

Urteile über diesen Mann werden mit vorgeprägten Sätzen in Umlauf gebracht: Das scheint ein toller Hund zu sein; der wird den Laden schmeißen; der zeigt denen mal, was eine Harke ist; der bringt die auf Trab; der macht denen ganz schön Feuer unterm Hintern.

Es ist nicht allzu schwierig, solch einen Mann aus Versatzstücken zu montieren, nach Vorlagen und Einfällen. Satz um Satz lässt sich hier ein Strichmännchen aufpäppeln zu einem Pfundskerl: energisch, ruppig, von rüdem Humor, und er gilt nicht als fein, will auch gar nicht als fein gelten, wird von Mitgliedern der gehobenen Gesellschaft nur ungern oder gar nicht eingeladen, lädt auch keinen von dieser »Blase« ein, züchtet lieber seine Brieftauben, die man natürlich belächelt, der bekannte kleinbürgerliche Zug an ihm. Und wenn dieser Mann erfährt, dass im Fünfsterne-Hotel, in dem er residiert, Hunde unerwünscht sind, so lässt er vom Chauffeur einen seiner Hunde holen, auch über eine weite Strecke hinweg, führt ihn durch die Hotelhalle: Mal sehn, ob sich einer an ihn, den Boss der C. N. E. heranwagt! Da hätte er Anlass, die Puppen tanzen zu lassen, und er lässt gern die Puppen tanzen.

Solche Erscheinungen lassen sich fast aus dem Boden stampfen: Der bereits grauhaarige Mann, Typ Gentleman, nicht mehr verheiratet, jeweils umgeben von jungen, attraktiven, für ihn werbewirksamen Partnerinnen auf Zeit. Und man erzählt von ihm, er habe bei einer seiner Hochzeitsreisen, vor etlichen Jahren, für seine schöne

Frau ein Hallenschwimmbad gemietet, einen halben Tag lang, und er ließ sie im Bassin herumschwimmen, nackt, mit ihren langen, roten Haaren; das schaute er sich an, um das Becken herumgehend, stieg selbst nicht rein, fuhr nach wenigen Tagen weg, weil Zeit war zur Fasanenjagd. In den Vogesen ein hochherrschaftliches Jagdhaus, mit einer Vorhalle für Trophäen. Und er sammelt Bilder, aber nur alte; heute können die Leute seiner Meinung nach nicht mehr malen. Und er geht gern in die Oper, mit jungen Begleiterinnen rechts und links, aber nur in Opern von Verdi an rückwärts; heute können die Leute nicht mehr komponieren, meint er.

Alternativer Entwurf: Der Chef der C. N. E. könnte als nobel gelten, als fein, als zurückhaltend, was sich schon an seiner Ausdrucksweise zeige.»Ich möchte vorschlagen«, sagt er, wenn er etwas vorschlägt, und: »Ich würde sagen!«. So setzt er Pufferwörter ein, damit die Gesprächspartner nicht zu hart mit seinen Aussagen und Vorschlägen konfrontiert werden – trotz aller Höflichkeit bleibt er bei seinen Forderungen, die er mit Geschick und Entschiedenheit durchsetzt.

Weitere austauschbare Elemente zum Aufbau einer marktgängigen Persönlichkeit? Ihn zeichnet Ordnungssinn aus. Ordnung als Leitwort; Ordnung durch Organisation, Ordnung auch privat: nach den Verfassernamen alphabetisch gereihte Bücher, durchnummerierte Weinflaschen im Keller. An Sonntagen und im Urlaub botanisiert er, »montiert« getrocknete und gepresste Pflanzen auf Herbarblätter, übernimmt selbstverständlich die Bestimmungsmethoden von Linné. Dieser Mann ließe sich zusätzlich dadurch charakterisieren, dass er sich gelegentlich zwei Tage zurückzieht, um nachzudenken, zu projektieren. Dazu fährt er in seine Jagdhütte in den Alpen bei Grenoble, will hier völlig allein sein, geht spazieren, sitzt am Fenster, am Kamin, raucht Pfeife, fermentierter Tabak: nur so könne er konzentriert nachdenken. Und es kommt einiges dabei heraus! Das zeigt sich prompt nach seiner Rückkehr.

Nach kalkulierter Pause wird die Hanau erneut über die Compagnie Nationale d'Electrification schreiben lassen. Besonders stimulierend für die Kursentwicklung wird dabei die Ankündigung großer Geschäftsabschlüsse sein. Wo sind lukrative Aufträge möglich?

Lazare Bloch hatte der Hanau seinerzeit erklärt, wie sehr Elektrifizierung und Industrialisierung zusammenhängen. Dabei konnte er auf besonders günstige Aussichten in der Sowjetunion verweisen. Dort soll ja Lenin, soweit Bloch sich recht entsinnt, die Elektrifizierung als ebenso wichtig bezeichnet haben wie die Sozialisierung, beziehungsweise, er hatte beide gekoppelt – wie auch immer, der verstorbene Lenin (Marx hab ihn selig!) hat jedenfalls gezeigt, wie wichtig für die Sowjetunion die Elektrifizierung ist. Und die wird »der Russe« nach Meinung Blochs nicht allein schaffen, was bedeutet: zunehmend verbesserte Auftragslage für westeuropäische Firmen dieser Branche – darin »steckt Musik«!

Auf der Landkarte in Marthe Hanaus holzgetäfeltem Büro kann er demonstrieren, welch immens weite Gebiete auf Überlandleitungen warten. Von gigantischen Wasserkraftwerken, die etwa am Dnjepr geplant sind, sollen Hochspannungsleitungen mit rund 300 kW Leistung nach Westen, Süden, Osten laufen. Weiterhin sollen Wasserkraftwerke an der Wolga geplant sein; von hier aus Überlandleitungen mit Kapazitäten bis zu 500 kW nach Moskau und mindestens ebenso weit in den Osten. Und: man brauche nicht nur Kabel, man brauche auch Generatoren, Transformatoren. Auf der Verbraucherseite ein voraussichtlich ständig wachsender Bedarf an Elektromotoren. Auch hier wäre »der Russe« auf Einkäufe aus dem höher industrialisierten Westen angewiesen. Also Chancen, Chancen, Chancen!

Solch hochstimmende Zukunftsperspektiven wird die Hanau von einem ihrer Redakteure in einem längeren *Gazette*-Artikel darstellen lassen, als Vorbereitung zu späteren Aktionen. Dabei ließe sich etwas Märchenglanz in die Sache bringen, indem man (und sei es in einer Nebenbemerkung) auf das russische Gold hinweist. Haben die Zaren nicht sagenhafte Goldschätze gehortet und unfreiwillig den Sowjets überlassen? Und gibt es in der Sowjetunion nicht sehr ergiebige Goldminen? Viel Wasser, viel Wald, viel Gold – sind das nicht bekannte Assoziationen? Bestünde nicht die Möglichkeit, dass die Sowjets in Goldwährung zahlen, zumindest teilweise? Sollte man solche Vorstellungen nicht ein wenig stimulieren, im Interesse der C. N. E.?

Nach solch einem Artikel wird die Sowjetunion eine Zeit lang nicht mehr erwähnt. Auch über die C. N. E. vorerst keine weiteren Nachrichten: hier darf sich nichts durch Gewöhnung verbrauchen.

Nach berechnetem Zeitraum wieder gezielte Kursbelebung, etwa durch eine knappe, unkommentierte Notiz: »Der Vorstandsvorsitzende der Compagnie Nationale d'Electrification S. A., Jacques Parent, ist, wie aus zuverlässiger Quelle verlautet, auf Einladung höherer sowjetischer Wirtschaftsfunktionäre nach Moskau gereist.« Nur dieser eine Satz, mehr nicht. Darüber sollen sich Leser so ihre Gedanken machen. Wird man nach Moskau eingeladen, nur um Wodka zu trinken, das Bolschoi-Ballett zu bewundern, bei Jagdausflügen Bären zu schießen? Hier werden Vermutungen ausgelöst, die den Kursen der C. N. E. gut bekommen.

Über die Rückkehr des Vorstandsvorsitzenden keine Zeitungsnotiz: das spricht sich in einflussreichen Gruppen sowieso herum, wenn man dafür sorgt. Berichtet wird von der *Gazette* in der folgenden Zeit nur über eine engere Zusammenarbeit von C. N. E. und Laboratoires Servais, die Entwicklungsarbeiten speziell auf dem Elektrosektor leisten; es werde von einer finanziellen Beteiligung der C. N. E. gesprochen. Etwas später eine Meldung, nach der C. N. E. die Generatorenfabrik Ferrères gekauft hat. Solche Notizen erwecken den Eindruck, dass bei der C. N. E. etwas im Busch ist. Ob das mit dem kürzlichen Besuch des Firmenchefs in der Sowjetunion zusammenhängt?

Für die Hanau ist zweitrangig, was Parent ›wirklich‹ in der Sowjetunion getrieben hat. War er nicht eventuell doch nur privat eingeladen, tatsächlich zu einer Bärenjagd? Hat in Moskau vielleicht bloß ein Kontaktgespräch stattgefunden mit einem untergeordneten Funktionär des sowjetischen Außenhandelsministeriums und viel herausgekommen ist dabei nicht? Und die Genossen, die Parent zu einem Gegenbesuch eingeladen hat, sie haben wirtschaftspolitisch keine Repräsentanz, wollen nur mal erste Kontakte aufnehmen, sich informieren an Ort und Stelle?

Der bewährte Effektenberater der Privatbank in Lyon könnte hier wieder bei geschäftsfördernder Gerüchtebildung nachhelfen – er wird sich mittlerweile mit Aktien der C. N. E. eingedeckt haben, dürfte für seine verdeckte Tätigkeit außerdem Zuwendungen erhalten über einen Mittelsmann. Bei Gesprächen oder Telefonaten könnte man ihn auch direkt befragen: Was ist eigentlich dran an diesen Ostkontakten der C. N. E.? Stimmt es, dass sogar das Sowjetische Außenhandelsministerium hinter der Einladung gestanden hat? Und wieso kauft die C. N. E. diese Generatorenfabrik, ausgerechnet jetzt? Generatoren – Kabel – Elektromotoren: sollte diese logische Verbindung nur zufällig bestehen, oder hat die C. N. E. einen Auftrag erhalten?

Weil der Effektenberater bisher immer Details nannte, wird er auch hier Einzelheiten bringen müssen, selbst wenn sie marginal sind – aber lassen nicht auch sie Schlüsse zu, für den, der Schlüsse ziehen will? Beispielsweise soll Parent, wie man hört, in seiner hemdsärmligen Art mit den Russen sehr gut zurechtgekommen sein, wobei sich auch als Vorteil erwies, dass er trinkfest ist. Einmal soll er auf einem Empfang sogar einen Kosakentanz mitgemacht haben, in seinen bekannten Stiefeln, mit denen er auch in Russland auftrat, aufgetreten sein soll.

Ja, so was kann man sich gut vorstellen: Diese russischen Feste, auf denen es so urig zugeht! Aber wie ist das – werden solche Feste in Moskau nicht auch bei Geschäftsabschlüssen gefeiert? Der Effektenberater stellt dahin.

So wiederholen sich Fragen, artikulieren sich Vermutungen, wuchern Gerüchte. Die nährt der Effektenberater im Auftrag von Hanau/Bloch mit vagen Hinweisen – man muss schließlich verstehen, dass er nicht direkt ›auspacken‹ kann. Der Kurs der C. N. E.-Aktien steigt weiter. Das wiederum gibt der *Gazette* Anlass, über die neue Kursentwicklung zu berichten. Die Aktien dieser Gesellschaft lassen sich dabei als »interessantes Wachstumspapier« bezeichnen, bei dem langfristige Anleger »mit erheblichem Gewinn rechnen können«. Und: »Auf alle Fälle steckt viel Phantasie in dem Papier.« Weiterer Kursanstieg.

Endlich bringt die *Gazette* die Meldung, auf die »informierte Kreise« längst gewartet haben: »Bei der Compagnie Nationale d'Electrification S. A. soll, nach gewöhnlich zuverlässig informierter Quelle, eine Besucherdelegation aus der Sowjetunion eingetroffen sein, die dem Vernehmen nach von einem höheren Funktionär des Sowjetischen Außenhandelsministeriums angeführt wird. Wie es heißt, wollen sich die Besucher an Ort und Stelle über die Produktionskapazität der Gesellschaft informieren.«

Das treibt den Kurs der C. N. E. hoch. Jetzt will alles einsteigen, mitziehen! Nur noch wenige Aktien frei auf dem Börsenmarkt, das jagt den Kurs noch höher! Madame Hanau hat Grund, sich zu freuen.

20

Wie konnte die Hanau jahrelang mit Manipulationen und Betrügereien arbeiten, ohne aufzufliegen? Hat niemand gemerkt, was von Anfang an gespielt wurde? Hat kein Bankfachmann die Bilanzen von Hanau-Gesellschaften geprüft? Hat kein Aktionär zum Rechenschieber gegriffen? Und wo war der versierte Wirtschaftsjournalist, der Aktiengesellschaften des Hanau-Konzerns kritisch »durchleuchtete«?

In einem der Bücher, die ich für diesen Roman heranziehe, in Schmalenbachs *Finanzierungen*, entdecke ich folgenden Fall aus der Zeit der Präsidentin: 1929 erwarb die AG für Verkehrswesen in Berlin von den Ostwerken Schlesische Zement das Aktienpaket der Industriebau Held & Francke AG. Es zeigte sich schnell, dass man hier, wie es in der Börsensprache heißt, einen »toten Hund« gekauft hatte. Es gab scharfe Auseinandersetzungen auf der Hauptversammlung der Verkehrsgesellschaft; der Generaldirektor musste zugeben, dass er keine Revision der Geschäftsbücher vorgenommen hatte, die Industriebau AG sei von den Ostwerken geprüft worden – also vom Verkäufer selbst! Und der erklärte, bei den Vorverhandlungen 1928 hätte nur ein alter Revisionsbericht vorgelegen, aus dem hervorgegangen sei, dass lediglich eine Teilrevision vorliege; man hätte deshalb den Generaldirektor der Verkehrswesen AG aufgefordert, selbst eine genauere Prüfung der Gesellschaft vorzunehmen. Die Prüfung war jedoch unterblieben. Diese Unterlassung kostete die AG für Verkehrswesen Millionen: bei der Nachprüfung zeigte sich, dass die Industriebau-Gesellschaft durch falsche Kalkulationen und Baufinanzierungen erhebliche Verluste erlitten hatte, die durch Überbewertung bilanzmäßig verschleiert wurden. Das Kapital der Gesellschaft musste von 8 auf 2,4 Millionen heruntersaniert werden. Diese Aktiengesellschaft hätte man also weitaus billiger kaufen können – nach entsprechender Prüfung!

Ich bringe hier einige Redefloskeln ein, die dem Generaldirektor der damaligen Verkehrswesen AG so passen konnten. Der hat sich bestimmt gefragt: Muss das denn sein?! Ist das wirklich nötig?! Prüfung der Umsatztrends, die unterhalb oder oberhalb des Branchendurchschnitts liegen? Lager- und Vorrätestatus des Unternehmens? Prozentualer Anteil des Unternehmens im Branchenumsatz? Nachfrageerwartungen, mittelfristig, langfristig? (Wer viel fragt, kriegt viel Antwort! Das wird schon hinhauen! Die werden uns bestimmt nichts Schlechtes anbieten, das können die sich gar nicht leisten!) »Die mit der Ermittlung der Maßstabgrößen verbundene Rechenarbeit mag bei der erstmaligen Ermittlung der Ziffern relativ groß sein.« (Na bitte!) Und die Kapitalintensität. Und die Dauer der Kapitalbindung, und die Umschlagshäufigkeit der Debitoren, und die Umschlagshäufigkeit des Eigenkapitals, und der Ausnutzungsgrad der Anlagen, und die finanzwirtschaftliche Produktivität. (Das geht ja auf keine Kuhhaut! Das wächst einem ja über den Kopf! Da kriegt man ja kein Bein mehr auf die Erde! Da sagen wir als alte Börsenhasen: Informierung – Ruinierung! Und gehen unsrer Nase nach. Vertrauen auf unser Händchen. Verlassen uns auf den sechsten Sinn.)

Herbeizitierter Satz einer Zeitungsbeilage unter dem Motto »Mehr Geld durch Geld«: »Bestätigt sich doch die alte Börsenweisheit, dass der richtige Riecher noch immer mehr wert ist als alles börsen- und finanztechnische Detailwissen.«

Wie leicht sich dieser Riecher durch Duftstoffe täuschen lässt, zeigt das Beispiel »Fantastic Fudge«. Die Zeitschrift *Fortune* berichtete in ihrer Ausgabe vom September 72 ausführlich über diesen Fall.

Demnach war Fantastic Fudge eine der Gesellschaften, die an die Öffentlichkeit gingen, bevor sie überhaupt existierten, produzierten. Man wollte, falls genügend Geld durch Aktienverkauf zusammenkam, Geräte zur Fudge-Herstellung produzieren, »Instant-Fudge-Mixer« für Supermärkte oder Schul-Cafeterias. Ich werde im Buch erklären müssen, dass Fudge eine weiche, meist schaumige Karamellmasse ist, zum Lutschen und Schlecken. Schon vom Wortklang her etwas Schlaffes, Breiiges: Fatsch! Das wird in Mixern zusammengefatscht, das fatscht aus Düsen: Vanille-Fatsch, Schokoladen-Fatsch und weitere Fatsch-Varianten. Das Wort Fudge hat, laut Wörterbuch, noch einige andere Bedeutungen: Aufschneiderei,

Täuschung, Unsinn, Schwindel, Pfusch, eine Sache, die »viel Luft enthält«.

Die Promotional Company mit dem in jeder Beziehung zutreffenden Namen Fantastic Fudge gab einen Prospekt heraus, in dem sie eingestand, ihre Aktien und Obligationen enthielten einen »hohen Grad an Risiko«, die Gesellschaft habe noch keinerlei Einkünfte, besitze zu wenig Grundkapital, verfüge über kein Guthaben, über keine Verkaufsabteilung, über keine Angestellten. Diese Fudge-Gesellschaft warnte also vor sich selbst! Dennoch wurden Fantastic-Fudge-Gründeraktien verkauft! 170 000 Stück waren angeboten zu 7 Dollar das Stück, ein Jahr später lag der Kurs bei 18 Dollar – einige Monate darauf aber war dem phantastischen Fatsch erheblich Luft entwichen!

Wie konnte es möglich sein, dass man überhaupt solche promotional shares kaufte? War nicht in jeder Hinsicht phantastischer Luft-Pansch, was da angeboten wurde? Offenbar sagten sich viele Käufer: Wenn die so direkt heraus sagen, an ihnen wär nichts dran, wird das so schlimm wohl kaum sein. Oder: Wo ein derart hohes Risiko ist, könnte der Kurs besonders heiß werden. Und so wurde Fantastic Fudge gekauft – Börsenspekulation nun als Lotteriespiel!

21

Ach ja, Marthe Hanau konnte viel Pech haben! Ihre ersten unternehmerischen Versuche konnten scheitern – das lähmte weitere Impulse. Auch konnte privat einiges schief laufen – was auch nicht grade ermunterte. Dazu die allgemeinen Zeitumstände, der Weltkrieg, die äußerst wirre Zeit danach – wohl niemand in der Familie wird sich gewundert haben, wenn Marthe nach ›so mancher Enttäuschung‹, nach einigen ›bitteren Erfahrungen‹ Anfang der zwanziger Jahre Sicherheit suchte in neuer Berufstätigkeit, und sie wurde beispielsweise Lehrerin in einer Gewerbeschule.

Hier definiert denn Marthe Hanau anhand eines Lehrbuchs jedes Jahr die Aufgaben und das Wesen der Wirtschaft. Sagt, an einem erhöhten Tisch sitzend oder durch Bankreihen gehend, dass sich von Geburt an im Menschen Bedürfnisse regen, erst unbewusste Bedürfnisse, dann immer bewusstere Bedürfnisse, und diese Bedürfnisse hören erst auf mit dem Lebensende. Über die Bedürfnisbefriedigung dieser Bedürfnisse wird Marthe Hanau nun so sprechen, wie sie in den Jahren zuvor über die Bedürfnisbefriedigung dieser Bedürfnisse gesprochen hat, in den kommenden Jahren über die Bedürfnisbefriedigung dieser Bedürfnisse sprechen wird: Jahr um Jahr spricht Marthe Hanau über die Bedürfnisbefriedigung dieser Bedürfnisse durch Güter und Dienstleistungen.

Und diese jährlich wiederholten Wiederholungen machen sie unzufrieden: war man nicht eigentlich zu Besserem geboren? War da nicht ein Antrieb, sich hervorzutun, sich auszuzeichnen, eine führende Rolle zu spielen? Aber nun sind ihr alle Möglichkeiten versperrt: ›Ich fühl mich wie eine Maus im Käfig‹, kann sie sagen. Oder: ›Ich komm mir vor wie ein Hamster im Laufrad.‹ Der gleiche Stoff, die gleichen Fragen, die gleichen Antworten Jahr um Jahr. Eine sichere Position, gewiss. Aber: ohne Risiko, das weiß sie noch, gibt es kaum Gewinn.

Manchmal möchte sie aus der Haut fahren, aber sie kommt aus dieser Haut nicht heraus. Soll sie etwa kündigen, in diesen unsicheren Nachkriegsjahren? Wer aus seiner Haut heraus möchte, ohne aus seiner Haut herauszukönnen, will zumindest zeitweise vergessen, in welcher Haut man steckt, will sich wenigstens in Gedanken in eine andere Haut versetzen – und das kann ermöglicht werden durch Lektüre. So kann Gewerbeschullehrerin Hanau stundenlang sitzen und schmökern. In ihrem Zimmer ein Schrank in fettem Rotbraun, ein ovaler Tisch mit rubbeliger Tischdecke, ein Schreibtisch mit Aufsatz: Säulchen, Balustraden; daneben ein Kachelofen, an dem sie im Winter ihren runden Körper entlangrollt, sich mit Wärme vollsaugt, und hinter eisernem Flügeltürchen steht eine Kanne Tee, aus der sie während der Lektüre öfter mal nachgießt.

Besonders gern liest Marthe Hanau beispielsweise von einem Bauernmädchen namens Thérèse Daurignac, geboren 1856 in einem Dorf bei Toulouse. Als Thérèse ungefähr 14 ist, stirbt ihr Vater, der Bauer; er hinterlässt so viele Schulden, dass die Familie sofort das Bauernhaus verkaufen muss. Die Mutter eröffnet einen Wäschereiladen in Toulouse. Tochter Thérèse arbeitet als Wäscherin im Hause des Gustave Humbert. Das ist ein angesehener Mann: erst Professor der Rechte an der Universität Toulouse, dann Mitglied der Nationalversammlung, schließlich, nach einem Wahlsieg seiner Partei, Generalprokurator am Obersten Rechnungshof.

In seinem Haus arbeitend, erzählt Thérèse, phantasiebegabt, verschiedenen Personen Wunderbares: Mademoiselle de Marcotte, ein sehr altes Fräulein, besitzt ein Schloss mit weiten Ländereien, und dieses Schloss und diese Ländereien hat das alte Fräulein ihr, der Thérèse Daurignac, übermacht: sobald die Marcotte tot ist, zieht Thérèse in Schloss Marcotte ein.

So was liest Gewerbeschullehrerin Hanau gern ein zweites Mal, langsam, mit Pausen zum Ausmalen: ein Schloss erben, mit Ländereien! Eine Allee, ganz bestimmt eine Allee, die führt durch alte und entsprechend hohe, entsprechend dichte Wälder schnurgerade auf das Schloss zu, steingrau wie fast alle Landschlösser in Frankreich: altes, zünftiges Landschloss. Wer diesem Steingrau näher kommt auf schnurgerader Allee, sieht erst Fensterreihen, wenigstens zwei; dann, sobald sich die Perspektive erweitert: massige Ecktürme. Wenn man den kieshellen Vorplatz überquert, sieht man, dass dieses Schloss ein Wasserschloss ist, hurra. Die zwei- oder vierspännige Kalesche rasselt deshalb über eine Steinbrücke, hier sieht man rechts wie links den Wassergraben mit torfbraunem Wasser und vielen Seerosen darauf. Schon fährt die Kutsche durch das Torgewölbe, das Rädergeräusch hallend verstärkt. Der Innenhof mit Kopfstein gepflastert, das Wagengeräusch auch hier noch recht laut. Der Wagen hält an einer Treppe, auf der jemand steht, in Livree, nein: dort stehen zwei bis drei Mann in Livree, und einer öffnet die Kaleschentüre, die man fachgerecht »Schlag« nennt. Und aussteigt nicht eine Thérèse Daurignac, klein, Figur einer robusten Köchin, dunkle Augen, dunkles Haar, es steigt vielmehr aus Marthe Hanau, klein, Figur einer robusten Köchin, dunkle Augen, dunkles Haar – diese Übereinstimmung im Äußeren erleichtert ihr sehr die Identifizierung. So betritt sie in gleicher Gestalt, wenn auch mit anderem Namen, den Vorraum, an dessen hohen und dunklen Wänden Hirschgeweihe hängen und Schädel von Ebern. Nach links geleitet man die Besitzerin zum saalgroßen Wohnraum, öffnet ihr die Türe: der Raum beherrscht von einem Kamin mit bestimmt zwei Quadratmetern, nein, drei bis vier Quadratmetern Feuerfläche. An den Wänden Gobelins. Ein Tisch mit Einlegearbeiten, Holz oder Stein. Sessel und Sofa mit eleganten, gestreiften Bezügen. Etwas zu trinken wird abgestellt, ein Imbiss. Setzt sie sich sofort, oder geht sie erst mal ans Doppelfenster, schaut in den Rosengarten, auf die kniehohe Mauer dahinter, auf die Brücke, die hier wieder über den Wassergraben führt, hinaus auf die Wiesen, von Baumgruppen durchsetzt, und Rehe äsen dort?

So ein Schloss müsste man tatsächlich erben! Da würde man seinen Lebensstil augenblicklich ändern! Da wäre man wie ausgewechselt! Da würde man sich wieder wohl fühlen in seiner Haut!

Stattdessen? Stattdessen steckt sie in ihrer Haut, weiterhin, in der sie nicht stecken möchte. Da steht sie Jahr um Jahr in den gleichen Klassenräumen. Da sagt sie einführend Jahr um Jahr, dass die Wirtschaft ein wichtiger Lebensbereich ist. Was ist die Wirtschaft? Ein wichtiger Lebensbereich. Antwortet gefälligst in ganzen Sätzen! Die Wirtschaft ist ein wichtiger Lebensbereich. Richtig, die Wirtschaft ist ein wichtiger Lebensbereich und als solcher verbunden mit anderen Lebensbereichen, etwa mit Recht und Religion, mit Kunst und Wissenschaft, mit Technik und Politik. Wiederholt das jetzt mal im Zusammenhang! Die Wirtschaft ist ein wichtiger Lebensbereich und als solcher verbunden mit anderen Lebensbereichen.

Ja, sie ist wirklich froh, wenn sie das alles zurücklässt, und sie kann wieder schmökern, etwa in einem Lebensbericht über Thérèse Daurignac, berühmt geworden als Thérèse Humbert. Diese Thérèse wiederholt beim Waschen gern, dass sie nicht bloß Wäscherin ist, sondern Erbin eines Schlosses mit umliegenden Ländereien, und sie wartet nur noch auf das Ableben des alten Fräuleins, das ihr, Thérèse Daurignac, den Besitz testamentarisch vermacht hat, nur der Himmel darf wissen, aus welchen Gründen.

Wird Thérèse ausgelacht, wenn sie so was erzählt? Skeptisch wird Vater Humbert sein; sehr gern hingegen hört sein Sohn zu, Frédéric: er leistet ihr auch Gesellschaft, wenn sie mit Holzschuhen in der Waschküche klippklappt, hin und her durch den Wasserdampf, und sie wuchtet Holzbütten hoch, schleppt sie, schwenkt sie, setzt sie dröhnend ab, und dann rubbelt, knetet, walkt, wringt sie, spricht dabei auch noch, ohne mit dem Atem knapp zu werden, oder sie singt, weil sie als Erbin so reicher Besitztümer Grund zum Singen hat.

Frédéric gilt als schwach, als energielos, da schaut er gern einer so starken, energischen Person zu, wenn sie mit aufgekrempelten Ärmeln Wäschestücke auf einem Wellbrett reibt, knetet, stößt, und wenn ihr die Nase feucht wird in all dem Wasserdampf, so fährt sie mit nassem Unterarm an der Nase entlang, schniefend, dann rubbelt und knetet und wringt sie weiter, dabei von Mademoiselle de Marcotte erzählend, vom Château de Marcotte, von Mademoiselle de Marcotte, und wenn die stirbt, gehört Château de Marcotte ihr, der Thérèse Daurignac; vielleicht könnte man es dann umbenennen, in Château d'Aurignac, was fast noch besser klingt, auch besser passt zu einem alten Wasserschloss aus dem 14. Jahrhundert mit grauem Mauerwerk, mit Jagdtrophäen in Treppenhäusern und Fluren, mit teils sehr mächtigen Kaminen, in denen sich eventuell Ochsen braten ließen, zumindest Schweine, und dann zugelangt, hussa!

So etwas hört sich Frédéric Humbert gern an: kein Wort hier von Jura, die er studieren muss, bloß weil sein Vater mit Jura so sichtbar erfolgreich wurde. Er schaut am liebsten überhaupt nicht in die Fachbücher, die ihn voranbringen sollen im Studium und später im Berufsleben, er schaut viel lieber der strammen Thérèse zu, schaut sich satt daran, wie sie arbeitet, Gummischürze vor dem Bauch, vor den Brüsten, und ihre Hüfte stößt gegen den Waschbüttenrand, wenn sie auf schräggestelltem Waschbrett rubbelt, und ebenso rhythmisch fährt ihr Gesäß aus: wer kann das lange anschauen, ohne Wünsche zu entwickeln? Näher und näher steht Frédéric neben Thérèse, die redend, fast pausenlos redend, zuweilen auch singend arbeitet: schließlich zeigt seine Hand an, welche Wünsche er hat. Thérèse gibt seinen Wünschen nach: es sind immerhin Wünsche des Sohns des Senators; Frédéric wird ihr Geliebter.

Und wenn er schon ihr Geliebter ist, soll er auch ihr Mann werden, da ist sie zielstrebig. Bitte schön, sie ist ja nun eine gute Partie, ist Wäscherin bloß zum Schein, ist in Wirklichkeit Erbin ausgedehnter Ländereien mit Schloss, das soll der Sohn dem Vater gefälligst mal klar machen. Frédéric lässt sich zurechtreden und vorschicken, er sagt dem Vater, wen er heiraten will. Wie dieser Vater darauf reagiert, kann sich Marthe Hanau schon vorstellen, das braucht sie gar nicht zu lesen: zuerst wird Vater Humbert nicht glauben wollen, was Sohn Humbert sagt, er wird das für einen Witz halten, Witz unter Männern; dann steigender Blutdruck, Anschwellen des Stimmvolumens, Vermehrung der Gestik; schließlich ein türenschmetternder Abgang.

Thérèse lässt sich von so etwas nicht entmutigen. Bitte, wenn der Vater dem Sohn diese Heirat nicht erlaubt, dann soll der Sohn eben ohne väterliche Genehmigung heiraten, soll damit zeigen, dass er auf eigenen Beinen stehen kann, sich nicht dauernd kujonieren lässt, das ist doch unwürdig für einen Erwachsenen! So stärkt und steift sie ihm auch das Rückgrat.

Und tatsächlich: Frédéric heiratet sie – in Paris, und ohne Teilnahme der Familie, wie es scheint. Frédéric studiert weiterhin Jura, eröffnet eine Anwaltspraxis. Weil er aber so keine rechte Lust hat zu dieser Arbeit, läuft die Praxis nicht gut, und weil sie nicht gut läuft, kommt kaum Geld herein – aber Geld wollen sie haben, beide. Ließe sich das nicht auf leichtere, elegantere Weise erwerben?

Dazu müssen einige Faktoren zusammenwirken. Sehr wichtig ist hier die Rolle von Vater Humbert; der wird nämlich 1882 Justizminister im Kabinett des Charles de Freycinet; gleich macht er seinen Sohn Frédéric zum Chef des Ministerbüros, und Thérèse ist nun die Frau, die Gemahlin des Chefs eines Ministerbüros.

Aber es kommt noch besser. Justizminister Humbert hat es gleich mit einem Finanzskandal zu tun: eine Bank zur »Gruppierung katholischer Kapitalien«, ausgestattet mit einem handschriftlichen Segen des Heiligen Vaters, wird von verschiedener Seite angezeigt: Die Union Générale hat die eigenen Aktien hochgepuscht, hat die Buchführung manipuliert, viele fiktive Forderungen, große faktische Verluste. Vater Humbert spricht ein Machtwort: »Die Justiz nimmt ihren Lauf. Sie wird mit Festigkeit angewendet werden.« Der Direktor, Bontoux, wird eingesperrt, aber nicht zu lange, die Union Générale wird allerdings liquidiert, und das sehen andere Banken recht gern.

Nach dieser Aktion geht es Minister Humbert sichtlich besser: er, der bisher betont bescheiden lebte, am liebsten in der Provinz, er bewohnt nun ein teures Appartement in der Rue de Rivoli. Und sein Sohn Frédéric zieht mit Thérèse in eine sehr teure Villa in sehr vornehmem Viertel. Wie ist das vor der Öffentlichkeit zu erklären? Nun, Therese hat endlich eine Erbschaft gemacht, und zwar eine riesige. Ist Mademoiselle de Marcotte gestorben, einsam und auf baldigen Widerruf wohnend im Château de Marcotte? Nein, es geschieht viel Erstaunlicheres: ein reicher Amerikaner, Robert Henry Crawford, vermacht Thérèse sein gesamtes Erbe, millionengroß.

Leserin Hanau atmet tief durch, freut sich schon auf die nächsten Kapitel dieser Lebensgeschichte, die so bunt ist. Sie hat ja schon hinten reingeguckt in das Buch, sie weiß bereits, dass Thérèse Humbert viele, viele Millionen zwar nicht erbte, aber unter Hinweis auf dieses Erbe als Kredit aufnahm – und ist das nicht verlockend, allein als Vorstellung? Und was am phantastischsten ist an dieser beinah märchenhaften Geschichte: sie ist nicht erfunden, es hat diese Thérèse Humbert wirklich, tatsächlich gegeben! Das beweisen unter anderem Bilder, die das Buch mitliefert: sehr genau betrachtet Gewerbeschullehrerin Marthe Hanau etwa ein Foto, auf dem Thérèse Humbert an einem runden Basttisch sitzt, den rechten Ellbogen aufgestützt, die Knie weit auseinander unter dem knöchellangen Kleid, das bis zum Hals geschlossen ist, die Frisur hoch gesteckt, zur weiteren Vergrößerung obendrauf noch etwas Schwarzes, Federbuschartiges, wie zwischen Ohren von Zirkuspferden. Ach ja, sie hat Grund, die Humbert, so lässig, so selbstsicher dazusitzen, offenbar im Gespräch mit jemandem, der am rechten Bildrand weggeschnitten wurde: so überlegen den Ellbogen aufstützen, so lässig den linken Arm auf die Seitenlehne legen!

Und sie, Marthe Hanau? Sie hat keinen Anlass, sich zurechtzusetzen für einen Fotografen; unfotografiert geht sie jeden Morgen zur Gewerbeschule, unfotografiert steht sie jeden Vormittag vor den Klassen, sagt hier, was sie schon mehreren Jahrgängen gesagt hat, was sie noch etlichen Jahrgängen sagen wird: Der Verbraucher bestimmt in der Marktwirtschaft durch seine Nachfrage Richtung und Umfang der Produktion. Das lässt sie Jahr um Jahr aufschreiben, Jahr um Jahr lernen, Jahr um Jahr aufsagen, weil es so im Lehrbuch steht: Der Verbraucher bestimmt in der Marktwirtschaft durch seine Nachfrage Richtung und Umfang der Produktion. Lehrerin Hanau denkt nicht weiter nach über solche Lehrsätze, sie gibt die weiter, damit basta.

Und sie hat keine Lust, sich auch noch außerhalb der Schulstunden mit solchen Fragen zu befassen. Da ist sie froh, wenn sie wieder in ihrer Wohnung ist, und schmökernd versetzt sie sich in eine andere Person. Bei der Humbert ist das ziemlich leicht für sie: fast die gleiche Statur, und hübsch sind sie beide nicht, wahrhaftig nicht, mehr Querköppe als Köpfe. Aber dieser Querkopf zeigt sich erfinderisch: vor einigen Jahren, so erzählt Thérèse, wenn von der reichen Erbschaft die Rede ist, vor einigen Jahren also saß sie in der Pariser Vorortbahn, der Ceinture, ihr gegenüber ein älterer Herr, und der erlitt urplötzlich einen Herzanfall; resolut half ihm Thérèse, ließ ihn in sein Hotel bringen, versorgte ihn hier selbstlos weiter. Dem Amerikaner ging es bald besser, man unterhielt sich, auch über Persönliches: er hieß Robert Henry Crawford, stammte aus Chicago, war mehrfacher Millionär. Beim Abschied ließ sich Crawford ihre Anschrift geben.

Danach hörte sie freilich nichts mehr von ihm. Dann eine Nachricht aus Chicago: Robert Henry Crawford ist verstorben, hat Thérèse Humbert zur Alleinerbin seines Vermögens gemacht, 100 Millionen Francs in französischen Staatspapieren. Das spricht sich natürlich sehr rasch herum, alles reißt Mund, Hals, Nase, Ohren auf: 100 Millionen? Ehemann Frédéric, Chef des Ministerbüros im Justizministerium, bestätigt: 100 Millionen, sogar in französischen Staatspapieren. Justizminister Gustave Humbert, zu großem Ansehen gekommen, vor allem in Wirtschaftskreisen, bestätigt ebenfalls: 100 Millionen Francs in Staatspapieren.

Nun zeigt sich allerdings eine Schwierigkeit, und die verzögert die Ausführung der testamentarischen Verfügung: zwei Neffen des verstorbenen Robert Henry Crawford, die Herren Robert und Henry Crawford, fechten von Amerika aus dieses Testament an, verweisen auf ein zweites, ebenfalls handschriftliches Testament ihres Onkels, demnach soll die Erbschaft aufgeteilt werden zwischen ihnen und der Schwester von Thérèse, der Marie Daurignac; dafür sollen alle drei Erben Thérèse Humbert 30 000 Francs monatlich auszahlen.

Da geht natürlich gleich das Prozessieren los! Welches der beiden handschriftlichen Testamente ist gültig, weil später verfasst? In der ersten Phase des Prozesses, bei dem man weder die Testamente noch die Neffen zu sehen bekommt, wird ein Vergleich geschlossen: Thérèse darf sämtliche Wertpapiere der Erbschaft in Verwahrung nehmen, darf darüber aber nur mit Zustimmung ihrer Schwester und der beiden Crawford-Neffen verfügen.

Und wie die Humberts übereinstimmend erzählen, werden die Papiere tatsächlich aus den Vereinigten Staaten transferiert; Madame Humbert verschließt sie in einem Stahlschrank ihrer Villa, versiegelt ihn gemäß gerichtlicher Verfügung. Keiner außer den Humberts hat diese Papiere gesehen, nicht mal eine Stückliste, aber der Stahlschrank ist da, sichtbar, und das Siegel ist da, befühlbar. Gern zeigt Ehepaar Humbert Besuchern diesen Stahlschrank, dieses Siegel: Dahinter ist das alles! Mal dagegenklopfen, mal dranbumsen: dumpfe Resonanz der Papierstöße? Mal das Ohr dranhalten, reinhorchen: knistern die Wertpapiere?

In ihrer Lehrerwohnung mit rotbraunem Schrank, ovalem Tisch, vermurkstem Schreibtisch, massigem Kachelofen liest Marthe Hanau weiter, wie die gleich kleine, gleich robuste, gleich energische Thérèse Humbert nun gemeinsam mit ihrem Mann Schulden macht bei Juwelieren und Couturiers, wie sie Gelder aufnehmen bei Bekannten und bei Banken: Frédéric als Chef des Ministerbüros, bald darauf auch noch Abgeordneter, sein Vater Justizminister, da wird ja wohl alles in Ordnung sein, solch eine Familie ist voll kreditwürdig! Und die Sache mit der Erbschaft wird sicher auch bald geklärt sein, und dann können die Humberts Schulden und Kredite im Handumdrehen zurückzahlen. Denn wie auch immer die richterliche Entscheidung ausfällt: viel Geld bekommen die Humberts auf jeden Fall!

Und Ehepaar Humbert zieht erst mal um in eine dreistöckige Residenz in der Avenue de la Grande Armée – Kaufpreis 300 000 Francs, aber die Humberts zahlen nur 100 000, Rest später. Und sie kaufen ein Schloss mit Domäne bei Melun, Kaufpreis 245 000 Francs, kaufen ein Weingut bei Narbonne für 806 000 Francs, kaufen ein Weingut in Algerien, das auch viel Geld kostet; eine Villa an der Riviera muss eigentlich kaum noch erwähnt werden. Und man sieht Ehepaar Humbert nur in teuersten Restaurants; in besten Hotels, in feinster Gesellschaft – dazu gehören viele führende Politiker, etwa der Kabinettchef de Freycinet, dann Boulanger, ab 86 Kriegsminister. Und führende Persönlichkeiten des Wirtschaftslebens. Und Künstler, Diplomaten. Diese Creme wird zu Empfängen und Bällen eingeladen in die Stadtresidenz, zu Jagden auf die Landsitze: enorm steigt das Ansehen der Humberts, damit wiederum die Kreditwürdigkeit; rasch werden es Millionen.

So etwas lesend kann Lehrerin Hanau schon ins Tagträumen kommen: in einer eleganten Villa wohnen in ruhiger Straße, in der vorwiegend Industrielle residieren, viel Grün, teure Autos, Kindermädchen schieben Kinderwagen, die Gärten hinter den Häusern weit, alter Baumbestand: an solch einem Fenster stehen, vormittags, in Koniferen schauen und in andere Bäume, deren Namen man kennen lernt. Und wenn man nicht mehr in dieser Villa bleiben will, weil es beispielsweise zu heiß wird im sommerlichen Paris, so fährt man auf den Landsitz, auf dem man nichts als Grün sieht, das eine kühlende, beruhigende Wirkung hat: Grün schon am Morgen, wenn man aufsteht, spät; Grün, wenn man hinausgeht; Grün, so weit man spaziert; Grün, das erst am Abend entgrünt. Wenn es auch im Grünen heiß wird, fährt man zur Riviera, im Zug, Erster Klasse, oder in einem eleganten Reisewagen. Vor den Fenstern der Mittelmeervilla das lichtflirrende, königsblaue Wasser, in dem sie mit ihrer gedrungenen Statur rasch schwimmt, kaum jemand kommt da mit, schon gar nicht andere Frauen, die nun Anlass haben, sie auch in dieser Hinsicht zu bewundern. Dann: dinieren in teuren Hotels, zur Vorspeise Austern-Pastetchen, davor eine weiße »Coulis«, danach – ja, was nähme man danach? Das ausdenken, ausmalen, lippenleckend, speichelabsondernd: es würde jedenfalls ein fürstliches Essen! Nach dem anschließenden Mittagsschlaf durch den Mittelmeerort promenieren, einkaufen, was man kaufen will; Kleider, Hüte,

Schmuck – vielleicht würde sie nicht 20 000 oder 30 000 Francs jährlich für Garderobe ausgeben, wie es der Humbert nachgesagt, nachgeschrieben wird, aber die Hanau würde bestimmt viel mehr ausgeben als jetzt, mit dem Gehalt einer Lehrerin: mit vollen Händen ausgeben, mit vollen Zügen leben, das größere Leben, das buntere Leben.

Ja, die Hanau versetzt sich gern in die Humbert, zumindest, solange die noch keine Schwierigkeiten hat. Aber die stellen sich nach einigen Jahren doch ein.

22

Im Herbst 1927 führt Marthe Hanau mit ihrer Mannschaft noch einmal eine große Werbekampagne durch für die *Gazette du Franc,* für ihre Syndikate: Versammlungen, ja »Massenversammlungen« in verschiedenen Städten. Ich nehme an, bei diesen Meetings steht jeweils ein Vorstandstisch auf Bühne oder Podium, und so können sich die zahlreichen Leser, Abonnenten, Kunden an Marthe Hanaus Erscheinung satt sehen: sie wird als »Mutter Hanau« populär gemacht, im Interesse des Geschäfts.

Natürlich lässt sich »Mutter Hanau« auch hören, die Stimme fest und klangvoll, wie überliefert wird. Bestimmt tritt sie nicht als Erste auf an solch einem Werbeabend; zuerst wohl werden – wahrscheinlich vom Chefredakteur – die anwesenden Honoratioren der jeweiligen Stadt begrüßt, mit sämtlichen Titeln; dann wird die Präsidentin, werden weitere Mitglieder der »Führungsriege« vorgestellt. Anschließend der Hauptredner, der möglichst bekannt sein muss. Wahrscheinlich spricht er über die Notwendigkeit von Völkerversöhnung und Frieden, über die dringlich erforderliche Stabilisierung der Währung.

Danach erst wird die Hanau ans Rednerpult treten, in strengem, dunklem Kostüm, und sie reiht Variationen über ihr Dauerthema: »Macht uns eine gute Politik, und wir sorgen für wirtschaftliche Prosperität.« Dabei bringt sie einprägsame Bilder, wie man sie in der *Gazette* findet: Man müsse sich um den Franc scharen wie um ein Feldzeichen! Und ganz bestimmt stellt sie mit scheinbarem Bedauern (wieder einmal) fest, dass die braven französischen Sparer nicht in gebührendem Maße teilhätten an den üppigen Gewinnen, die vielfach mit ihren Geldern an den Großbanken erwirtschaftet würden: hier müsse endlich mal gerechter Ausgleich erfolgen! Und so verkündet sie (wieder einmal) ihren Entschluss, die Isolierten um sich zu sammeln: durch ihre Zahl sollen sie mächtiger werden als alle anderen Geldmächte; mit ihren konzentrierten Kapitalien sollen sie sich Zugang erzwingen zu den großen Gewinnen. Und die Hanau fordert (wieder einmal) die »Demokratisierung« der Finanzgeschäfte; hier sei eine wesentliche Voraussetzung zur Schaffung des sozialen Friedens.

Nach Mutter Hanaus schwungvollem Aufruf zur Sammelbewegung wird Bloch die Werbetrommel rühren: Die *Gazette* unter Freunden, Familienmitgliedern, Bekannten, Kollegen zum Abonnement empfehlen, für diese geringe Mühe ein schönes Buchgeschenk in Empfang nehmen. Dann weist er noch mal hin auf die Möglichkeit, Geld mit der Aussicht auf hohe Zinsen und reiche Gewinne in einem der Syndikate anzulegen. Und er verkündet, dass auch in dieser Stadt eine Zweigniederlassung der *Gazette*-Finanzdienste eröffnet sei bzw. baldigst eröffnet werde – es sind schließlich rund 400 Filialen!

Zu einer dieser Versammlungen freilich, in Lille, sagt der Redner, ein General, drei Tage vor dem Termin ab. Was tun, wen nehmen? Man wendet sich an Pierre Audibert, der gelegentlich einen Beitrag für die *Gazette* geschrieben hat.

Audibert, fünf Jahre älter als Marthe Hanau, war früh schon Journalist, arbeitete zuerst für die *Aurore* von Clemenceau, bis zum Krieg, wurde eingezogen zur Infanterie, wurde rasch befördert, wurde mehrfach ausgezeichnet, wurde bei der Schlacht am »Toten Mann« bei Verdun schwer verwundet; eine Schädeloperation. Danach langwieriges Auskurieren; Audibert konnte erst nach etwa einem Jahr aus dem Lazarett entlassen werden. Inzwischen war er ausgezeichnet mit dem Orden der Ehrenlegion. Er hatte genug vom Krieg, setzte sich ein für die Völkerverständigung, schrieb fünf Bücher, plädierte hier vor allem für *Die notwendige Allianz* (einer der Titel) mit Deutschland, forderte Frieden. Diesen Zielen hatte sich auch der *Observateur Européen* verschrieben, eine Monatsschrift, die Audibert herausgab.

Es wurde von Anatole de Monzie entdeckt, zeitweilig Finanzminister, genannt »Talleyrand der dritten Republik«, weil er ebenfalls viele Frauen konsumierte, ebenfalls klumpfüßig hinkte, ebenfalls gern mal Schöngeistiges schrieb. Monzie gehörte zur »radikalen Linken«, die in Frankreich so radikal und links aber nicht war: Monzie hatte sehr gute, oft freundschaftliche Beziehungen zur Hochfinanz, plädierte aber auch früh schon, 1923, für eine Allianz mit der Sowjetunion, soll zugleich in geheimer Verbindung mit

Mussolini gestanden haben. Monzie nahm, sobald er Ministerpräsident wurde, Pierre Audibert als Presse-Attaché zu sich.

Günstige Voraussetzungen für einen Mitarbeiter der Präsidentin! Was hinzu kam: auch von seiner äußeren Erscheinung her machte Audibert einen guten Eindruck: groß, markantes Gesicht, und so weiter.

Mit ihm nimmt die Hanau Kontakt auf, bittet ihn eindringlich, die Rede in Lille zu halten, notfalls improvisierend. Audibert, der zu dieser Zeit in einigen Schwierigkeiten steckt, auch politisch, sagt zu nach angemessenem Zögern. Mit rhetorischer Verve fasst dieser publikumswirksame Herr in seiner Rede die politischen Prinzipien zusammen, die er bereits in seinen Büchern und Artikeln dargelegt hat, fordert schließlich, man solle sich möglichst weit und breit beteiligen an der »unablässigen und geduldigen Arbeit für den Frieden«.

Marthe Hanau findet dank seiner Rede diese Versammlung fast so schön wie eine Wagneroper. Freilich muss Audibert rasch wieder weg, sie ruft ihn am nächsten Morgen an, lädt ihn ein zu einem Diner. Audibert aber hat einen dicht gefüllten Terminkalender, vor Ablauf einer Woche ist da nichts zu machen. So viel Geduld hat die Hanau aber nicht, sie fragt deshalb gleich telefonisch, ob er für die *Gazette du Franc* eine Beilage kreieren will, der man den Titel *Gazette des Nations* geben könnte, oder ob man nicht eventuell gleich eine neue Tageszeitung gründen solle, nach dem Konzept der *Gazette du Franc* und der projektierten *Gazette des Nations*.

Diese Pläne werden bald ausführlich bei einem Essen erörtert. Marthe entwickelt noch einmal ihr Projekt: Auch in dieser neuen Zeitung sollen die komplizierten Probleme der Gegenwart leicht verständlich dargestellt werden; auch in diesem Tagesblatt soll konsequent der Kampf weitergeführt werden gegen »eine gewisse Presse«; überhaupt sollen in dieser Zeitung die Ideen verkündet und verteidigt werden, die auch ihr lieb und teuer sind.

Audibert bringt Einwände vor gegen die Gründung einer neuen Tageszeitung, zumindest zu diesem Zeitpunkt: Die »großen Fünf« beherrschen den Pariser Markt, und sie wiederum sind abhängig von Großindustrie und Banken. Zudem werden all diese Zeitungen von der Agentur Havas beliefert, deren Leiter seinerseits von Finaly abhängig ist, damit von der Hochfinanz. In dieser Lage sieht Audibert keine Chance für eine neue Tageszeitung – und ein linkes Blatt will man ja nicht aufmachen, wie?

So entschließt sich die Hanau, ihre Wochenzeitung wenigstens zu erweitern, und zwar zur: *Gazette du Franc et des Nations.* An diesem zusammengepappten Titel lässt sich schon die Zweck-Konstruktion ablesen.

Das Projekt gefällt Audibert: ein repräsentatives Wochenblatt mit durchschnittlich 32 Seiten, davon 12 Seiten Finanz- und Wirtschaftsteil. Mit diesem Ressort soll Audibert allerdings nichts weiter zu tun haben, seine Aufgabe ist es nur, dem politischen Teil der *Gazette* auf der gemeinsamen, der verbindenden politischen Grundlage eine gewisse Selbständigkeit zu verleihen.

Auch das finanzielle Angebot ist verlockend für Audibert: 8000 Francs im Monat. Er ist grundsätzlich einverstanden, zieht aber erst noch Erkundigungen ein beim Außenministerium über die bisherige *Gazette du Franc*; am Quai d'Orsay kann man offenbar nichts Nachteiliges über diese Zeitung berichten, wenigstens nicht in politischer Hinsicht; zur Stellungnahme über den Wirtschaftsteil erklärt man sich wahrscheinlich außerstande.

Audibert nimmt das Angebot nun definitiv an; er sieht die verlockende Möglichkeit, seine politischen Ideen in ein redaktionelles Konzept umzusetzen; er will auf breiter Basis die Außenpolitik von Briand, die Innenpolitik des Rechtsnationalisten Poincaré verteidigen. Mit dieser politischen Richtlinie ist die Hanau natürlich einverstanden.

Man trifft sich zu ausgedehnten Besprechungen, meist im neuen Haus der Direktorin im Vorort Boulogne sur Seine, Rue de la Tournelle 10: Villa im Garten. Nobel-antike Innenausstattung, aber auch eine moderne Radio- und Grammophonanlage, Lautsprecher in verschiedenen Ecken des Salons. Freilich werden Audibert und die Hanau kaum Gelegenheit finden, Wagner-Schallplatten zu hören; die Vorbereitungen für die Parallel-Zeitung werden forciert.

Am 14. Januar 28 erscheint die erste Ausgabe: auf voller Blattbreite LA GAZETTE, darunter linksbündig: DU FRANC, und rechtsbündig DES NATIONS; zwischen diesen Blöcken die Namen der Verantwortlichen; Postanschrift; Telegrammadresse.

Natürlich wittern Bankleute, Börsianer, Journalisten gleich, dass dies Imagebildung in größtem Maßstab ist. Die wechselseitige Abhängigkeit der *Gazette du Franc* und der *Gazette des Nations* wird durch ein Wortspiel karikiert: »La Mazette du Franc soutient la Disette des Nations et réciproquement.« Das lässt sich kaum übersetzen, Mazette ist so etwas wie eine Schindmähre, und die trägt eine Kümmerfigur. Sinngemäß soll es wohl heißen: Die Schwäche des Franc unterstützt die Not der Nationen, und umgekehrt.

Um das Ansehen der *Gazette des Nations* und damit das Ansehen der *Gazette du Franc* weiterhin zu erhöhen, versuchen Marthe Hanau und Pierre Audibert Kontakte herzustellen zum Völkerbund. So schlägt Audibert bei Gesprächen im Außenministerium vor, ein »Aktionskomitee für den Völkerbund« zu bilden – im Namen dieser Vereinigung werde die *Gazette des Nations* Versammlungen einberufen, die für den Friedensgedanken werben; eine der Formeln Audiberts lautet, man müsse »Publizität für den Frieden organisieren«. Er regt an, dieses große, selbstlose Unternehmen der *Gazette des Nations* ideell und auch ein wenig finanziell zu unterstützen; aus einem Sonderfonds werden tatsächlich Gelder zur Verfügung gestellt, wie ich lese.

Mehrfach reisen Marthe Hanau und Pierre Audibert samt Gefolge nach Genf, in die Stadt des Völkerbunds: ein livrierter Chauffeur mit Leih-Rolls-Royce holt die Direktorin mit Josèphe, Chefredakteur und Ex-Gatten am Bahnhof ab; in einem Taxi die begleitende Sekretärin, die Kammerzofe. Großer Auftritt im Hotel des Bergues: Treffpunkt damaliger politischer Prominenz; Marthe residiert in der Suite Royale.

Im Speisesaal wird der Tisch nach taktischen Gesichtspunkten ausgesucht: von allen Seiten soll man sehen, was sich hier tut. Vermittelt durch den Chefredakteur machen nämlich verschiedenste Herrschaften der in noblem Schwarz gekleideten Präsidentin ihre Aufwartung: Attachés, Finanzleute, Journalisten. Die Idee der Komitee-Gründung findet Resonanz, bringt auch hier Subventionen ein. Keine großen Beträge, darum geht es den beiden auch gar nicht: Beziehungen der *Gazette des Nations* zum Außenministerium, zum Völkerbund sollen suggeriert werden. Auch wenn man nicht direkt damit wirbt, damit werben kann – in Gesprächen mit prominenten Persönlichkeiten wird man entsprechende Hinweise schon nicht unterdrücken.

Es scheint den beiden tatsächlich zu gelingen, den Eindruck zu erwecken, die *Gazette des Nations* sei ein offiziöses Organ der Société des Nations. In einem der Polizeiberichte, die 1928 für das Finanz- und das Innenministerium über die Aktivitäten der Hanau-Gruppe abgefasst werden, heißt es beispielsweise: »In Finanzkreisen nimmt man an, dass die *Gazette des Nations* die moralische und finanzielle Unterstützung des Völkerbundes genießt.«

So was fuchst vor allem die Konkurrenz. Die Banken beobachten das rasche Wachstum der Hanau-Gruppe mit Missvergnügen – und jetzt solche Protektion! Auch im Pressebereich längst schon Ärger über die Expansion des Presseunternehmens Hanau, das offenbar den Ehrgeiz hat, alle Zeitungen zu konzentrieren, die noch nicht von der Agentur Havas beliefert werden. Dabei kann die Hanau-Gruppe freilich nicht wählerisch sein: man nimmt, was man kriegen kann.

Zum Beispiel das *Bulletin des Halles.* Oder die Provinzzeitung *Le Réveil du Nord.* Oder die Boulevardzeitung *La Rumeur.* Mit diesem »Gerücht«-Blatt kriegt die Hanau später besondere Schwierigkeiten. Geleitet wird es von Georges Anquetil: Pykniker mit rotem Spitzbart, Verfasser einiger pornographischer Bücher, Sammler von Nachtvögeln – ausgestopfte Käuze und Uhus auf allen Schränken. Anquetil, stadtbekannter Fachmann für Erpressung, will die geschäftlichen Beziehungen zur Hanau einleiten durch diskrete Hinweise auf die Lebensmittelschwindeleien des Paares Bloch/Hanau während des Krieges.

Man arrangiert sich: Anquetil verpachtet der Hanau die Finanzseiten seiner Zeitung, dort platziert sie kurssteuernde Nachrichten unter dem Sammeltitel: Die Weisheit der Börse.

Am wichtigsten ist für die Hanau-Gruppe die Pacht der Finanzseiten des *Quotidien,* Untertitel: *Blatt der anständigen Leute.* In Herkunft und Konzeption gehört *Der Tägliche* eigentlich ›zum anderen Lager‹, aber bei geschäftlichen Verbindungen scheint so was kaum eine Rolle zu spielen.

Zentral weiterhin die *Gazette du Franc et des Nations!* Nach einigen Monaten wird Pierre Audibert Direktor der Doppelzeitung, für ein Monatsgehalt von 15 000 Francs. Sein Schwiegersohn Pierre Gast als Chefredakteur.

Die Imagepflege der *Gazette des Nations* wird systematisch betrieben. Man bittet über 50 Journalisten aus verschiedenen Ländern zu einem Empfang ins Ritz, und da thront am Vorstandstisch die Präsidentin neben dem Stellvertretenden Leiter der Presseabteilung des Außenministeriums, da zeigt sich Audibert mit dem Leiter des Pariser Büros des Völkerbundes, da ist Graf Courville vor allem mit dem Chefredakteur des *New York Herald* zu sehen – solche Kontaktpersonen sollen allerbeste Rückschlüsse ermöglichen.

Bald darauf ein weiterer Werbecoup: Ministerpräsident Poincaré gibt der *Gazette* ein ausführliches Interview. Ein sehr guter Partner: von Hochfinanz und Großindustrie als Mann der rechten Ordnung geschätzt, von Kundenkreisen der *Gazette du Franc* bewundert. Über eine Stunde lang spricht er mit Audibert, lässt sich sogar dazu überreden, ein paar handschriftliche Zeilen zu liefern zur Veröffentlichung in der *Gazette*. Dieses Faksimile wird mit einem Foto des »Unbestechlichen« am 14. April 28 auf der Titelseite groß herausgestellt. 36 000 zusätzlich gedruckte Exemplare dieser Ausgabe werden an die Bürgermeisterämter in ganz Frankreich verschickt. Der Erfolg dieser Werbeaktion: prompter Anstieg der Einlagen bei den Syndikaten.

Diese werbewirksame Beziehung zwischen *Gazette* und Poincaré wird weiter genutzt: Madame Hanau, für alles Technische begeistert, greift gern den Vorschlag eines Mitarbeiters auf, für eine große Ausstellung in Lille einen Kunstflieger zu engagieren, der mit Rauchschrift wirbt. So kann man in weißen Buchstaben am Himmel über Lille lesen: La Gazette-Poincaré. Um noch weitere Kundenkreise anzulocken, wird zusätzlich geschrieben: La Gazette-Cardinal, denn auch ein Kardinal hat sich in der *Gazette* geäußert, ein Wort zum Frieden, hat damit dem Blatt höhere Weihen verliehen. Zum Schluss wirft der Pilot Flugzettel ab, die den Lesern zeigen, wie viel Geld eine Beteiligung an einem der Gazette-Syndikate einbringen kann: Wer für Syndikat Nr. 561 zehntausend Francs einzahlte, realisierte nach fünf Monaten 2089 Francs Gewinn; wer sich, mit Einzahlung in gleicher Höhe, an Syndikat Nr. 566 beteiligte, konnte sogar 2143 Francs kassieren.

Expansion in jeder Hinsicht – die Hanau-Gruppe wird auch auf dem Immobilienmarkt aktiv! Bauland wird vor allem in Vorortgebieten gekauft, teils für Wohnungsbau, teils für Industrievorhaben. Außerdem setzt die Hanau auf Touristik, kauft Grundstücke in Küstenlage bei Cannes, Juan-les-Pins, Saint-Aygulf. Der Grundstückswert, so prognostiziert sie, werde sich in wenigen Jahren vervielfachen. Solche Prognosen sollen günstige Auswirkungen haben auf den Börsenkurs der neuen Immobilien-AG, der Société d'Exploitations Foncières, die als Käufer fungiert.

Eine große Immobilie ist das Golfareal von Lys Chantilly. Hier hat die Hanau weit reichende Pläne für ein Ferienzentrum: eine Rennschleife für sportliche Autofahrer; ein Schwimmbad mit echtem Seesand; ein Hotel im Country-Club-Stil; Propagierung (auch) von Kurzurlaub: le weekend. Weitere Attraktion soll ein Spielkasino werden – man braucht freilich noch die Unterstützung einiger Politiker, um an die Konzession zu kommen.

Schließlich: für die *Gazette* und ihre Gesellschaften wird ein großes Gebäude gekauft, Rue de Provence 124–126. Um dieses Repräsentationsobjekt finanzieren zu können, werden »4-prozentige Hypothekarschuldverschreibungen der *Gazette du Franc*« ausgegeben, die später, nach dem großen Krach, Ärger machen.

In dieses imagefördernde Gebäude (das sogleich in der *Gazette du Franc et des Nations* auf dem Titelblatt abgebildet wird) kommen erst einmal die Redaktionen der Doppelzeitung und des Börsenbriefs. Dann die neugegründete Compagnie Générale Financière et Foncière, abgekürzt C.G.F.F. Diese Allgemeine Finanz- und Grundstücksgesellschaft als AG mit einem Grundkapital von 20 Millionen Francs, aufgeteilt in 20 000 Aktien zu je 1000 Francs; die Präsidentin sichert sich 10 000 Aktien. Eine weitere hausgemachte, hauseigene Gesellschaft: die Union Française d'Émission et d'Introduction, eine Gesellschaft zur Emission und Börseneinführung von Wertpapieren. Dazu die Société des Valeurs au Comptant, die Gesellschaft für den Handel mit Kassapapieren. Weiter die Société Syndicale Foncière, ein Grundstücksinteressenverband. Außerdem das Consortium Financier de Bourse et de Gestion, das Finanzkonsortium für Börsentransaktionen und Fondsverwaltung. (Die Namen dieser Gesellschaften habe ich übrigens, neben verschiedenen Textstellen, von einem Profi übersetzen lassen; hier soll ja nicht über den Daumen gepeilt werden!) Zuletzt noch: Omnium des Valeurs Françaises et Etrangères, eine Anlagegesellschaft für französische und ausländische Wertpapiere. All diese Firmen als Aktiengesellschaften – da lässt sich einiges machen!

Um nun erwünschte Nachrichten durch die Presseorgane jeweils koordiniert verbreiten zu können, wird eine weitere Aktiengesellschaft gegründet, die Agence Interpresse. Sie wird allerdings nicht im Zentralgebäude untergebracht – will man vortäuschen, Pressebereich und Finanzgesellschaften seien voneinander unabhängig? Der Direktor heißt Robert Gillot und nicht Marthe Hanau – aber sie steuert auch diese Agentur.

Immer mehr bestätigt die Hanau ihren Ruf als Spezialistin im Manipulieren von Börsenkursen. Man nennt sie zum Beispiel »reine des bulls« – das bezieht sich auf den amerikanischen Börsenbegriff »bull market«, also: Hausse. Diese »Königin der Hausse« wird immer schärfer beobachtet; in Polizeiberichten über sie wird auf »künstlich aufgeblähte Kurse« hingewiesen, auf gewisse Unregelmäßigkeiten in der Geschäftsführung ihres Konzerns, fünf Beschwerden seien bereits eingelegt worden, hätten aber nicht zu Ermittlungsverfahren geführt, weil die Beschwerdeführer finanziell zufrieden gestellt wurden.

Sehr wichtig sind nun Erfolge, die das Ansehen heben und damit Angriffe erschweren. Die italienische Regierung hat eine Staatsanleihe angekündigt; die Hanau-Gruppe will den offiziellen Verkauf für Frankreich übernehmen. Das wollen auch andere Banken. Lazare Bloch fährt nach Rom, verhandelt mit Mitarbeitern des Duce. Seine Unterredungen werden begleitet von wohlwollenden Artikeln der *Gazette* über Mussolini. Der Duce revanchiert sich, schreibt für die *Gazette des Nations* einen längeren Artikel, der am 21. Juli erscheint. Das sehen die ebenfalls verhandelnden Banken höchst ungern: zeigt sich hier ein Vorsprung der Hanau-Gruppe?

Dieser Mussolini-Artikel ist erst eine Vorspeise. Das ganz große Fressen wird für die *Gazette des Nations* die Unterzeichnung des Briand-Kellogg-Pakts: Verzicht auf Krieg, ja Ächtung von Krieg. Werbestrategisch bereitet man sich gut darauf vor: Madame Hanau handelt mit Kultusminister Herriot aus, dass von seinem Ministerium 50 000 Freiexemplare an alle Lehrer Frankreichs verschickt werden, mit der Empfehlung, dieses Heft einer besonderen Unterrichtsstunde zur Feier dieses Pakts zugrunde zu legen.

Für diese Sonderausgabe zum 27. August, bilderreich auf Kunstdruckpapier, schreiben unter anderen: Herriot, Briand, Poincaré, Kardinal Dubois, Lord Grey, Vandervelde, Baldwin, König Albert von Belgien, König Alphons von Spanien, Primo de Rivera, Mussolini, Chamberlain, Stresemann. Großer Fischzug!

23

Und nun die letzte der Begleiterscheinungen in diesem Buch: Ivar Kreuger, in den zwanziger Jahren weltberühmt als »Zündholzkönig«, als Mann des großen Geldes, dem viele Zeitgenossen Gelder anvertrauten.

Wichtig war auch bei ihm das Erscheinungsbild. Fast übereinstimmend wurde er als ruhig und unauffällig bezeichnet, ja als blass, farblos. Schon deshalb sollte ich ihn, ergänzend, neben die Hanau stellen, bei der keine dieser Charakterisierungen zutraf.

Nun lässt sich sogar Farblosigkeit zum Image machen: Kreuger als stiller, asketisch lebender, einsam über seine Aktionen und Transaktionen nachdenkender, sie erfolgreich durchführender Geschäftsmann. Freilich gab es da Störpunkte: dieser Asket holte sich Frauen von der Straße, aber das wussten nur wenige, das wurde nicht publik, störte also nicht sein Image.

Diesen asketisch lebenden, unauffällig wirkenden, in aller Stille arbeitenden Mann stellte Kreuger besonders vor Journalisten heraus. Kam beispielsweise die Standardfrage, was seinen Erfolg ermöglicht habe, so gab er zur Antwort: »Mein Geschäftsprinzip heißt schweigen, schweigen und nochmals schweigen, im Stillen vorbereiten und allein handeln.« Oder, geheimnisvoller: »Stille – mehr Stille – und noch mehr Stille.« Gern zitierte er auch das schwedische Sprichwort: »Große Dinge vollziehen sich in der Stille.« Dann dachten Informierte wohl gleich an das »Zimmer der Stille« in seiner Stockholmer, in seiner Pariser, in seiner New Yorker Wohnung: jeweils ein kleiner, karg eingerichteter, völlig ruhig liegender Raum – dahin zog er sich öfter zurück, dort also bereiteten sich »große Dinge« vor.

Als Kreuger später einen eigenen Nachrichtendienst gründete, die Schwedisch-Amerikanische Nachrichtenagentur in Stockholm, erteilte er ihrem Leiter den Auftrag, den Namen Kreuger aus den Zeitungen herauszuhalten – seine wichtigste Aufgabe! Wenn sich Journalisten an den Agenturchef wendeten, etwa zur Vermittlung eines Interviews, so musste er sie »leider enttäuschen«: kein Kontakt hergestellt, keine facts mitgeteilt, keine features. Höchstens wurde bestätigt, was bald schon Auskunftsritual war: An Kreuger sei nichts Bemerkenswertes, nichts Abenteuerliches. Und: Kreuger tue alles zum Wohl seines Heimatlandes. Und: Kreuger sei einsam, Kreuger führe ein asketisches Leben. So allgemeine Statements machen Journalisten nur gieriger auf Farbe, hungriger auf Fleisch! Und Kreuger kam erst recht in die Zeitungen, zu denen er offiziell auf Distanz blieb: da erschien er als der unsichtbar wirkende, der geheimnisvolle Kreuger.

Dass er äußerst erfolgreich arbeitete, dokumentierte sich deutlich genug. So baute Kreuger ein pompöses Verwaltungsgebäude für seinen Zündholztrust; besonders eindrucksvoll darin der riesige Konferenzsaal mit Säulen, Kaminen, Sternparkett. Und sein Arbeitszimmer mit Gobelin, Rauchtisch, Sesseln, mit drei Telefonen auf dem Mahagoni-Schreibtisch, abschirmende Holzplatten bis zum Boden. Und das hatte Gründe: eins dieser Telefone konnte Kreuger, wie man nach seinem Tod feststellte, durch einen Fußschalter unter dem Teppich in jeder gewünschten Verhandlungsphase klingeln lassen; über eine tote Leitung führte er dann, wie Verhandlungspartner mit Staunen hören durften, ein Gespräch beispielsweise mit Mussolini; in einem Fall wurde er sogar von Stalin ›angerufen‹. So was sollte sich herumsprechen, und das sprach sich auch herum.

Wirkung der Person, ihr Image: sehr wichtiger Faktor seines Erfolgs! Auf der Grundlage auch seines »persönlichen Kredits« konnte er schwindelerregende Finanzaktionen durchführen, ohne Verdacht zu wecken: fast ausnahmslos wurde er von europäischen und amerikanischen »Finanzgrößen« unterstützt.

Natürlich konnte Kreuger nicht bloß bluffen. Basis seiner riesigen fiktiven Erfolge waren große faktische Erfolge. Beides setzte voraus, dass er sich in seinem Aktionsbereich vorzüglich auskannte, dass er viel Phantasie entwickelte, dass er seine Pläne mit Energie ausführte.

Mit einem Freund gründete er Anfang des Jahrhunderts die Baufirma Kreuger & Toll, ein Tochterunternehmen der Trussed Concrete Steel Company in Detroit, bei der Kreuger ein Jahr gearbeitet hatte. Kreuger importierte über diese Gesellschaft Baueisen und übernahm amerikanische Hochbau-Techniken: Kreuger & Toll bauten das erste Hochhaus in Stockholm, und zwar in sehr kurzer Zeit, dazu Kraftwerke, Brücken, Wohnhäuser, Fabriken, das Olympische Stadion. Recht bald begann Kreuger mit seiner »Invasion des Auslands«: er gründete Niederlassungen in Dänemark, Norwegen, Finnland, in Deutschland und Russland.

Als Zündholzfabrikant wurde Kreuger noch sehr viel erfolgreicher. Zu den drei Zündholzfabriken seines Vaters kaufte er sieben weitere Fabriken und vereinigte sie zur Aktiebolaget Förenade Svenska Tändsticksfabriker. Seiner Gruppe stand die Jönköpings & Vulcans Tändsticksfabriks AB gegenüber. Kreuger kaufte sich rechtzeitig in die Grundstoffindustrie ein (Pottasche und Phosphor): so wurde während des Ersten Weltkriegs der Konkurrenz-Konzern abhängig von seinen Zulieferungen. Kreuger erreichte die Fusion zur Svenska Tändsticks AB, zur Schwedischen Zündholz AG.

Systematisch kaufte er sich auch in andere Branchen ein: Eisenerz, Immobilien, Holz, Telefon, Film, Papier, Strom. Und Gold: Kreuger & Toll besaß 80 Prozent des Aktienkapitals der Boliden-Grube.

Hier versuchte er, die Kurse hochzutreiben durch Pressemitteilungen, wie sie einer Hanau nicht unbekannt sein dürften: »Vor Ausübung des Optionsrechtes sind hervorragende amerikanische, englische und schwedische Bergwerksingenieure konsultiert worden, welche einmütig erklärten, dass die in Boliden gefundenen Erzlager von großer Ausdehnung sind und als sehr wertvoll angesehen werden können. Ferner sind Anzeichen vorhanden, dass eine Anzahl anderer Erzlager, welche sich im Besitz der Boliden-Bergbau-Gesellschaft befinden, aber nicht ganz untersucht worden sind, ansehnlichen Wert haben.«

Das klingt nach aufgeschönter Meldung, hier ist man zumindest in der Nähe des Betrugs. Kreuger scheute auch nicht vor direkter Fälschung zurück. Durch gefälschte Schuldscheine (davon einer allein über 18 Millionen Schweizer Franken!) und über gefälschte italienische Staatsobligationen (über mehr als anderthalb Millionen Englische Pfund!) täuschte er Reserven vor, eine Liquidität, die ihm die Geldbeschaffung erleichterte: fiktives Geld brachte faktisches Geld.

Freilich, auf seine Fälschungen brauche ich in meinem Buch nicht weiter einzugehen; Kreugers Methoden der Kreditbeschaffung erscheinen mir mit Blick auf die Aktionen der Hanau wichtiger.

Förderlich war hier zum Beispiel die Zusammenarbeit mit Honoratioren, etwa mit Generalkonsul Ahlström oder einer angesehenen Persönlichkeit wie Rydbeck: er hatte sehr gute Beziehungen zur Skandinavischen Kreditbank – auch das brachte Gelder ein. Aber Kreuger brauchte mehr Geld, als ihm diese Bank beschaffen konnte.

Sein Ansehen, damit seine Kreditfähigkeit wurde gesteigert durch faktische wie auch fiktive Verhandlungen mit verschiedenen Regierungen. Weil die Vorgespräche meist geheim waren, verständlicherweise, konnte Kreuger hier leicht Gerüchte lancieren. Wenn Kreuger in ›vertraulichen Gesprächen‹ andeutete, er stehe in Verhandlungen mit einer europäischen Regierung, so glaubte man ihm das sofort. Wer konnte denn, etwa in der Wall Street, nachprüfen, ob er, beispielsweise, mit Spanien verhandelte?

Und niemandem wurde bei den Projekten und Aktionen des Ivar Kreuger mulmig! Im Gegenteil: freiwillig bot man ihm Unterstützung an. So die angesehene Maklerfirma Lee, Higginson Trust Co. in Boston, die sich bereits an Aktien-Emissionen der American Telephone & Telegraph, der General Electric, der General Motors beteiligt hatte: sie wollte die Ausgabe neuer Papiere der International Match unterstützen, ohne die Geschäftsbücher dieser Gesellschaft vorher genauer zu überprüfen – man vertraute Kreuger. Wie kam das?

Einer seiner Kontrahenten erklärte später: »Etwas in Kreugers Wesen, abgesehen von dem ihn umgebenden Glanz als Zündholzkönig, erweckte selbst bei hart gesottenen Finanziers, die für gewöhnlich äußerst skeptisch waren, Vertrauen. War es nun seine ruhige Gelassenheit, oder die offenbare Unfehlbarkeit seiner stets unwiderlegbaren Zahlen und Argumente, verstärkt durch den greifbaren Beweis seiner Leistungen in der Industrie? Bestehen bleibt die Tatsache, dass er ein besonderer Mensch zu sein schien.«

Und ein Journalist: »Geheimnistuerei, Mystifikation, das waren seine Mittel. Wenn ein Bankier oder ein Geschäftsmann zu aufdringliche Fragen stellte, schlug er eine glänzende Taktik des Ausweichens ein, wobei er von einem fernen Punkt zum anderen abschweifte, bis seine Zuhörer völlig verwirrt waren. Während er sprach, verwandelte sich Geld aus Kronen in Pfunde, in Dollars, in Franken, in Mark, in Florinen und Gulden. Er wusste Gesellschaften aufzuzählen, bis das Ohr sich weigerte, ihm weiterhin zu folgen.«

Wesentliche Voraussetzung auf der Seite seiner Partner war also (auch) für Kreuger: begrenzte Intelligenz, geringe Kompetenz. Beim Kreuger-Prozess erklärten verschiedene Herren, sie hätten von den Geschäftsvorgängen zum Teil nichts gewusst, hätten sie vielfach auch gar nicht verstanden. Einer der Direktoren, Ahlström, soll sogar Zeugnisse beigebracht haben, nach denen er nicht in der Lage gewesen sei, die komplizierten geschäftlichen Abläufe zu durchschauen. Das mag durchaus zutreffen, das wird nicht bloß formelle Berufung gewesen sein auf einen Intelligenz-Notstand. Kreuger hat diesen Faktor offenbar bewusst einkalkuliert; jedenfalls soll er einem nahen Mitarbeiter einmal erklärt haben: »Ich habe mein Werk auf der festesten Grundlage aufgebaut, die es gibt: auf der menschlichen Dummheit.«

24

Der erste Angriff kommt von rechts außen: am 23. September 28 erscheint ein kritischer Artikel über den Hanau-Konzern in der konservativ-nationalistisch-royalistischen Tageszeitung *L'Action Française*. Diese Zeitung hat sich dem Kampf gegen alle Formen der Korruption und des moralischen Verfalls verschrieben, somit dem Kampf gegen die Republik, in der, nach Meinung der Redaktion, moralischer Verfall und Korruption besonders üppig gedeihen, was sich erst ändert, wenn eine strenge, autoritäre Regierung herrscht, am besten mit einem König an der Spitze, der national denkt.

Besonders aufgeschreckt ist durch diesen Artikel natürlich Graf Courville, der die *Action Française* seinerzeit mitgegründet hatte und sich auch jetzt noch zur nationalen Rechten zählt. Er macht, so wird erzählt, Madame Hanau den Vorschlag, dem Chefredakteur der *Action Française* 100 000 Francs zu übermitteln und damit weitere, womöglich gefährlichere Angriffe zu verhindern.

Die *Action Française* ist allerdings nicht die einzige Zeitung, die Kritik übt an der Hanau-Gruppe. Zur nächsten, schärferen Attacke bläst *La Rumeur*.

Der Herausgeber des Boulevardblatts, Georges Anquetil, hat den Wirtschaftsteil der *Rumeur* an die Hanau-Gruppe verpachtet. Zusätzlich zum hohen Pachtzins bezieht Anquetil Provision für alle Finanzgeschäfte, die er vermittelt oder unterstützt. Er will aber entschieden höher an den offensichtlich so guten Geschäften der Präsidentin beteiligt sein, stellt entsprechende Forderungen, aber die weist sie ab. Dafür will er sich rächen: er eröffnet im redaktionellen Teil seines Blatts eine Kampagne gegen den »Konzern Bloch-Hanau«, lässt von dubiosen politischen Beziehungen schreiben, von einer Protektion des Konzerns durch einige Parlamentarier, von Manipulationen mit Aktien, etwa der Royale des Pétroles.

Solche Meldungen, ob richtig oder falsch, finden rasche Verbreitung; Abwehraktionen werden notwendig. Zuerst einmal findet ein großer Appell statt: die Mitarbeiter aus sämtlichen Filialen und

Zweigniederlassungen der Hanau-Unternehmen werden nach Paris eingeladen, in einen Saal des Palais d'Orsay: Goldstuckatur, Deckengemälde, Kristalleuchter, erlesene Weine, Sonderimport von Zigarren. Reden werden gehalten, die alle Mitarbeiter immun machen sollen gegen Attacken: Alles in schönster Ordnung, die finanziellen Verhältnisse erfreulich, aller Miesmacherei müsse man deshalb mit Entschiedenheit entgegentreten, die Kunden müssten unbedingt beruhigt werden, ihre Gelder seien nach wie vor in sicherer Hand, alles, wie gesagt, in bester Ordnung – so ungefähr werden sie reden, die energische Präsidentin, der ansehnliche Audibert, der noble Graf Courville. Und mit ›gestärkter Überzeugung‹ kehren die Filialleiter, die Korrespondenten, die Mitarbeiter in ihre Städte und Kleinstädte zurück. Solche ›Rückenstärkung‹ brauchen sie auch, denn die Angriffe in der Presse mehren sich, werden schärfer: Man verweist auf Unregelmäßigkeiten in der Buchführung, berichtet über Manipulationen von Aktienkursen, konstatiert Vertrauensschwund bei der Kundschaft.

Am 30. November erscheint im *Ami du Peuple* ein Artikel, der dem *Quotidien* Komplizenschaft bei den Betrugsmanövern der Gruppe Hanau vorwirft und schon in der Schlagzeile fordert, die Herren Dumay und Hennessy müssten ins Gefängnis. Am selben Tag berichtet *Le Journal* von mehreren Strafanzeigen gegen die Hanau-Holding. Häufig wird in diesen Tagen das Wort BLUFF geschrieben.

Ich will über diese Phase nur knapp berichten, denn es laufen hier Vorgänge ab, die eher für einen Illustriertenroman ergiebig wären: Anquetil, der Verfasser pornographischer Bücher, der Sammler von Nachtvögeln, der stadtbekannte Erpresser, schickt zu Marthe Hanau einen Türken namens Mimoun Amar, und der fordert 150000 Francs, nur dann werde *La Rumeur* die Angriffe einstellen; die Hanau handelt den Betrag um die Hälfte herunter, der Türke zieht mit dem Geld ab, die Hanau muss den Rest dann aber doch zahlen. Bald darauf noch so eine Story: Ein Auto fährt vor am Haus von Audibert, er steigt in den Wagen, verhandelt mit einem Vertreter des *Journal,* zwei Päckchen mit je einer halben Million werden überreicht, so heißt es. Und mitternächtliche Anrufe in der Villa der Hanau, andere Erpresser wollen auch was haben, aber da wird die Chefin grob.

Ich werde zu dieser Phase nur berichten, dass die Hanau Telegramme an sämtliche Filialstellen schickt: Man solle mit Entschiedenheit allen Gerüchten, allen tendenziösen Presseartikeln entgegentreten, man werde bald eine Sonderausgabe der *Gazette* erhalten, die werde alles klären.

Doch schon bröckelt es an den Rändern des Hanau-Imperiums. Der *Quotidien,* weiterhin scharf angegriffen, sagt sich öffentlich und offiziell vom Hanau-Konzern los, entzieht seine Wirtschaftsseiten der Interpresse. Neben dem Wort BLUFF erscheint in den Zeitungen immer häufiger das Wort BETRUG. Viele Kunden werden unruhig, fürchten um ihre Gelder. Man redet von einer bald bevorstehenden Verhaftung der Hanau, schon kursieren Gerüchte über ihre Flucht. Auch Lazare Bloch, den sie telegraphisch aus Rom zurückgerufen hat, soll verhaftet sein, so heißt es.

Madame Hanau sorgt erst einmal dafür, dass belastende Unterlagen verschwinden – besonders wichtig scheint eine Ledermappe zu sein, die Audibert nach einer mündlichen Botschaft des Chauffeurs Camille beiseite schafft; inzwischen werden die Telefone überwacht. Beschleunigte Vorbereitungen für die Sonderausgabe der *Gazette,* die vor allem die Kunden beruhigen soll – ein Massenansturm auf die Kassen der Gesellschaften muss vermieden werden. Mehrere Zeitungen verkünden bereits den nah bevorstehenden Bankrott der Gruppe.

Die Hanau beschließt, sich durch Angriff zu verteidigen. Dabei lässt sie sich vor allem vom Freund und Anwalt Alfred Dominique beraten, der spätestens hier in den Roman eingeführt werden müsste – er hat sie bereits von Anfang an juristisch beraten und vor allem: abgesichert. Dieser viel beschäftigte Anwalt ist nebenher noch Generalsekretär der gar nicht radikal-sozialistischen Radikal-Sozialistischen Partei. Er stellte sich als Kandidat für die Deputiertenkammer zur Wahl, schaffte allerdings nicht die nötige Stimmenzahl, blieb dennoch aktiv.

Wohl nach seiner Anregung nimmt die Hanau Kontakt auf mit den Justizbehörden – nachdem die wichtigsten Dokumente beiseite geschafft sind. Am 28. November trifft sie sich im Hause Audibert mit zwei hohen Justizbeamten, schlägt ihnen vor, eine Expertenkommission einzusetzen, die ihre Unternehmen genau prüfen solle, sie werde den Herren dabei behilflich sein. Sie nennt sogar schon geeignete Mitglieder dieser Kommission, aber darauf gehen die Vertreter der Justizbehörde nicht ein.

Die Staatsanwaltschaft zieht es vor, eigene Ermittlungen durchzuführen. Sehr ungern hört die Hanau davon, dass man inoffiziell und diskret (aber wohl nicht inoffiziell und diskret genug) Erkundigungen über sie einzieht bei Bankiers, bei Vertretern der Börsenkulisse, sogar bei der Bank von Frankreich, mit der sie zerstritten ist. Nach einigen Tagen fordert sie der Chef der Gerichtspolizei auf, sich am Morgen des 3. Dezember punkt acht Uhr im Büro des Generalstaatsanwalts einzufinden, es gehe um eine Untersuchung ihrer Geschäftspraktiken. Die Hanau ist erbost: Erst ihre Mitarbeit ablehnen und jetzt eine Untersuchung einleiten!

So legt sie an diesem 3. Dezember vor den Herren massiven Protest ein, unterstützt von Anwalt Dominique. Die Hanau glaubt inzwischen herausgekriegt zu haben, wie das Expertendossier aussieht, das von der Justizbehörde gegen sie angelegt wurde: Das enthält nichts als die Ausgabe einer Wochenzeitschrift, die von der Banque Générale du Nord finanziert wird, sowie die schriftliche Denunziation eines früheren *Gazette*-Angestellten, den man entlassen hatte, und zwar aus triftigen Gründen, wie die Hanau betont. Die Staatsanwaltschaft nimmt ihre Erklärungen zur Kenntnis, legt sie zu den Akten.

Der Fall Hanau ist am 3. Dezember auch Tagesordnungspunkt des wieder einmal neu gebildeten Regierungskabinetts unter Poincaré, der sich noch einmal vorgenommen hat, »den Franc und die innenpolitische Lage unter dem Zeichen der nationalen Einheit zu stabilisieren«. Dies wird nun durch einen drohenden Finanzskandal großen Ausmaßes gefährdet. Innenminister Tardieu warnt in der Kabinettssitzung vor einer sofortigen Verhaftung der Hanau: Das würde zum Zusammenbruch des Konzerns, zur Unruhe in der Bevölkerung, zur Bedrohung der wirtschaftlichen Stabilität Frankreichs führen.

Dennoch wird eine Verhaftung angeordnet. Marthe Hanau sieht sie voraus. Einem Reporter des *Petit Parisien* erklärt sie in ihrer Villa: »Ich habe den sehr deutlichen Eindruck, dass ich noch heute Abend oder morgen früh verhaftet werde... Es wäre mir leicht gewesen, schon vor einigen Tagen abzureisen. Ich habe es nicht getan: Ich bin mir bewusst, nichts Tadelnswertes getan zu haben.«

Ihr Haus wird noch an diesem Abend von Polizei umstellt – nach damaligem Gesetz darf niemand nachts in seiner Wohnung verhaftet werden. Auch das Haus, das Bloch mit Frau und sechs Kindern bewohnt, wird bewacht, ebenso die Wohnung seiner Hauptfreundin.

Am Morgen des 4. Dezember muss Madame Hanau mit Polizeieskorte in die Rue de Provence fahren. Dort trifft sie Lazare Bloch, ebenfalls in Polizeibegleitung, man lässt die beiden aber nicht miteinander sprechen. Es werden Safes, Büroschränke, Schreibtische durchsucht; nach sechs Stunden scheint genügend Belastungsmaterial vorzuliegen, Marthe Hanau und Lazare Bloch werden verhaftet und in zwei Gefängnisse überführt: Bloch ins Santé; die Hanau ins Saint Lazare.

Haftbefehl auch für Pierre Audibert, er kann aber nicht ins Gefängnis eingeliefert werden: schwere Herzattacke, er wird in seinem Haus bewacht. Verhaftet wird Paul Hersant, Chef der Rechtsabteilung; er hatte mitgewirkt bei der Umwandlung der *Gazette du Franc* in eine Société Anonyme, hatte Vorarbeiten geleistet zur Gründung der diversen weiteren Aktiengesellschaften. Verhaftet auch Courville. Verhaftet werden verschiedene Mitarbeiter der *Gazette* – bestimmt ist der Wirtschaftsredakteur dabei. Verhaftet wird Gillot, der vormalige Direktor der Interpresse.

Madame Hanau hat eine Verteidigungsschrift veröffentlicht, »Die Wahrheit über die Affäre der *Gazette du Franc*«, erschienen 1929. Diese Broschüre war vor allem für die Teilhaber, die Gläubiger geschrieben, die Ruhe bewahren sollten im Vertrauen auf Mutter Hanau, die's schon richten wird. Auch die zuständigen Herren der Justiz sollten ihre Darstellung zur Kenntnis nehmen; ebenso die überwiegend feindlich eingestellte Presse.

Wer hier Fakten sucht, für den fällt nicht allzu viel ab. Dafür ist umso aufregender, zu verfolgen, wie die Hanau hier vertuscht, verstellt, verdreht, verkleinert, vergröbert, vergrößert. Aus dieser Broschüre lässt sich etliches herauslesen, das für sich und gegen die Verfasserin spricht.

Zuerst gibt Madame allerlei Erklärungen ab betr. wahrheitsgemäßer Darstellung; das überspringe ich hier. Auch, was sie einleitend über die Geschichte der *Gazette* berichtet, muss ich nicht nacherzählen; ein Loblied wird angestimmt auf die saubere, objektive Arbeit dieser Wirtschafts- und Finanzzeitung: nur Qualität der Berichterstattung soll zu dem viel beneideten Erfolg geführt haben, nicht irgendwelche Interessenverbindungen mit Finanzgesellschaften.

Dies ist ein sehr wichtiger Punkt, und so weist sie mehrfach darauf hin, dass die *Gazette du Franc* (und später die Agence Interpresse) unabhängig gewesen sei von den Finanzgesellschaften, die sie, Mutter Hanau, gegründet und aufgebaut hatte; die *Gazette* habe lediglich ihre Finanzseiten an den »organisme bancaire« verpachtet.

Das lese ich zweimal, dreimal, viermal, es steht tatsächlich so da: Der Verbund von Banken und Finanzgesellschaften, »der die Finanzseiten pachtete«. Hat die Hanau nicht einen Bericht schreiben wollen, der zeigt, wie sauber die Trennung war zwischen Zeitungen und Finanzgesellschaften? Wollte sie nicht die »Legende von der Zeitungs-Bank« widerlegen? Und nun wehrt sie sich gegen den Vorwurf, die Zeitung hätte die Geschäftsführung der Finanzorganisationen beeinflusst, indem sie erklärt, die Finanzorganisationen hätten, ganz im Gegenteil, den Finanzteil der Zeitung gestaltet. Ja, Madame, deutlicher können Sie Ihre Interessengemeinschaft nicht herausstellen! Wenn der Finanzteil einer Zeitung von der hauseigenen Gruppe der Finanzunternehmen gepachtet wird, so lässt sich wahrhaftig nicht mehr schreiben, diese Zeitung sei neutral und unabhängig. Daran ändert auch nichts die Anmerkung, die *Gazette* habe »eine juristische Persönlichkeit eingestellt, die dazu bestimmt war, die Zeitung rechtlich wie auch tatsächlich von den Finanzgeschäften zu trennen«.

Wie konnte es überhaupt zur Kritik, ja zu Strafanzeigen kommen, wenn alles so schön getrennt war, wie Marthe Hanau das behauptet? Dafür nennt sie Gründe: Das Wachstum dieses ganzen Organismus war zu schnell; die Auswahl des Personals war umständlich und schwierig; die Verwaltung war ständig mit Arbeit überlastet; sie als Direktorin musste einen dauernden Kampf führen gegen böse Konkurrenz, üble Erpresser, hinterlistige Ratgeber. Dies und Weiteres soll die Perfektionierung der großen Organisation verzögert haben: ohne solche Widerstände wäre am 1. Dezember 28 alles in bester Ordnung gewesen.

Und nun die Pressekampagne, die Verhaftungen! Wer hat ihr das eingebrockt?

Erstens die Banken, für die man, so schreibt sie, zur gefährlichen Konkurrenz wurde. Kein Wunder, denn: »Wir trugen zu einer Art Revolution bei, indem wir die finanziellen Gewinne denjenigen zukommen ließen, die ein natürliches Recht darauf besaßen: den privaten Anlegern.«

Aktueller Anlass für die Aktion der Banken war die Ausgabe von achtprozentigen Gewinnbeteiligten Schuldverschreibungen durch fünf ihrer Gesellschaften: eine erneute Herausforderung an die Banken mit ihren mageren Zinssätzen, damit eine erneute Gefahr für den Bestand treuer Bankkundschaft. »Man musste mich also ohne Verzögerung kaltstellen, und an Mitteln wurde dabei nicht gespart.«

Zweiter Gegner war die Pariser Presse, war vor allem die Agentur Havas: die expansive Interpresse als Konkurrent, der Vormacht brach, Pressemonopol aufhob – so jedenfalls sieht es die Hanau.

Dritte Macht, die gegen Mutter Hanaus so selbstloses soziales Werk mobil machte: die finstere Gilde der Erpresser. Von Anfang an, so behauptet die Hanau, hat sie Erpressern den Krieg erklärt, und so heckten sie Rache aus: allen voran Georges Anquetil. Wie ihre Leser in der Presse erfahren konnten, hat ihm die Hanau höhere Summen übergeben – gab es demnach einen Ansatzpunkt zur Erpressung? Diesen möglichen Rückschluss versucht sie nicht weiter zu widerlegen. Vielmehr schimpft sie auf den Staat, der anständige Geschäftsleute noch immer nicht vor der Erpresserbrut schützen kann, das findet sie schmählich. Die ehrlichsten Unternehmer, so schreibt sie, seien zu Zahlungen an diese Herrschaften gezwungen. Alle Banken, jawohl alle, und alle Industrie- und Handelsgesellschaften, jawohl alle, auch kleinere, bescheidenere Firmen, sie alle, alle haben Sonderfonds für Erpressungsfälle! Das ist eine ganz normale Sache, will sie ihren Lesern weismachen: zu den ehrlichsten Firmen kommen die bösen Erpresser, fordern und kriegen Schutzgeld. Im Interesse der Klienten, wohlgemerkt, hätte auch sie den Forderungen nachgegeben. Sie hätte leider ihre Macht überschätzt, sich gegen Erpressung zu wehren. Dies sei ihr ganzer Fehler gewesen. Hier liege der Grund für die Katastrophe.

In einem späteren Abschnitt ihrer Verteidigungsschrift wendet sie sich dann gegen diverse Vorwürfe und Anklagen.

Zum Beispiel wirft man ihr vor, sie habe ungesunde Spekulationen durchgeführt. Nichts läge ihr ferner als ausgerechnet so was! Es ist einfach »falsch zu behaupten, dass meine Geschäfte auf Spiel, auf Spekulation beruhen und dass sie deshalb ungesund seien. Wenn ich ein Geschäft wie die Etablissements Lagrand förderte, wenn ich durch umfangreiche und fortlaufende Bemühungen ein Immobiliengeschäft wie die Exploitations Foncières aufwertete, und wenn ich mich für die Unterstützung und Ankurbelung von Industrieunternehmen jeglicher Art einsetzte, so erfüllte ich fern jeder Spekulationsabsicht innerhalb meines Bereiches nur die Pflichten, die die an der Macht befindlichen Feudalherren der Finanz vernachlässigen: die Industrie und den Handel zu unterstützen und den nationalen Reichtum zu vergrößern.« Ist das kein nobles, selbstloses Ziel?

Nun wendet sich die Hanau gegen den nächsten Vorwurf: sie hätte fiktive Gewinne angegeben. Darauf geht sie sicherheitshalber auch nicht direkt ein, fragt nur allgemein: Wer beklagt sich denn? Wer wurde geschädigt durch die Ausschüttung der Gewinne, die teils an der Börse, teils sonst wie realisiert wurden?

Weiterer Vorwurf: »Dass es sich bei sechs Gesellschaften nur um Scheingesellschaften handele: bei der Allgemeinen Finanz- und Grundstücksgesellschaft, bei der Gesellschaft zur Emission und Börseneinführung von Wertpapieren, bei der Gesellschaft für den Handel mit Kassapapieren, beim Grundstücksinteressenverband, beim Finanzkonsortium für Börsentransaktionen und Fondsverwaltung, bei der Anlagegesellschaft für französische und ausländische Wertpapiere. – Es ist richtig, dass die Personen, die Titel dieser Gesellschaften gezeichnet haben, mit den von mir vorgestreckten Mitteln gezahlt haben, eine übrigens weit verbreitete Praxis. Die Geschäfte dieser Gesellschaften waren jedoch nicht für die Platzierung im Publikum bestimmt.« Klingt alles ziemlich windig.

Noch ein Punkt: man bestreite die Echtheit der Kurse gewisser Titel, besonders der Société d'Exploitations Foncières. Mit aller Entschiedenheit spricht sie den Herren Juristen die Berechtigung ab, diese Aktien und Anteile abwertend in Frage zu stellen. Sie muss die Herrschaften darauf hinweisen, dass ein Aktienkurs von vielfältigen und komplexen Faktoren abhängt, in erster Linie von Erwägungen über die Zukunftsperspektiven eines Unternehmens, über die »Realität von morgen«.

Das scheint mir wichtig und bezeichnend: die »Realität von morgen« wird veranschlagt, und nicht gegenwärtige Realitäten wie Aktienkapital, wie Auftragsbestand, wie Umsatz, wie Gewinne, wie Rücklagen und so weiter – es sind nicht Fakten entscheidend zur Bewertung, sondern eben »Erwägungen«, und zwar über noch nicht Vorhandenes, über Zukünftiges.

Das sind durchaus branchenübliche Erklärungen, aber im Fall Hanau wurde diese »Realität von morgen« weitgehend vorgesteuert, besonders stark offenbar bei den Immobiliengesellschaften und bei der Royale des Pétroles.

Die Polizei- und Justizbehörden tun Marthe Hanau den Gefallen, sich wiederholt als unfähig, sogar als korrupt zu erweisen: das nutzt sie aus, schreibt höhnische Kommentare, erhebt energische Proteste.

Zum Beispiel war die Polizei offenbar nicht fähig, ihre Villa genau genug zu durchsuchen. Als in der Presse mal wieder erklärt wird, die Passiva des Konzerns seien größer als die Aktiva, gibt die Hanau dem Untersuchungsrichter einen Tipp: Man soll sich nochmal ihr Badezimmer vornehmen, dort wird man Bons der Nationalen Verteidigung im Gesamtwert von anderthalb Millionen Francs entdecken. Diesem Hinweis geht man nach, die Papiere werden tatsächlich gefunden. Die Polizei erklärt, bei der Haussuchung nach ihrer Verhaftung seien Spuren dieser Verteidigungsbons beseitigt worden. Dazu Marthe Hanau: Dann sei die Haussuchung eben mangelhaft durchgeführt worden!

Welche Leute man als Experten einsetzt, wie die Expertisen entstehen, das findet sie freilich nicht mehr zum Lachen, sie reicht geharnischte Proteste ein. Zum Beispiel die Expertise, die ihr am 18. April vorgelegt wird – da brauche sie überhaupt nicht reinzuschauen, da wisse sie sofort Bescheid. Denn bitte, wer sei Claziot, der hier verantwortlich zeichne? Dieser Herr sei bis vor kurzem Agent des Crédit Foncier gewesen: und der wolle objektiv urteilen?

Dann die Expertise der Herren Israël, Doyen, Léon – was gehe hier vor sich? Léon tritt zurück und wird ersetzt durch Mulquin. Kurz darauf wird Israël brüsk durch Gauchet abgelöst. Und da soll alles in Ordnung sein?!

Dieser Mulquin zum Beispiel, wer oder was sei das? Ein junger Spund von einem Rechtsanwalt, ohne feste Position, ohne Klientel, dafür aber mit besten Beziehungen zu konservativen und faschistischen, ausgerechnet zu faschistischen Zeitungen, die er mit Material versorge! Seine zwei Untersuchungsberichte enthalten nach Marthe Hanaus Urteil geradezu haarsträubende Fehler.

Und was das Tollste sei: Als man nach 94 Tagen Untersuchung in vielen Punkten noch nicht klar sah, bat man sie um Auskünfte. Na, den Herrschaften hat sie aber den Marsch geblasen! Vor der Verhaftung ihr Angebot ausschlagen, sich an der Ausarbeitung eines Gutachtens zu beteiligen – und jetzt angeschissen kommen! Nichts davon!

Wie diese neue Expertise aussehen wird, das glaubt Madame Hanau klar vorhersehen zu können: ihre Verfasser werden nicht die Mächte enttäuschen, die den Sturz der *Gazette du Franc* gewollt haben; die Expertise soll den Gewaltstreich der Justiz nachträglich rechtfertigen. Man werde, zum Beispiel, ganz bestimmt nicht berücksichtigen, dass für den 1. Dezember 28 eine allgemeine Umstrukturierung ihrer Unternehmen geplant war, und nur diese geplante Umwandlung könne den Verzug in der Buchführung, könne einige Unklarheiten und Fehler bei gewissen Rechnungen erklären.

Äußerst dankbar ist die Hanau für die Affäre Chardin. Dieser Leiter der gerichtlichen Sachverständigen-Sonderkommission, die einen schließlich 546-seitigen Bericht abfasst, begeht erst mal grobe Fehler: einen Scheck von 203 000 Francs zum Beispiel hat er nicht zu den Aktiva gerechnet. Dann findet man noch ein Paket diverser Wertpapiere, Gesamtwert rund 800 000 Francs, die müssten auch im Saldo verbucht werden. Diesem Falschrechner kann Alfred Dominique schließlich nachweisen, dass er Rentenpapiere im Wert von 17 000 Francs aus der Liquidationsmasse verschwinden ließ, die gesetzwidrig 32 Tage lang nicht versiegelt war. Bei einer Haussuchung findet man tatsächlich diese Papiere; Chardin hat sich ausgeknockt.

Sehr energisch fordert die Hanau nun die Einsetzung einer Spezial-Kommission, die eine Gegenexpertise ausarbeiten soll. Die Mitglieder der Kommission sollen von der Staatsanwaltschaft in Übereinstimmung mit ihr, der Hanau, bestimmt werden. Es müsste ein Währungsfachmann dazugehören, ein Experte für Buchführung, ein Mitglied des Verwaltungsrats einer großen Handelsbank, ein Vertreter der Kulisse, also etwa ein Makler, außerdem ein Geschäftsführer einer führenden Immobiliengesellschaft und der Direktor eines Finanzblatts.

Weil diese Forderung abgelehnt wird, kündet Marthe Hanau Anfang März 1930, nach rund 15 Monaten Untersuchungshaft, einen Hungerstreik an. Das wird ihr untersagt. Dennoch tritt sie in den Hungerstreik: sie lässt die pünktlich ausgeteilte Gefängniskost wohl gar nicht erst in ihre Zelle kommen. Wenn man den Blechnapf dennoch auf ihrem Tisch abstellt, weil der Kalfaktor strengen Anweisungen gehorcht, so ließe sich vorstellen, dass sie den Pott zur Türe rausfeuert, solang die offen steht, und dass sie noch einiges hinausschreit: Gefängnisse haben eine gute Akustik.

Eine Woche lang isst sie nichts, dann wird sie vom Gefängnis in das Cochin-Hospital von Neuilly überführt: hier hungert sie weiter, unter ärztlicher Aufsicht. Bald werden gewaltsame Fütterungsversuche unternommen durch den Arzt, durch Krankenschwestern und einige Krankenpfleger – aber die Hanau macht den Mund nicht auf, eher lässt sie sich mit dem Löffel die Zähne einstoßen. So weit wird man im Krankenhaus freilich nicht gehen, das käme womöglich vor Gericht zur Sprache oder schon vorher in der Presse. Die Zähne bleiben zusammengebissen, man kriegt nichts in sie rein, nicht mal Milchkaffee.

Die Hanau sorgt dafür, dass die Öffentlichkeit möglichst detailliert erfährt von ihrem heroischen Widerstand gegen die Zwangsernährung. Je genauer die Einzelheiten, die sie Dominique übermitteln lässt, desto günstiger dürfte die Reaktion der Öffentlichkeit sein: die Zeitungsleser müssen die energischen Schwestern und robusten Pfleger vor Augen haben, wie sie gemeinsam die Frau festhalten, ihr die Lippen auseinanderzerren, das Kinn runterstemmen, und der Löffel mit der schlabbernden Suppe stößt hörbar gegen die Zähne der Marthe Hanau. Empörung! Mitleid! Schließlich versuchen Professor Achard und acht Wärter dieser Frau einen Gummischlauch in den Magen einzuführen; aber den zerbeißt sie. Nun will man sie durch die Nase ernähren. Noch mehr Empörung, noch mehr Mitleid! Dominique mobilisiert sogar die Liga für Menschenrechte: sie wendet sich an Öffentlichkeit und Regierung, verweist in 14 Punkten auf Gesetzwidrigkeiten des Verfahrens.

Die Reaktionen der damaligen Öffentlichkeit sind mir eine Warnung! Ich werde in dieser Phase des Buchs also nur berichten, werde nicht detailliert erzählen.

Diese Zurückhaltung muss entschiedener werden, je dramatischer das Geschehen sich entwickelt: Die Hanau flieht aus dem Krankenhaus. Ihr Zimmer im Erdgeschoss, zwei Meter über dem Hospitalgarten. Ein Nebenzimmer, zu dem die Verbindungstüre immer offen steht: eine Aufseherin. Vor der Türe im Flur gewöhnlich zwei Polizisten. Am Fluchtabend täuscht Marthe Hanau Schlaf vor: siebzehn Hungertage inzwischen, starke Erschöpfung, ihr Herz ist angegriffen, auch nach den anstrengenden Raufereien mit Arzt, Krankenschwestern, Pflegern. Die Aufseherin nimmt an, dass die Hanau tief schläft, verlässt vorübergehend das Nebenzimmer. Marthe gleich raus aus dem Bett, sie zieht ein Kostüm an, das sie gut versteckt hat, reißt das Bettlaken in Streifen, verknotet sie, befestigt das Lakenband am Heizkörper oder am Bettgestell, rutscht runter in den Spitalgarten.

Oder täuscht sie diesen Fluchtweg vor? Es ist eine zweite Version überliefert, die will ich nicht unterschlagen: Sie hängt das Lakenband bloß zur Ablenkung aus dem Fenster, geht durch das Nebenzimmer in den Flur; mischt sich unter Besucher, die das Haus verlassen, nimmt ein Taxi.

Obwohl ich mich im Zweifelsfall lieber für eine weniger dramatische Variante entscheide, hier werde ich bei der ersten Version bleiben. Denn: erstens soll sie abends geflohen ein, gegen halb zehn, und zu dieser Stunde werden kaum noch Besucher durch den Flur geströmt sein, zwischen denen man unauffällig das Haus verlassen konnte. Zweitens: vor ihrem Zimmer saßen die beiden Polizisten – oder hatten die sich auch verdrückt? Drittens: warum sollte sich die sowieso schon schlappe Hanau noch die Mühe gemacht haben, das Bettlaken in Streifen zu reißen, sie miteinander zu verknoten, aus dem Fenster zu hängen, wenn sie schließlich doch durch den Flur ging? Dieses (sicherlich pressewirksame!) Ablenkungsmanöver hätte sie Zeit und Kraft gekostet und ihr Risiko erhöht – die Aufseherin konnte ja jeden Moment zurückkehren.

Also lasse ich Marthe Hanau die (authentische) Visitenkarte auf das Bett legen mit den Zeilen: »Angewidert von den gewalttätigen Eingriffen, denen man mich unterworfen hat, gehe ich fort.« Lasse sie dann aufs Fensterbrett steigen, lasse sie runterrutschen am Lakenband, lasse sie durch den Spitalgarten stapfen, lasse sie ein Taxi nehmen.

Zu dieser Taxifahrt gibt es wieder zwei Versionen. Nummer eins: im Fond sitzt der Redakteur der Finanzzeitschrift *Flambeau Financier,* die mit der Hanau kooperierte, der Redakteur küsst Marthe die Hand, man fährt los, die Hanau gibt unterwegs eine Anweisung, die aus dem Drehbuch eines Bankräuber-Films stammen könnte: Das Taxi muß anhalten, sie steigt in ein zweites Taxi, das in anderer Richtung weiterfährt, und zwar erst mal zu ihrer Villa in Boulogne. Diese Version erscheint mir widersinnig: warum das Taxi wechseln, eventuelle Verfolger abschüttelnd, um dann nach Hause zu fahren, wo Verfolger zuallererst nachschauen werden?

So lasse ich sie, gemäß der zweiten Version, in ein Taxi steigen, das soeben einen Patienten zum Krankenhaus brachte. Und sie fährt zu einem Café, führt hier ein längeres Telefonat, möglicherweise mit Dominique, lässt sich zum Gefängnis Saint Lazare fahren, bittet um erneute Aufnahme; die wird ihr von den äußerst verwirrten Ärzten gewährt.

Da hat die Presse wieder mal Prallesdollesbuntes zu berichten: einer der Journalisten malt sich aus, wie die Hanau »in einem der eleganten Nachtlokale am Montmartre« hätte soupieren können, um dann, beispielsweise, nach Brüssel abzureisen. Aber nein, sie kehrt in ihr Gefängnis zurück, um dort weiterzuhungern, ohne dass man ihr Schläuche in Rachen und Nase schieben will.

Dass sie so konsequent hungert, beunruhigt ihre Klienten, die sich mittlerweile in zwei (miteinander rivalisierenden) Zweckverbänden zusammengeschlossen haben. Das Comité de Défense des Souscripteurs de la *Gazette du Franc* will nur Geld zurückhaben und erklärt förmlich, man wolle Madame Hanau nicht verteidigen. Der andere Verband wurde von Mitarbeitern des Konzerns gegründet, unterstützt von *Flambeau Financier,* der Finanzfackel; das Groupement Central de Défense des Clients de la *Gazette du Franc.* Diese Zentrale Aktionsgemeinschaft der *Gazette*-Klienten hatte die Präsidentin bereits gebeten, dringend, den Hungerstreik zu beenden; auf diesen Appell hatte die Hanau nicht gehört. Nun aber wird der Verband erneut aktiv, sammelt Gelder für eine Kaution: die

Hanau soll vorerst freigelassen werden und so viel wie möglich zu retten versuchen.

Nach Überweisung der sechsstelligen Kautionssumme wird Marthe Hanau am 8. April auf Widerruf entlassen. Sogleich lässt sie sich ins Krankenhaus Neuilly einliefern. Dort isst sie tüchtig, liest viel, diktiert, macht sich fit für die nächste Runde: Marthe Hanau hat noch allerhand vor!

25

In einem der Buchkapitel, etwa an dieser Stelle, müsste ich einen Nachruf bringen auf ein Opfer der kriminellen Praktiken Madame Hanaus. Denn ich lese, dass, nach ihrer Verhaftung, bei Calais die Leiche eines 56-jährigen Zeichners aus dem Wasser gezogen wurde: Selbstmord, weil er sämtliche Ersparnisse einem der Hanau-Syndikate anvertraut hatte.

Er war nicht das einzige Todesopfer! Von mindestens fünf Selbstmorden nach dem »Gazette-Krach« wird berichtet. Zum Beispiel in der *Neuen Zeit*, 20. Dezember 1928: »Ein Pariser Lohnauto-Chauffeur hat Selbstmord begangen, weil er seine gesamten Ersparnisse Frau Hanau übergeben hatte und nun vollkommen verarmt sei.«

Auch diesen Fall könnte ich in das Buch aufnehmen. Ich bleibe jedoch beim Zeichner. Der müsste, wie das von Erzähltexten oft verlangt wird, »plastische Gestalt« annehmen, müsste »lebendig vor uns stehen«. Denn: solange dieses Opfer als Person nicht gegenwärtig wird, bleibt der Verlust ein Fall für die Statistik.

Zuerst müsste der Mann mit einem Namen versehen werden: Pierre Poussin. Und sein Beruf wäre zu präzisieren: Graphiker, Werbezeichner, technischer Zeichner? Ich wähle die dritte Möglichkeit.

Zuerst könnte Poussin in der Kantine des Unternehmens auftauchen, in dem er arbeitet. Und er steht in einer Schlange, nimmt Messer, Gabel, Löffel aus einem Kasten, gibt ein Märkchen ab, es wird auf eine lange Nadel gespießt, Kärtchenschaschlik. Er trägt ein Tablett an der Theke entlang, nimmt das Pöttchen Suppe, den Teller mit Kartoffeln, Hackfleisch, Gemüse, jongliert das Tablett durch den Saal, sucht einen Platz, löffelt die Suppe, schiebt Kartoffeln durch die Soße, spuckt Knorpelstücke, Sehnenfetzen auf die Gabel, streift sie am Tellerrand ab: ein Mann, der wohl schon längst die Hoffnung auf eine höhere Gehaltsstufe aufgegeben hat, und er sucht andere Möglichkeiten, an das größere Geld zu kommen, liest regelmäßig die *Gazette du Franc,* auch hier in der Kantine: wird von Ausschüttungen verschiedener Hanau-Syndikate berichtet, so hofft auch er auf Gewinnmitnahmen. Während er kaut, blättert, liest, ist viel Bewegung um ihn her: man geht, setzt Teller ab, isst, redet, steht auf, lässt Teller stehen, und Frauen holen sie ab, weiße Kittel hinter Metallwagen, auf denen sich Teller stapeln, Besteck häuft, und im unteren Fach ein alter Marmeladeneimer für Suppenreste schwapp hinein, für Kartoffeln plumps hinterher. Er steht auf, ein Pfund schwerer geworden mit Suppekartoffelhackepeter, er steckt sich eine Zigarette an, will den Fettbelag von Zähnen und Zunge räuchern, verlässt mit der *Gazette* in der Rocktasche die Kantine, geht in einen Raum, in dem mehrere Zeichenbretter stehen, streift den weißen Kittel wieder über, den er beim Essen nicht bekleckern wollte, beginnt zu zeichnen: was?

Diese Arbeit müsste ebenfalls genau beschrieben werden, dann seine Fahrt nach Hause, mit Fahrrad oder Bus, danach die Wohnung, die Frau, die Kinder: aus seiner konkreten Situation heraus müsste der Wunsch verständlich werden, durch gewinnbringendes Anlegen von Ersparnissen die wirtschaftliche Lage zu verbessern. Auf Versprechungen der »Mutter Hanau« hereinfallend, könnte er sogar Schulden gemacht haben, um seine Anteile an einem der Syndikate zu erhöhen. Auch er sah schließlich nur noch einen Ausweg: den Selbstmord.

26

Kaum sind die Folgen des Hungerstreiks einigermaßen überwunden, wird die Hanau wieder öffentlich aktiv: als Erstes fährt sie nach Lille, zu einer großen Versammlung von Gläubigern. Hier hält sie eine mehr als zweistündige Rede: In den nächsten fünf Jahren werde sie sämtliche Einzahlungen hundertprozentig zurückerstatten, werde dazu alle eigenen Ansprüche zurückstellen, werde sogar ihr privates Vermögen opfern, schließlich gehe es darum, die Sparer zufrieden zu stellen, für die sie sich immer schon einsetzte, die sie immer schon verteidigte, gegen die Banken zum Beispiel, die ihre Kunden mit mageren Sparzinsen abzuspeisen belieben – bei Mutter Hanau hingegen haben die kleinen Sparer, die mittleren Besitzer stets einen reich gedeckten Tisch gefunden, nicht wahr?

Stimmungsumschwung unter den erst reservierten, ja skeptischen Zuhörern, sogar Ansätze zur Begeisterung: Die Hanau ist wieder die Alte!

Ja, sie hat Pläne, von denen spricht sie gern: Sie wird eine neue Zeitung herausgeben, sehr bald schon, hat bereits während der Untersuchungshaft alle Vorbereitungen getroffen, Vorarbeiten durchgeführt, gemeinsam mit Henri Weitzmann, einem Journalisten und Schriftsteller, der schon für die *Gazette* gearbeitet hatte. Diese neue Zeitung soll die gesunden Kräfte im Land ansprechen, aktivieren, vereinen, sie heißt deshalb: FORCES.

Juli 1930 erscheint Nummer eins – das Staunen in Paris ist groß. Eine neue Hanauerei! klagt man in Börsen- und Bankkreisen, sieht voraus, dass nun das Spiel wieder von vorn beginnt: neue »Scheren zur Schafschur«! Journalisten denken vergleichend an Napoleons Rückkehr von Elba, fragen sich, wie lange wohl das Comeback dieser »Napoleonin der Finanzen« dauern wird.

Der Anfangserfolg der *Forces* ist groß, die Erstauflage soll bei 100 000 liegen: viele wollen die neue Zeitung dieser Frau sehen, die offenbar nicht kleinzukriegen ist, die sogar wieder, wie man hört, in das Spekulationsgeschäft einsteigt, die erneut Syndikate bilden, Gesellschaften gründen will.

Ich werde in diesem Schlusskapitel die neue Wochenzeitung wenigstens knapp skizzieren müssen. Dabei setze ich an beim Zeitungskopf. Hier werden die Titel-»Kräfte« graphisch sichtbar gemacht: unter den Lettern FORCES zentral die Pariser Börse mit Stufen und Säulen; vom rechten wie vom linken Bildrand her ziehen Menschenkolonnen dahin, sich perspektivisch rasch verkleinernd; der Börsenbau wird überragt von einem Wolkenkratzer, von riesigen Baukränen, von mächtigen Hochspannungsmasten, von rauchenden Schloten.

Rechts neben dem klotzigen Titelkopf bleibt ein knappes Drittel frei, hier wird in strammen Lettern jeweils ein Zitat abgedruckt, etwa von Goethe, von Kopernikus, von Maeterlinck, von André Gide, von Heinrich Mann. Ab und zu auch von Marthe Hanau persönlich. Zum Beispiel: »Es gibt weder kleine noch große Kapitalisten. Es gibt nur ganz einfach Menschen, die unter den gegebenen Bedingungen der Gesellschaft gezwungen sind, sich gegen Krankheit, gegen Alter, gegen Arbeitslosigkeit, gegen die Wechselfälle des Lebens zu sichern.«

Unter Titelgraphik und Merkspruch die Angabe: »Dirigé par Marthe Hanau«. Daneben, auf gleicher Höhe, der Name des Chefredakteurs: Henri Weitzmann. Die Telegrammanschrift lautet bezeichnenderweise: »Forsanau-Paris«.

Auf der ersten Seite stets ein großer Leitartikel, häufig verfasst von Marthe Hanau. Ihre Artikel reichen vielfach auf die zweite Seite hinüber. Auf Seite drei meist die Sparte »Indiskretionen«. Auf den folgenden Seiten größere Berichte, vorzugsweise über Korruptionsfälle, Skandale im Wirtschaftsbereich. Auf Seite 9 meist »Herr Jedermann und die Börse«. Der Wirtschafts- und Finanzteil bis etwa Seite 21.

Dann der allgemeinere Teil der *Forces* – hier wird weithin das Schema der *Gazette* übernommen: »Les Forces Politiques« und »Les Forces Littéraires«. Auf Kultur wird überhaupt viel Wert gelegt: in jeder Nummer ein (meist ganzseitiger) Bericht mit Bild. Da geht es etwa um Beethoven und seine X. Sinfonie, um Mozart und (mal wieder) sein Requiem, um Richard Wagner, den die Hanau verehrt. Selbst Spinoza und Sigmund Freud werden den Lesern vorgelegt.

Weiterhin: Berichte über neue Filme, über Konzerte, über Theateraufführungen, über Ausstellungen. Zum Schluss die »Forces Saines«; hier wird beispielsweise über Krebsbekämpfung berichtet. Die letzte Seite dient der Eigenwerbung.

Weil *Forces* nur einmal in der Woche erscheint, und weil in diesem Zeitraum etliches geschehen kann, das den Kauf oder Verkauf von Wertpapieren nahe legt, bietet die Hanau einen »Telegrammdienst« an, 1000 Francs pro Jahresabonnement, im Ausland 1500. Jeder Besitzer erhält einen »individuellen« Code, damit nicht, zum Beispiel, Postbeamte von den Hinweisen profitieren.

Weil dieser »service du télégramme« unregelmäßig verschickt wird, je nach Bedarf, gründet die Hanau als Zusatzdienst den täglich erscheinenden Börsenbrief *Secret des Dieux*. Dieses »Göttergeheimnis« jeweils in einem verschlossenen, frankierten Briefumschlag. Das Jahresabo kostet ebenfalls 1000, beziehungsweise 1500 Francs. »Um Ihren Wertpapierbesitz zu verteidigen, um Ihr Kapital zu erhöhen, um mit Sicherheit operieren zu können, abonnieren Sie *Secret des Dieux*, ein einzigartiges Erzeugnis in den Annalen der Finanzpresse!« Und es wird werbend darauf hingewiesen, dass dieser Brief von Madame Marthe Hanau persönlich stammt; durch die konzisen, präzisen Nachrichten könne man in einem Minimum von Zeit ein Maximum an Gewinn realisieren. Dankbare Leserzuschriften, in den *Forces* abgedruckt, sollen das bestätigen. Ein Kunde hat ein gutes Geschäft mit Huanchanca gemacht, aha. Ein anderer mit Mexican Eagle. Ein dritter mit der Union d'Electricité. Na bitte!

Marthe Hanau auf den Eingangsstufen des Pariser Gerichtsgebäudes; neben ihr Dominique mit Talar und Schnurrbart; schräg hinter ihnen ein kleinerer, dünnerer Anwalt mit Talar, Schnurrbart und Aktenbündel; weitere Männer mit Schnurrbärten und Hüten, ohne Talare. Ein Foto. Öfter habe ich gesehen, wie aus einem Standfoto plötzlich eine Filmsequenz wird, Figuren lösen sich aus eingefrorenen Gesten, bewegen sich: so könnten sie jeweils einen Fuß voransetzen, den rechten, den linken, die Stufen herab. Ebenso lässt sich ein Film zurückfahren: dann gehen sie rückwärts die Stufen hoch, erst der kleinere Anwalt, dann Marthe Hanau, zuletzt der dicke Anwalt Dominique. Und schon sind die Stufen leer.

Hinter der Türe ließen sich die Figuren leicht umdrehen, und so gehen sie durch einen langen Flur, die Hanau, mit weitem Pelzmantel und kleinem Hut, festen Schritts voran; bald betreten sie den Gerichtssaal.

Von nun an könnten die Verhandlungen, könnten zumindest Ausschnitte aus den Verhandlungen rekonstruiert werden, das Ritual mit Zeugenaufruf, mit Zeugenvereidigung, mit Zeugenaussage, mit Sachverständigen, die ausführlich referieren, mit Verteidigern, die Einspruch erheben, mit Einlassungen des Staatsanwalts, mit der mehrfach wiederholten Aufforderung des Richters, die Wahrheit zu sagen, nichts als die Wahrheit, soweit Gott in diesem Fall helfen kann.

Aber solch eine Gerichtsszene werde ich nicht erzählen, diese Frage-und-Antwort-Spiele schrieben sich von selbst. Und die Anklagepunkte sind bekannt, ebenso die Verteidigungsstrategie der Hanau. Ich werde deshalb nur berichten, dass ein halbes Jahr nach der bedingten Freilassung der Hanau der Gazette-Prozess beginnt, November 1930, und dass am 29. März 1931 das Urteil verkündet wird – der Gerichtsvorsitzende verliest 146 Seiten. Es wiederholen sich Stichworte: Scheingesellschaften, Verkauf deponierter Wertpapiere, Vertrauensbruch, künstliche Steuerung von Börsenkursen, Betrug, Bluff.

Das Urteil: Freispruch für Courville und Audibert, 18 Monate Gefängnis für Lazare Bloch, die bisherigen 16 Monate Untersuchungshaft werden angerechnet, er muss wegen seiner schlechten Gesundheit (Diabetes) die Reststrafe nicht verbüßen, wird freigelassen; für Marthe Hanau insgesamt zwei Jahre Gefängnis, dazu eine Geldstrafe von 3000 Francs: der übliche, beinah rituelle Betrag in solchen Fällen. Auch der Hanau wird die Untersuchungshaft angerechnet, sie hätte nur noch wenige Monate zu verbüßen.

Akzeptiert sie das erstaunlich milde Urteil? Nein, sie legt sofort Berufung ein: selbst eine derart geringe Strafe ist nicht werbewirksam beim Aufbau neuer Syndikate und Finanzgesellschaften, sie braucht den Freispruch, der ihren Gläubigern beweist, dass alles in Ordnung war, jedenfalls bei ihr, und dass man vertrauensvoll neue Beträge einzahlen kann, um die alten Einzahlungen zurückzubekommen.

Bis zum Berufungstermin bleibt die Hanau frei; sie setzt ihre

Tätigkeit fort. Um an Geld zu kommen, das weiß sie, muss man den Eindruck erwecken, man verfüge über reiche Geldmittel. Günstig ist hier, dass sie weiter in der großen Villa wohnt; die beschlagnahmten Möbel werden ihr wieder zur Verfügung gestellt. Günstig auch, dass, nach einer ersten Zeit in der Rue Faubourg-Montmartre, die Redaktion der *Forces* in das Gazette-Gebäude in der Rue de Provence einziehen kann: nun wirkt alles gleich wieder viel repräsentativer!

Diesen aufgefrischten Glanz will die Hanau auch durch ihre Auftritte bestätigen: zu Gläubigerversammlungen, zu Werbeveranstaltungen fährt sie (mit Chauffeur) in einem sichtbar teuren Wagen. Und selbstverständlich residiert sie im jeweils besten Hotel, möglichst in der Fürstensuite. Gibt Empfänge, lädt Honoratioren ein zu Diners. Hält in sorgsam arrangierter, blumengeschmückter Umgebung rhetorisch schwungvolle Ansprachen. Möglichst viele Leser, möglichst viele Abonnenten will sie gewinnen, möglichst viel Geld anlocken – dies vor allem braucht sie!

Freilich kann sie neue Kunden nur gewinnen, wenn sie das Vertrauen der alten Klientel wiederherstellt. So wiederholt sie auf Gläubigerversammlungen, sie wolle im Verlauf der nächsten fünf Jahre sämtliche Einzahlungen zurückerstatten, wenn auch ohne Zinsen und Gewinne, aber daran sei nun mal die Justiz schuld: ohne deren gesetzwidriges Eingreifen zum falschen Zeitpunkt hätte jeder der hier Anwesenden längst sein Geld zurück, plus Zinsen, plus Gewinne. Nach weiteren, flammenden Anklagen gegen Behörden, gegen Banken, gegen eine gewisse Presse ruft sie schließlich auf zur Bildung eines »Konkordats« zwischen ihr und den Klienten, es müsse sich eine verschworene Kampfgemeinschaft bilden, in der alle vertrauensvoll zusammenrücken.

Diese Kampagne wird allerdings unterbrochen: ein Autounfall bei La Ferté-sous-Jouasse: der linke Oberschenkel gebrochen, der linke Unterarm, Prellungen, Platzwunden. Wieder einmal wird sie ins Krankenhaus von Neuilly eingeliefert. Der Unterarmbruch verheilt gut, die Frakturen im Oberschenkel erweisen sich dagegen als sehr kompliziert: starke Splitterungen. Nach der Entlassung aus dem Krankenhaus muss die Hanau zwei Achselkrücken benutzen, noch immer ist das Bein in Gips.

In der Rue de Provence eröffnet sie ihre neue Bank, die Banque d'Union Publique. Sie ernennt sich freilich nicht zur Präsidentin oder Direktorin, will Unabhängigkeit demonstrieren von der Finanzzeitung im selben Haus, deshalb bezeichnet sie sich als Technischer Berater dieser Bank. Na ja.

Entschieden will sie auch ihr Presseunternehmen fördern. Die Auflagen der *Forces* gehen zurück, sie müsste Werbekampagnen durchführen, dazu fehlt aber das Geld. So lässt sie ihre Zeitung vor allem für sich selbst werben, und das lautstark.

Wichtiger ökonomischer Faktor bleibt der Börsenbrief: rund zweitausend Abonnenten pro tausend Francs, macht im Jahr zwei Millionen Umsatz – das könnte aber noch mehr werden! Sie gründet eine weitere Zeitung, die sich speziell an Klienten, Gläubiger, Kunden richtet: *Les Capitalistes-Épargnants*.

Neben diesen »Kapitalisten-Sparern« eine neue Wochenzeitung: *Écoutez-moi* – par Marthe Hanau; möglichst viele sollen hier »zuhören«. Außerdem plant sie eine satirische Zeitschrift, den *Caliban*.

Wieder werden für das Finanz- und das Innenministerium Polizeiberichte abgefasst über dubiose Geschäfte der Hanau; wieder erscheinen kritische Artikel in der Presse, und die sind der Hanau bei der labilen Geschäftslage sehr lästig. Sie sieht voraus, dass sich die Angriffe intensivieren werden, will rechtzeitig handeln: Anfang April 32 veröffentlicht sie in *Forces* Auszüge aus einem geheimen Polizeibericht über ihre Börsenaktionen. Was steht in diesem Bericht?

Zum Beispiel, dass sie Kursmanipulationen durchführt: »Zur Zeit der Gründung der *Forces* hatte sich Madame Hanau bedeutende Mittel verschafft, indem sie durch Strohmänner mit hohen Einsätzen gegen Gesellschaften, über die sie ungünstige Auskünfte besaß und die sie daraufhin in ihrer Zeitung angriff, auf Baisse spekulierte.«

Die Hanau persönlich präsentiert die Auszüge aus dem Polizeibericht, kommentiert mit knappen, sarkastischen Anmerkungen. »Aber jetzt kommt der dickste Brocken«, schreibt sie beispielsweise zum Vorwurf, sie führe Aktionen gemeinsam mit ausländischen Gruppen durch. »Man hat allen Grund anzunehmen, dass Madame

Hanau Beziehungen zu Deutschland und zur Sowjetunion unterhält. Was Deutschland betrifft, so steht sie in Beziehung zur Dresdner Bank, die angeblich die *Gazette du Franc* subventioniert hat. Auch soll sie von Julius Wertheimer, dem Pressechef der deutschen Botschaft in Paris, finanzielle Unterstützung erhalten haben. Außerdem hat Madame Hanau angeblich mit einem Kartell der deutschen Großindustrie in Verbindung gestanden.«

Zentral freilich die Vorwürfe der Kursmanipulation, des Betrugs, ja der Erpressung: »Schließlich greift Madame Hanau, die dringend größere Geldsummen benötigt, seit einigen Monaten auf Einschüchterungs- und Erpressungsmanöver zurück, um sich zusätzliche Mittel zu verschaffen. Sie stellt Material gegen bestimmte Gesellschaften zusammen, indem sie Unterlagen sammelt, die ihr von unzufriedenen Leuten oder Personen, die in ihren Diensten stehen, zugespielt werden, und beginnt Artikel zu publizieren, die alle für die angegriffene Gesellschaft schädlichen Informationen enthalten; später werden diese Angriffe eingestellt oder abgeschwächt. Ohne es nachweisen zu können, schreibt man diese Haltungsänderung Geldern zu, die sie von interessierten Kreisen erhalten hat.«

Beim letzten Satz hakt sie gleich nach: »Ohne es nachweisen zu können? Klarer Fall. Ich warte ab.« Und sie wartet ab. Sie hat nämlich in ihrer Publikation einen Sprengsatz eingebaut: den Hinweis, sie hätte als Vorlage für diese Auszüge das Berichtsexemplar von Finanzminister Flandin benutzt. Damit lenkt sie die Aufmerksamkeit der Öffentlichkeit vom Inhalt des Geheimberichts geschickt ab auf die Frage, wie sie an das Exemplar gekommen ist.

Auch die Justiz- und Polizeibehörden interessieren sich sehr dafür. Am 8. April erscheint morgens 9 Uhr Untersuchungsrichter Ordonneau mit einigen Inspektoren im *Forces*-Gebäude, will eine Haussuchung durchführen. Madame Hanau ist noch in ihrer Villa in Boulogne; stellvertretend lehnt Watteblad, Direktor der Banque d'Union Publique, das Ansinnen der Justizbeamten ab. Der Untersuchungsrichter lässt dennoch die Stahlschränke öffnen und durchsuchen.

Zu dieser Zeit erscheint Untersuchungsrichter Peyre in der Rue de la Tournelle, befragt die Hanau, selbstverständlich erfolglos. Sie muss jedoch Peyre in die Rue de Provence begleiten, Inspektoren helfen ihr ins Auto.

Am *Forces*-Gebäude ist bereits Presse versammelt. Die Hanau berichtet den Journalisten, sie werde des Dokumentendiebstahls bezichtigt, sie habe das besagte Dokument aber nicht gestohlen, vielmehr nimmt sie an, die zuständige Behörde sei nicht ganz dicht. Den Herren Guichard und Guillaume von der Gerichtspolizei erklärt sie wiederum, jemand habe ihr die entsprechenden Passagen telefonisch diktiert. Durch diesen Widerspruch versucht sie offenbar, Verwirrung zu stiften, Behörden verdächtig zu machen. Umsonst: nach einem Verhör durch Untersuchungsrichter Ordonneau wird ein Haftbefehl gegen die Hanau ausgestellt.

Ihre neue Inhaftierung löst große Schlagzeilen aus; die Presse schreibt ausführlich über die neue Affäre. Zum Beispiel: »Artikel 419, der die Machenschaften zur Auslösung einer künstlichen Hausse oder Baisse beinhaltet, trifft auf den Fall Madame Hanau genau zu. Die von der Abteilung der Staatsanwaltschaft für Wirtschaftsvergehen unternommenen Nachforschungen haben den Beweis erbracht, dass die Direktorin der *Forces* und des *Secret des Dieux* auf Baisse spekulierte, bevor sie ihre Verleumdungskampagnen, gespickt mit Lügen und falschen Nachrichten, startete. Schon lange hatten wir auf das persönliche Eingreifen in das Marktgeschehen durch Madame Hanau aufmerksam gemacht. Indem sie ihre Geschäftspartner im Unwissen darüber ließ, dass sie im eigenen Interesse parteiliche Ratschläge erteilte, beging die Präsidentin täglich Vertrauensmissbrauch.«

Im Zeitungskopf der *Forces* heißt es nun nicht mehr: »Geleitet von Marthe Hanau«, sondern: »Geleitet von Mitarbeitern und Freunden der inhaftierten Marthe HANAU.« Und in der Merkspruch-Ecke der Kopfleiste werden vorwiegend Sprüche gedruckt, die sich auf die Chefin beziehen. So liest man in der Ausgabe vom 15. April ein Robespierre-Zitat, im Fettdruck: Sobald die Legislative Versammlung ministerielle Rache übe an einem Schriftsteller, sobald sie richterliche Macht gegen den Schriftsteller bewaffne, werde sie zur größten Geißel der individuellen Freiheit.

Daraus leitet man eine Devise ab, die stur durchgehalten wird: Mit der Freiheit der Hanau ist alle individuelle Freiheit in diesem Lande bedroht; indem man für die Hanau kämpft, kämpft man für sich selbst, kämpft man zugleich für sein Land.

Dieser Kampf wird zum Teil durch aberwitzige Parolen unterstützt. So wird am 14. Juli in der Sprüche-Ecke an den Sturm auf die Bastille erinnert; darunter steht, dass Marthe Hanau hundert Tage eingesperrt ist: »Es lebe die Republik!«

Veröffentlicht wird in dieser Ecke auch das Faksimile einer handschriftlichen Notiz der Hanau – sieht in dieser Situation aus wie ein Kassiber! Dasselbe Faksimile aber wurde schon anderthalb Jahre zuvor an gleicher Stelle abgedruckt – wer wird sich daran schon erinnern?! Die Hanau schreibt hier, wer bei Geldgeschäften nur ein oder anderthalb Prozent Zinsen zahle, der mache persönlichen Profit auf Kosten öffentlicher Ersparnisse. Unter diesem Angriff auf die Banken ihre Signatur, eingefasst in eine elliptische Schwunglinie, wie sie bei Kaisern üblich ist.

Weitere Maßnahmen: man lässt die Hanau in *Forces* geisterhaft zu Wort kommen; wo sonst ihr Name über den Leitartikeln stand, dort liest man 14 Tage nach der Inhaftierung ein klanggleiches MARTANO. In einer Fußnote eine Erklärung: Die Ideen der Direktorin hätten sich den Mitarbeitern so tief eingeprägt, dass sie, in ihrem Geist, unter dem »klangvollen Pseudonym« weiterschreiben wollen, sogar unter Nachahmung ihres Stils. Ob hier nicht eventuell doch die Hanau schreibt, trotz Kontrollen?

Kontinuierlich und konsequent die Hinweise auf Madame! »Marthe Hanau ist seit 127 Tagen eingesperrt«, lautet beispielsweise die Überschrift einer ganzen Seite. Diese Überschrift wiederholt sich nach einer Woche; nun sind es 127 plus 7 Tage. Wiederum eine Woche später werden 141 Hafttage anklagend gemeldet.

Und immer dreister wird die Hanau hochgelobt, hochgejubelt. Etwa in einem Beitrag, den Henri Weitzmann (der inzwischen gekündigt hat) zum zweiten Jahrestag der Gründung der *Forces* schreibt. Ironisch-pathetisch erhebt auch er Anklage gegen sie, klagt sie beispielsweise an, die Verwirklichung einer besseren sozialen Ordnung beschleunigt zu haben, jawohl, klagt sie an, die Zeitung im Geiste völliger Neutralität gegründet zu haben, jawohl, klagt sie an, niemals in persönlichem Interesse gehandelt, niemals Profit aus den Möglichkeiten geschlagen zu haben, die sich mit der Leitung der *Forces* ergaben, klagt sie an, immer nur die Wahrheit geschrieben zu haben, klagt sie an, für die geheiligten Prinzipien der Demokratie gekämpft zu haben, aber die seien nun einmal nicht zu verwirklichen in einer kapitalistischen Gesellschaft: jawohl, so steht es da! Weiterhin klagt er sie an, sie habe zu viel gearbeitet, zu viel studiert, zu viel die Dichter gelesen, zu leidenschaftlich die Musik geliebt und so weiter. Ach, sie ist zu gut für diese Welt!

Ganze Wort-Armadas werden flottgemacht für die Hanau! Da werden Aufrufe verfasst, da werden Protestaktionen durchgeführt, da werden serienweise Leserbriefe geschrieben und gedruckt, da werden apologetische Texte produziert, seitenlang geht das in jeder Nummer: Marthe Hanau als Hauptthema, Marthe Hanau hochstilisiert zum Märtyrer, vor allem der Justiz.

Denn die *Forces* sind nicht bereit, die Anklagepunkte zu akzeptieren. Zum Beispiel das Dokument, das auf so außerordentlich mysteriöse Weise aus der Schublade des Finanzministers P. E. Flandin verschwunden sein soll – wurde es tatsächlich im Finanzministerium entwendet? Monsieur Chevalier, hoher Finanzbeamter, gibt kund, sein Dienstherr habe den Bericht in seine Schreibtischschublade verschlossen, zu der nur er allein den Schlüssel besitze. Man sehe an diesem Schreibtisch, an dieser Schublade aber keinerlei Spuren, die ein gewaltsames Öffnen verrieten. Und ein Nachschlüssel? Unmöglich! Nein, hier liege wohl eher eine Indiskretion vor, lässt Monsieur Chevalier durchblicken, dessen Dienstherr sich zu dieser Zeit auf einer Reise befindet, und er weist darauf hin, dass insgesamt 14 Exemplare dieses Berichts ausgefertigt wurden, die an verschiedenste Dienststellen gingen, zum Beispiel an die Polizeipräfektur, an das Innenministerium und so weiter – könnte nicht dort irgendwo die Leckage sein? Wie kann man bei derart undurchsichtigen Vorgängen der Präsidentin vorwerfen, sie hätte das Dokument aus der Schublade des Finanzministers entwenden lassen?

Das Spielchen mit dem verschwundenen Dokument wird noch einige Zeit fortgesetzt. Gleich nach seiner Rückkehr von der Dienstreise äußert sich Flandin persönlich: Der Bericht sei leider nicht mehr dort, wo er ihn abgelegt habe; »ich kann nur bestätigen, dass dieses Dokument aus meinem Büro gestohlen wurde«.

Demnach hätte Chevalier seinen Dienstherrn voreilig verteidigt? Stimmt also doch, was Madame in der Zeitung erklärt hatte? Es fehlt ja nun tatsächlich das Exemplar des Finanzministers. Aber die Hanau will nicht, dass sich beides reimt, sie gibt wieder Erklärungen ab. Also erstens waren es nicht 14, sondern 17 Exemplare: drei

Gründe mehr, in Anführungsstriche zu setzen, dass Flandins Exemplar ›verloren ging‹. Denn wie viele der 17 Kopien konnten ihrerseits kopiert werden? Ist nicht, so fragt sie, so lässt sie in den *Forces* fragen, die ganze »Equipe von Erpressern und Polizeispitzeln« rechtzeitig mit dem Hanau-Report versorgt worden?

Neben solchen Winkelzügen der fortgesetzte Appell ans Mitleid: Allzu schnell, so klagen die *Forces,* verliert die Öffentlichkeit den rechten Schwung zur leidenschaftlichen Verteidigung der Hanau, sie ist zu übersättigt von ständig neuen Nachrichten, um sich noch mit gebührendem Nachdruck für eine Frau einzusetzen, die nicht nur um ihr Ansehen, sondern um ihr Leben kämpft. Denn, verehrte Leser, man will sie nicht nur moralisch vernichten, man will auch die Gesundheit dieser Frau ruinieren, vollends, will ganz bewusst ihr Leben in Gefahr bringen! Wiederholt wird daran erinnert, dass sie seinerzeit einen schweren Autounfall hatte, dass die Folgen noch immer nicht auskuriert sind; dies sollen ärztliche Gutachten bestätigen, die in *Forces* veröffentlicht werden; die Herren bezweifeln, ob im Gefängnis eine angemessene ärztliche Behandlung garantiert ist. Das sei leider nicht der Fall, erklärt *Forces* mit Bestimmtheit. Die Redaktion findet das schockierend, betont das mit Großbuchstaben: SCHOCKIEREND! Noch mehr Protestschreiben werden verfasst, noch mehr anklagende Artikel werden veröffentlicht, noch einmal lässt sich die Liga für Menschenrechte einspannen, gibt eine Erklärung ab für die Hanau.

Schließlich, im Oktober 32, wird sie aus dem Gefängnis in das Krankenhaus Neuilly überführt: hat Marthe Hanau das tatsächlich erzwungen, indem sie den Beingips zerhackte, den Oberschenkel wieder brach? Ich werde darüber nicht weiter schreiben, werde nur berichten, dass sie ins Krankenhaus überführt wird, dass auch danach die Beschwerden, Klagen, Proteste nicht aufhören, denn auch hier will man die Hanau, man höre!, als Gefangene behandeln, jeweils zwei Polizisten sollen Tag und Nacht in ihrem Zimmer Wache stehen. Davon kann man die Behörde erst nach zähen Verhandlungen abbringen, die Polizisten werden in einem Nebenzimmer postiert, freilich bei offen stehender Verbindungstüre, so dass dringliche Gespräche nicht mehr möglich sind, etwa mit dem Anwalt. Natürlich, die Behörden berufen sich darauf, dass die Hanau schon einmal aus dem Krankenhaus entwichen war, 1930 – und das nach

17 Tagen Hungerstreik! Aber bitte, so betont *Forces,* war sie damals nicht freiwillig in das Gefängnis zurückgekehrt? Und jetzt, wie soll sie fliehen können, auf Krücken angewiesen, mit Gips am Bein? Man soll sie vorzeitig entlassen!

Anwalt Dominique erreicht nach einiger Zeit tatsächlich, dass sie aus Gesundheitsgründen freigelassen wird. Sie übernimmt sogleich die Gesamtleitung der *Forces,* und so heißt es im Zeitungskopf nun auf voller Breite: »Direction – Rédaction en Chef: Marthe HANAU«. Die Zahl der Leser und Abonnenten geht freilich unaufhaltsam zurück. Das Gebäude in der Rue de Provence wird zu teuer, man zieht um in die Rue Marivaux.

Der Termin vor der Berufungsinstanz verzögert sich weiterhin. Lazare Bloch stirbt, zuckerkrank, herzkrank, und das ist ein schwerer Verlust für sie. Auch stirbt Pierre Audibert, der nichts mehr mit ihr zu tun haben wollte. Weiterhin bleibt das große Geld aus, trotz diverser Spekulationen. Es wird zuweilen schwierig, die Druckkosten für die *Forces* zu begleichen. Weiterhin Schmerzen im linken Bein. Sie geht in den letzten Jahren nur noch mit Stock. Sie schläft schlecht, nimmt viel Veronal – »la dame au Veronal«.

Endlich, Anfang 1935, lässt das Appellationsgericht sein Urteil ergehen: Keine Verringerung oder Aufhebung der Haftstrafe, vielmehr Erhöhung von zwei auf drei Jahre. Das will die Hanau partout nicht anerkennen, sofort legt sie Berufung ein. Doch das Urteil wird am 22. Februar 1935 bestätigt.

Bis zum Haftantritt hat sie noch ein paar Tage Zeit. Offenbar befürchten die Polizeibehörden einen Fluchtversuch, so wird sie kurz nach der Urteilsverkündung in der Rue Marivaux verhaftet und in das Gefängnis Fresnes überführt. Hier kommt sie in eine Gemeinschaftszelle. Sie liest, so heißt es, Texte des Stoikers Epiktet, liest Marc Aurels Betrachtungen über den Tod, liest Montaigne, bereitet sich auf den Selbstmord vor. Das klingt fast wie der Einfall eines Persönlichkeitsberaters: Suggestion einer Läuterung vor dem Tod. Sie verfasst zwei Abschiedsbriefe, schreibt hier von endgültiger Flucht, von einem Ekel am Geld, schreibt in Großbuchstaben: SCHLUSS, SCHLUSS, SCHLUSS. Nachts schluckt sie viele Veronaltabletten, wird von den Frauen der Zelle am Morgen des 14. Juli bewusstlos aufgefunden, wird ausgepumpt, erhält Infusionen, kommt nicht mehr zu Bewusstsein, stirbt.

Ob ich im Roman detaillierter von diesem Selbstmord erzählen werde, muss ich mir noch genau überlegen. Solche Vorgänge wecken leicht Emotionen, fördern kaum Einsicht; ihr Selbstmord ist nicht konsequentes Ergebnis ihrer Geschäftspraktiken. Um die vor allem geht es. So werde ich im Schlusskapitel diese Vorgänge wohl nur knapp erwähnen, werde ausführlicher darstellen, wie sie 1930 nach der vorläufigen Entlassung aus dem Gefängnis sogleich die *Forces* gründet, und man versagt ihr nicht die Lizenz, lässt sie weiterarbeiten!